加速世界
Accel World
09 七千年的祈禱
川原 礫
插畫 / HIMA

「咕……嚕喔喔喔喔！」
Silver Crow
處在國中校內地位金字塔
最底層的少年──春雪
所控制的對戰虛擬角色。
受到「災禍之鎧」污染。

Green Grandee
「純色七王」之一，「綠之王」。
佩帶「七神器」（Seven Arcs）之一
大盾「The Strife」，外號
「絕對防禦」(Invulnerable）。
「——」

綸
春雪從自家
飛奔而出時拉住了他的
神祕少女。
「為、為什麼……
會對我這種……」

「……………我喜歡你。」

黑雪公主
梅鄉國中學生會副會長，
控制「黑之王」Black Lotus。
「春雪，你是我的。
我不會放棄，我不容許自己失去你，絕不容許。」
「……………………學姊。」

「——這就是我的決定。
請你……從這個世界上消失。」
「這……………怎麼……………會……」

「災禍之鎧」特殊能力／必殺技列表

「體力吸收」（Drain）
從攻擊到的虛擬角色身上吸收ＨＰ，補充自己ＨＰ。「鎧甲」內建的能力。

「未來預測運算」
事先研究／掃描敵人的攻擊，將屬性、射程、威脅度與攻擊軌道等資訊顯示在視野當中。「鎧甲」內建的能力。

「Star Caster」
造型凶惡的大劍。「鎧甲」內建的強化外裝。

「閃身飛逝」（Flash Blink）
將自身化為極細小的粒子，以類似傳送的方式移動到遠處。第一代「Chrome Disaster」──「Chrome Falcon」所擁有的必殺技。

「噴火」（Flame Breath）
從口中噴出火焰攻擊目標。可以讓敵人著火，火焰在熄滅之前會持續地對敵人造成損傷。第二代「Chrome Disaster」的必殺技。

「鉤索」（Wire Hook）
從手掌射出極細鋼絲，命中目標後就會化為「鉤索」，能將目標拉過來，射程也相當遠。另外還可以鉤住不能搬動的「障礙物」，藉此讓自己快速移動。第五代「Chrome Disaster」──「Cherry Rook」的特殊能力。

「高速飛行」
背上所生的翅膀，讓他成為「加速世界」中唯一能飛行的角色。第六代「Chrome Disaster」──「Silver Crow」的特殊能力。

「雷射劍」（Laser Sword）
將自己的手固定成銳利的劍刃狀斬殺敵人。透過強化射程的效果，增加了一小段有效攻擊距離。第六代「Chrome Disaster」──「Silver Crow」的心念技。

「雷射長槍」（Laser Lance）
將自己的手固定成銳利的長槍狀刺穿敵人。射程比「雷射劍」更長。是第六代「Chrome Disaster」──「Silver Crow」的心念技。

加速世界

Accel World

09 七千年的祈禱

川原 礫

插畫 / HIMA

Kadokawa Fantastic Novels

■黑雪公主＝梅鄉國中的學生會副會長，是個清純又聰慧的千金小姐，真實身分無人知曉。校內虛擬角色為自創程式「黑鳳蝶」，對戰虛擬角色為「黑之王」＝「Black Lotus」（等級９）。
■春雪＝有田春雪。梅鄉國中二年級生，體型略胖，遭人霸凌。對遊戲很拿手，但個性內向。校內虛擬角色為「粉紅豬」，對戰虛擬角色為「Silver Crow」（等級５）。
■千百合＝倉嶋千百合。跟春雪從小就認識，是個愛管閒事又活力充沛的少女。校內虛擬角色為「銀色的貓」，對戰虛擬角色為「Lime Bell」（等級４）。
■拓武＝黛拓武。跟春雪及千百合都是從小就認識，擅長劍道，對戰虛擬角色為「Cyan Pile」（等級５）。
■楓子＝倉崎楓子，曾參加上一代「黑暗星雲」的資深超頻連線者。因故過著隱士般的生活，但在黑雪公主與春雪的勸說下回歸戰線。曾傳授春雪「心念」系統。對戰虛擬角色是「Sky Raker」(等級８)。
■謠謠＝四埜宮謠。參加上一代「黑暗星雲」的超頻連線者。名列「四大元素(Elements)」之一，是松乃木學園國小部四年級生。不但能運用高階解咒指令「淨化」，還很擅長遠程攻擊。對戰虛擬角色為「Ardor Maiden」(等級７)。

■神經連結裝置＝以量子無線方式與大腦連線，透過影像與聲音等方式，對所有感官都能提供訊息的攜帶型終端機。
■BRAIN BURST＝黑雪公主傳給春雪的神經連結裝置內應用程式。
■對戰虛擬角色＝玩家在BRAIN BURST內進行對戰之際所控制的虛擬角色。
■軍團＝Legion。由多名對戰虛擬角色組成的集團，以擴張佔領區域及確保利權為目的。主要軍團共有七個，分別由「純色七王」擔任軍團長。
■正常對戰空間＝指進行BRAIN BURST正規對戰（一對一格鬥）用的場地。儘管有著直逼現實的高規格重現度，但遊戲系統則與上個世代的格鬥遊戲相差無幾。
■無限制中立空間＝只允許４級以上對戰虛擬角色進入的高等級玩家用場地。其中建構有遠超出「正常對戰空間」之上的遊戲系統，自由度比起次世代ＶＲＭＭＯ遊戲也毫不遜色。

■運動指令體系＝用以控制虛擬角色的系統，正常情形下對於虛擬角色的控制都由這個系統處理。
■想像控制體系＝透過堅定想像意念（Image）來控制虛擬角色的系統。運作機制與正常的「運動指令體系」大不相同，只有極少數人懂得如何運用，是「心念」系統的精要。
■心念（Incarnate）系統＝干涉BRAIN BURST的想像控制體系，引發超越遊戲格局之現象的技術。又稱做「現象覆寫（Overwrite）」。

■加速研究社＝神祕的超頻連線者集團。不把「BRAIN BURST」當成單純的對戰遊戲而另有圖謀。「Black Vise」與「Rust Jigsaw」等人都是這個社團的成員。
■災禍之鎧＝名喚Chrome Disaster的強化外裝。一旦裝備上去，就可以使用吸取目標ＨＰ的「體力吸收」與透過事前運算來閃避敵方攻擊的「未來預測」等強力技能，但鎧甲擁有者的精神會遭到Chrome Disaster汙染，進而完全受到支配。
■Star Caster＝Chrome Disaster所拿的大劍，有著凶惡的造型。但原本的外形可說名副其實，是一把意象莊嚴，有如星星般閃閃發光的名劍。
■ＩＳＳ套件＝ＩＳ模式練習用（Incarnate System Study）套件的縮寫。只要用了這種套件，任何超頻連線者都能夠運用「心念系統」。使用中會有紅色的「眼睛」附在虛擬角色的特定部位上，並散發出黑色的鬥氣──象徵「心念」的「過剩光(Over Ray)」。

■「七神器」(Seven Arcs)＝「加速世界」中七件最強的強化外裝。包括大劍「The Impulse」、錫杖「The Tempest」、大盾「The Strife」、形狀不詳的「The Luminary」、直刀「The Infinity」、全身鎧「The Destiny」與形狀不詳的「The Fluctuating Light」。

1

我要殺了你們。

一個活口都不留。

腦中只剩這股衝動，已不再有任何可稱之為思考的東西可言。唯有砍斷撕扯敵人的手腳腦袋、把敵人給大卸八塊的渴望，化為冰冷的火焰流竄過有田春雪全身。

「咕嚕……」

他發出野獸般的低吼聲，重新握好右手的大劍。

對戰虛擬角色「Silver Crow」身上純粹的銀色已經消失，取而代之的是凶暴的泛黑鉻銀色。裝甲形狀也完全變了樣，原本纖細而平滑的四肢上滿是尖銳的環狀金屬零件，軀幹自然也不例外。不過最顯凶煞的，還是那從上下包裹住原有圓形頭部的頭盔部分，乍看下宛如肉食猛獸的血盆大口。有著成排獠牙狀突起的護目鏡完全遮住了臉，看不見原有的鏡面面罩。

這些裝甲不是單純的裝備——它不只是「BRAIN BURST」遊戲中的強化外裝。

遊戲中最強的一批裝備號稱「七神器（Seven Arcs）」，又稱七星外裝。其中名列六號星（Zeta）的鎧甲「The Destiny」，受到一位超頻連線者深沉的憤怒與悲傷影響而扭曲，接著與屬於高階強化外裝的大劍「Star Caster」融合成了「災禍之鎧」。這件傳說級的強化外裝「The Disaster」甚至已經超越神器的領域，自加速世界的黎明期就帶來大量的破壞，即使遭到討伐也從未徹底消失，一而再再而三地復活。如今，它正密不通風地覆蓋在Silver Crow身上。

不，這種現象已經超脫了「召喚」或「裝備」的領域。現在，春雪與鎧甲已經密不可分，Disaster的破壞意志與春雪的意識完全合而為一，再也聽不見以前那不時朝他傾訴的說話聲。

春雪以自己的意志低聲說道：

「你們這些傢伙……一個也別想活。」

春雪張開有著惡魔般輪廓的雙翼懸停在空中，眼底相當於現實世界澀谷區．明治大道宮下公園北段的「魔都」屬性街道上，有六名超頻連線者圍成一個圈，抬頭看著闖入的他。

這群人圍住了兩個閃爍的微弱光點。

它們一個是草綠色，另一個是灰色。那是無限制中立空間裡會出現在超頻連線者死亡位置的「死亡標記」。草綠色是綠色軍團「長城」團員「Bush Utan」，灰色則是他的老大哥，也是春雪長期以來的勁敵——機車騎士「Ash Roller」。

殘殺他們兩人無數次的六人之中，有五個是春雪第一次見到的生面孔。唯有其中一個，也就是幾分鐘前才給了Ash致命一擊的虛擬角色例外。

這人中等身高，身材纖細，然而那雙手臂極具份量。這人裝甲是帶著點咖啡色的深綠色，名字叫「Olive Glove」。直到幾天前為止，此人都跟Bush Utan搭檔對戰，是綠色軍團的中級成員。他跟Ash當然也認識，而且應該可以算是朋友。

但他毫不遲疑地刺穿了Ash的心臟，其間看不出絲毫情緒波動。他企圖榨乾Ash Roller的超頻點數，讓對方永遠地從加速世界中消失。

Olive Glove與其他五人的面罩上微微露出訝異神色，抬頭看著春雪。他們每個人的胸口，都裝備著那眼球狀的生物型物件。

這「ISS套件」是一種黑暗寄生體，能賦予裝備者控制系統外超強攻擊力「心念系統」的力量；相對地，它也會增幅裝備者的負面情緒，導致玩家連未登入遊戲時的人格都會遭到扭曲。想必這六個人現在都處於套件的支配之下，因此他們才會毫不遲疑地攻擊Olive的同團師兄Ash Roller，以及同樣曾穿戴過套件的Bush Utan。

可是，春雪已經不在乎這種事了。

Ash Roller是其他軍團的成員，說來還算是春雪的敵人。儘管他的「上輩」是黑暗星雲副團長Sky Raker，但春雪在現實世界中從來不曾見過Ash。

然而——

春雪當上超頻連線者之後的第一次對戰、第一次戰敗，以及第一次戰勝，對手都是Ash。Ash無論處在什麼樣的狀況下，都把BRAIN BURST當成一款對戰遊戲，想盡情玩個痛快；不知不覺間，他這種態度在某種意義上成了春雪的心靈寄託。當春雪碰上逆境或有迷惘時，他總會以那陽剛到了極點的戰鬥風格與美式機車的豪邁排氣聲，讓春雪走回超頻連線者的正道。每次跟他「對戰」，都是那麼地熱血沸騰，那麼地愉快舒暢。

但是，這六個人卻靠著以多欺少與心念攻擊帶來的壓倒性優勢不斷殘殺Ash，使得春雪對他們只有憎恨。就是這樣的憎恨與憤怒，讓好不容易才回歸種子狀態的「災禍之鎧」甦醒過來，導致春雪走上與正道相反的道路；說來的確是一大矛盾，但春雪已意識不到這種矛盾。

春雪在空中迸射出漆黑的火花，高高舉起造型尖銳的大劍。

地上的Olive Glove等六人似乎將他這個動作判斷為敵對行動，以一絲不苟的動作一齊舉起右手，對準春雪。

六隻大小各異的手掌罩上了一層同樣顏色的黑濁過剩光，像黏液般滴落的黑暗迅速增加密度，扭曲四周的空間，顯示出其中所蘊含的威力有多麼可怕。

同時，春雪視野的灰色外掛圖層之中高速跑過一串小小的英文字，它們代表的意思是——

「攻擊預測／心念攻擊　強化射程．威力／虛無能量系　威脅度／10」。

淡紅色的透明線無聲無息地從六隻手掌延伸過來。這不是攻擊本身，而是「鎧甲」靠著累積起來的大量戰鬥經驗預先計算出攻擊軌道，再顯示到春雪的視野之中。

這些遠距離攻擊毫無變化，就只是直線瞄準胸口，要閃躲可謂輕而易舉。

但春雪卻連一公分也不移動，只微微在握住大劍的右手上加了些力道。籠罩住刀劍的漆黑鬥氣隨即劇烈搖曳，顏色與地面六人身上的鬥氣倒有點相似，但若說他們的鬥氣是「黏液」，春雪的就是「火焰」，一種由肆虐不已的憤怒與研磨得極為銳利的殺意重合而成的——絕對零度火焰。

地面上的超頻連線者們，瞬間握起高舉的右手後用力張開，異口同聲地喊出招式名稱：

「黑暗氣彈（Dark Shot）！」

這是ＩＳＳ套件賦予裝備者的兩項基本心念攻擊技之一。三天前由Bush Utan右手釋放出來時，這種黑暗光束像撕紙一樣輕易地扯斷了Silver Crow的一邊翅膀；而現在一口氣就有六道光束，發出怪物嘶吼般的共鳴聲直逼而來。

這波多重攻擊蘊含了足以瞬間毀滅任何對戰虛擬角色的威力，但春雪卻遲遲不閃躲，直到六道光束的軌道交錯於一點的瞬間，才以大劍「Star Caster」隨手一掃。

劍上熊熊燃燒的黑暗火焰，甚至不容黑暗光束碰到劍身。同屬性心念攻擊的對碰，造成了幾乎讓整個空間震出裂痕的獨特衝擊聲，六道光束全數落到春雪的右下方。「魔都」屬性極為堅固的地形物件穿出深深的大洞，噴出黑色的爆炸火焰。

但春雪對這種現象看也不看一眼，只以沙啞的嗓音低聲說了句：

「……蹩腳。」

終究只是臨陣磨槍的心念攻擊。即使能夠機械式地發動覆寫現象，底子卻空洞得很，力道也太差。跟昨天傍晚差點同樣受到ＩＳＳ套件支配的拓武那招「雷霆暗槍（Lightning Dark Spike）」比都沒得比，招式裡更沒有任何感情。

Olive Glove這批人心中就只有「飢渴」。那是一種只知尋求超頻點數的空洞衝動，是一種想靠著從別人手中得來的速成力量規避風險、貪求勝利的醜陋慾望。

就是這麼樣一群人，用這麼樣一種力量，一再地殘殺Ash Roller。他因為有著身為「格鬥遊戲玩家」的矜持而遠離心念系統，始終想堅持對戰者的立場，但這六人卻圍住他，一而再、再而三地殘殺他。

不，還不止如此，連Ash的跟班——本來跟這六人一夥的Bush Utan，他們也照殺不誤。在他們六人附近相互依偎的兩個死亡標記，就是最好的證明。若沒遇到這些人，Ash跟Utan本來應該在東北方隔了老遠的千代田區與春雪等人會合……

今天，二〇四七年六月二十日下午七點，「黑暗星雲」軍團現有的六名團員實施了一項作戰，目的是救出困在屹立於無限制中立空間正中央「禁城」深處的春雪／Silver Crow與四埜宮謠／Ardor Maiden。

作戰內容如下——春雪與謠設法獲得在禁城內部的神祕超頻連線者「Trilead Tetraoxide」協助，從南門離開禁城。黑雪公主、楓子、拓武、千百合等四人則配合出城的時機，牽制守護南門的超級公敵「四神朱雀」，幫助春雪他們逃脫。

實際上，朱雀比他們預料中湧現得更早，導致春雪與謠無法直線逃脫。眼看就要遭到朱雀噴出的火焰焚燒殆盡之際，黑雪公主與楓子拚著一死衝進朱雀的防守範圍，吸引朱雀的鎖定。然而這樣一來，將會導致軍團的正副團長都在四神領域深處死亡，陷入「無限ＥＫ」狀態，可說是最糟糕的結局。春雪將昏過去的謠交給拓武與千百合，接著立刻一百八十度轉向，前去拯救他敬愛的兩人。

春雪雙手分別抱住黑雪公主與楓子，朝著剩下的唯一逃脫路線——正上方飛行，但朱雀依舊窮追不捨。春雪雖耗盡飛行能量來源——必殺技計量表，卻體會了全新的心念技「光速翼（Light Speed）」而穿出平流層，到達群星的世界。

沒有空氣就無法飛行的春雪與朱雀當場停滯不動，但有著推進式強化外裝「疾風推進器」的楓子卻讓黑雪公主騎在自己背上衝鋒，靠著黑之王無與倫比的心念攻擊「星光連流擊（Star Burst Stream）」擊破朱雀。儘管由於「四神相關」提供的強大治癒能力而未能給予朱雀致命一擊，但春雪、黑雪公主與楓子仍然得以從朱雀的領域生還。

六人緊緊相擁，分享作戰成功的喜悅，卻看不到照計畫本來應該在場的Ash Roller。春雪聽到他並未出現在會合地點，心中湧起一股難以言喻的不祥預感，孤身以飛行方式進行搜索，最後終於發現……不，應該說是目擊到了這個景象。

他看見了Ash遭Olive Glove殘殺的瞬間。

本來Ash參加的綠色軍團「長城」跟黑暗星雲處於敵對關係，不過他仍舊選擇在危險的無限制中立空間跟這些人會合，理由就是他不惜放下自己的信念，想針對心念系統求教。

在今天早上上學前進行的那場對戰打完後，Ash對春雪說出了自己的打算。Ash並不想學會心念系統在無限制空間裡肆無忌憚地對戰，只要能做出打醒跟班Bush Utan的一擊就好。

這樣的他居然沒出現在會合地點，肯定是待命時在正規對戰場地裡遇見了Utan。Ash不想錯失良機，說服或懇求Utan一同前往無限制空間。

而Utan多半是把Ash拚命訴說的話給聽了進去，決心捨棄纏著自己不放的ISS套件，再次走上超頻連線者的正道。兩人肯定說好了要在無限制中立空間碰頭，等春雪與黑暗星雲成員完成「禁城逃脫作戰」，就要跟他們會合。

但Olive Glove等六人，卻察覺到了Ash與Utan的動向而設下埋伏。

春雪不明白他們兩人當中先死的是誰。他到現場時，只看見Ash用自己的身體護住Utan的死亡標記。標記本身名副其實只是個記號，所以Ash這種行為沒有任何實質上的意義，但想必他就是沒辦法不這麼做。

如果兩人死亡的時間錯開，死後六十分鐘的復活時間也就沒辦法兜在一起。即使其中一人復活，另一人仍然處於死亡狀態。他們兩人肯定就是在這種無能為力的「幽靈狀態」下，被迫看著自己的好兄弟一再遭到凌虐。

「……不了你們。」

春雪口中再度發出沙啞的嗓音。

「我饒不了你們。我要宰了你們，一個活口都不留。我會殺到你們的超頻點數全部用光，從加速世界消失為止。」

絕對零度的劫火流竄全身，內壓無限升高，等著得到解放的那一瞬間來臨。連憤怒與憎恨也融入了火焰之中，聚合成純粹的意志。

「……這不就是你們要的嗎？你們不就是要這樣相互爭奪、互相殘殺，到最後連自己跟這個世界也跟著消失嗎？那我就來實現你們的願望，徹底消滅你們。」

話音從形狀凶惡的護目鏡下發出，但已經有一半以上不是春雪的嗓音。一種兼具野獸般凶猛與鋼鐵般冰冷，不知道發自何人的聲音，與他本身的嗓音產生了強烈共鳴。

——不，不只這樣。在很遠很遠……很深很深的地方，還有另一個非常細小的聲音。一個在嘆息、悲傷之餘，仍然拚命對他訴說的聲音……

然而，這句話還沒送進春雪的意識，眼底的六個人又舉起了右手。

同時擊出的六發心念攻擊被春雪一劍彈開，但他們並不顯得動搖。看起來不像老神在在，比較像是情緒已磨耗殆盡。

反倒是寄生在他們胸部的ＩＳＳ套件那深紅色的眼球，凝聚著憎恨瞪向春雪。黏液般的鬥氣濃厚地籠罩住六隻手，凝結在手掌上，散出細小的黑色火花，顯示出這一波攻擊的威力將比先前更強。

春雪的視野中，再度顯示出攻擊屬性資訊與預測軌道。這次同樣是遠距離心念攻擊，但軌道不一樣。亮紅色軌跡在途中變淡擴散，化成球形裹住春雪四周的空間。這就表示……

「黑暗氣彈！」

彷彿由同一個人控制似的，六張嘴完美地齊聲唸出招式名稱。從手掌發射出來的漆黑光束濺出細小的飛沫直逼而來，但軌道與先前那一波攻擊不同，並非直線前進。這些光束在空中呈現不規則扭動，卻又明確地朝春雪轟去。

「……」

春雪默默地張開背上的金屬翅膀，一口氣朝右飛開，緊接著整群光束也急轉彎追了過去。

果然是「導向攻擊」。由於六發光束的軌道自始至終沒有任何一瞬間重疊，也就不可能像剛剛那樣一劍全部劈開。即使能用劍打掉其中一發，剩下五發也會打在身上。先前與四神朱雀戰鬥時所耗損的體力計量表，已經在召喚「鎧甲」時完全恢復，所以不可能瞬間陣亡，但多半還是會受到一定程度的損傷。

春雪大幅度往左繞行，黑色光束群散發出深淵似的飢渴直追而來。看樣子，無論怎麼高速移動，導向光束的軌道都無法匯集成一條。如果用全速直線飛到底，也許能甩得掉這些光束，但這無異於臨陣脫逃。

春雪無意逃走，他張開翅膀猛然減速，在空中懸停後轉身。

六道光束錯綜交會，不斷逼近。地上六人似乎把春雪的停止看成放棄，露出淺淺的笑意。春雪也彷彿在呼應他們的笑一般，在厚重的護目鏡下露出冷笑。

他右手握著劍不放，雙手在抱胸，傲然挺起胸膛，凝視直逼而來的漆黑心念氣彈。就在約三十公尺的高度靜止不動，等著光束朝自己逼近……距離越來越近……

就在即將中彈之際，他小聲說了一聲：

「閃身飛逝（Flash Blink）。」

Silver Crow——不，是第六代Chrome Disaster——只留下「嗡」的振動聲，整個人的身影就此消失。六道光束跟丟了鎖定的目標，在空中亂兜圈子飛了幾秒後，有的在空中爆炸，有的穿進地上的建築物，噴出黑濁的爆炸火焰。

這時春雪已經散發著黑銀色的光芒，於幾乎貼在地上六名ＩＳＳ套件裝備者身旁的極近距離化為實體。

「閃身飛逝」。這是過去在加速世界中創造出災禍之鎧——嚴格說來，是以憤怒與絕望，將「七神器」當中的六號星「The Destiny」轉化為詛咒強化外裝「The Disaster」那名超頻連線者所擁有的必殺技。可以將自身化為極細小的粒子，用疑似傳送的方式瞬間移動到遠處。

春雪連這個超頻連線者的名字都沒聽過。只有過去留下的一些片段記憶，讓春雪在禁城內作了個奇妙的夢。春雪不知道「他」長得什麼模樣，更不記得他用過什麼樣的招式。

但他就是知道了……不，應該說本來就知道這點——現在的自己可以動用這種能力。

看見春雪突然出現在極近距離，套件裝備者之一——這名虛擬角色有著褪色的褐色裝甲，指尖全都攏成槍口狀的左手——露出驚訝的表情。

「……黑……」

他開口喊起招式名稱，同時就要伸出右手。

但這隻手對不到春雪身上，就這麼指向上方，無視於骨骼架構的限制繼續往後轉。過了一會兒，他的肩膀上跑出一道泛黑的銀色線條，整隻手就從這條線與軀幹分開，滾落在魔都屬性的地上鏗鏘作響。

春雪以超高速拔出右手大劍劈下，砍斷了敵人的手。

與先前的「閃身飛逝」一樣，春雪本來不可能會用這招。畢竟春雪不像拓武——Cyan Pile那樣在現實世界中學過劍道，在加速世界中也一直專攻徒手格鬥。對於劍型強化外裝別說不知道怎麼揮了，甚至連正確的握劍方式都不知道。

但春雪已經不在乎自己身上發生了什麼事。整個意識之中只有一股強烈的衝動，想將眼前這群「敵人」砍成幾十塊，將他們從這個世界消滅。

暗褐色的虛擬角色，看著自己滾落在地上的右手好一會兒，面罩上終於隱約露出幾分害怕的神色。

「你、你是怎樣……你這力量是怎樣…………」

嵌有視鏡狀圓形鏡頭眼的面罩下發出了這樣一句話。受創的痛楚似乎到這時才跟了上來，讓他左手按住右肩的傷口。胸前的眼球——ISS套件，似乎也反映出裝備者的動搖與痛楚，散發的光芒跟著不規則地搖曳。

但這時後方其他五個人身上的套件，卻在極短的時間差內發出火紅的光芒，彷彿實際將能量傳遞過來，讓褐色虛擬角色胸前的套件也恢復了強烈的目光。看樣子，他們六個人就是拓武口中屬於「同一叢集」的人。ISS套件會相互連結，也就表示他們身上的複製體套件在遺傳基因上非常相近，算是「上下輩」或「兄弟」。但將他們聯繫在一起的，只不過是暫時性的利害關係一致，當中沒有任何情誼可言。連成員的Bush Utan也照殺不誤，便證明了這一點。

——情誼…………

一想起這個字眼，春雪內心深處立刻產生銳利地刺痛。

那種感覺就像處身於冰凍的黑暗當中，看見一道淡淡陽光射了進來，更有一個聲音在很遠很遠的地方不斷迴盪。

——你要想起來……你也有……寶貴的……情誼…………！

但緊接著再度湧出的壓倒性憤怒，甩開了陽光與說話聲。感受到有一陣凶猛暴風雪在體內肆虐的春雪，對眼前的褐色虛擬角色說道：

「你們馬上就會消失……告訴你們名字也沒有意義。」

「……你別……得意忘形了……」

鏡片下的雙眼發出紅色的底光，胸前ISS套件所發出的光芒也與其餘五人的的套件同步脈動。在這裡所受的痛楚會放大到相當於正規對戰場地的兩倍強度，但他似乎連這種痛楚都已經感覺不到。

褐色虛擬角色的左手從傷口上移開，小小打了個手勢，其餘五人立刻迅速移動，包圍住了春雪。看樣子褐色就是他們的隊長，但他既然失去了一隻手，戰力上的主軸應該會改由其他人擔任。春雪機械性地判斷出下一擊就要解決這傢伙，於是準備轉身。

但他的腳步卻猛然定住，低頭一看，不知不覺間自己的腳已經泡在一灘發著油光的綠色液體之中，液體中還伸出兩隻手，牢牢握住春雪雙腳腳踝。

這簡直像是「墓地」屬性的地形效果「妨礙移動（Ensnare）」，但其實並非如此。這灘伸出手的液體，來自於左側某個對戰虛擬角色融化的雙手。這名身材纖瘦的虛擬角色與春雪目光交會，橢圓形面罩上立刻露出得意的笑容。是Olive Glove——

春雪以右手提著的大劍劍尖，隨手刺向抓住自己雙腳的手。但銳利的金屬並未遇到任何阻力就沉了進去，似乎並未造成損傷。從這個狀態看來，他這種能力不但能以驚人的握力捕捉目標，還可以讓物理攻擊失效。事先沒有顯示出攻擊預測資訊，或許是因為視線集中在褐色虛擬角色身上的關係吧。

剩下五個人維持等間隔，圍著被定住的春雪，隨即以整齊劃一的動作舉起左手。厚厚一層渾濁的黑色黏液狀鬥氣裹在握緊的拳頭上。

「哼哼……你的點數我們也照樣榨得一滴不剩。」

褐色虛擬角色以帶有大量雜音的嗓音這麼說。

這一回，總算有一串文字從春雪視野中跑過。「攻擊預測／心念攻擊　強化威力／虛無能量系　威脅度／30」。同時顯示出來的紅色預測軌道線，從五個方向筆直貫穿春雪。

五人高高舉起左拳，一起向前衝刺，並異口同聲地喊出：

「黑暗擊（Dark Blow）！」

裹上黑暗鬥氣的直拳，燒灼著虛擬的空氣打了過來。無論「鎧甲」防禦力多高，要是同時被五發屬於強化威力系的心念攻擊打個正著，多半會受到相當大的損傷，但春雪只是冷冷地看著拳頭朝自己逼近。這些拳擊只有攻擊力得到心念強化，拳速卻與初學者差不了多少。對於為了閃躲紅色系敵人步槍子彈而做過特訓的春雪來說，這些拳頭慢得幾乎讓他想打呵欠。這次他也同樣拖延至攻擊幾乎要打到身上、雙方鬥氣即將接觸之際，才在護目鏡下低聲喊了句：

——閃身飛逝。

黑銀色的虛擬角色只留下低沉的振動聲，當場消失無蹤。Olive Glove抓住春雪雙腳的手掌平白捏住了空氣。

春雪維持直立的姿勢，往後方做了約三公尺左右的短距離瞬間移動，接著重新化為實體。五個拳頭跟丟了眼前的目標，臨時收不住手，猛力互撞在一起。

一陣開天闢地似的巨大衝撞聲響起，漆黑的爆炸火焰鋪天蓋地湧來，瞬間遮住整個視野。高密度的能量洪流撲面而來，但春雪卻只是微微撇開臉，任由能量波湧過。

隨即恢復的視野當中，出現了痛得在地上打滾呻吟的五名對戰虛擬角色。每個人左肩以下的部分都不翼而飛。這種被強大力量撕開的傷口，想來痛楚遠比遭到銳利刀劍砍了一記還要強得多。

「……怎麼……會……」

春雪對茫然說著這句話的Olive Glove更不看上一眼，朝倒地的幾人走了幾步，以右腳踏住其中一人。那人有著紅褐色的裝甲，算是六人當中的隊長。但是，如今他的雙手都已經缺損，「黑暗擊」或「黑暗氣彈」都用不出來。

看著這個連聲音也發不出來，只能讓兩個鏡頭眼不停閃爍的對手，春雪低聲說道：

「同樣的當不要上第二次好不好？」

如果隔了些日子才重新打過也就算了，一次對戰中被同樣的戰術——這次的例子，就是拖到即將中招時才以「閃身飛逝」閃躲的手法——騙到第二次，實在是愚不可及。如果是過去與春雪戰得難分難解的那些對手，光是第一次看到他怎麼用這招來閃避光束，就會立刻掌握住這種能力的性質跟效果，做出該有的對應。Ash Roller當然也不例外。

這些傢伙沉溺在現成的力量裡，連對戰的基本觀念都忘得一乾二淨。Ash被這樣的一群人靠著數量優勢打敗，想必憾恨到了極點。想到這裡，胸口又是一陣刺痛，然而連這樣的感覺都被置換成了怒火。

看在短短幾步外以「幽靈狀態」等著復活時刻來臨的Ash Roller眼裡，自己會是什麼模樣呢？春雪也不去想這種事，只在有著銳利鉤爪的右腳上加了幾分力道。

腳底感覺得出寄生在褐色虛擬角色胸部的ISS套件劇烈脈動，同時虛擬角色的嘴終於迸出了音色鮮明的慘叫：

「嗚啊……嘎……哈……」

他奮力掙扎，彷彿想用已經失去的雙手抓向地面，但「鎧甲」的刀刃狀鉤爪深深穿進裝甲，讓他根本掙脫不了。最後那稜角分明的裝甲終於出現放射狀裂痕，朝著空中噴出鮮紅色的特效光點。

春雪在憤怒驅使下，以殘忍的手段慢慢消磨敵人的體力計量表之餘，一部分意識卻像獨立運作的處理器般，開始運轉數位的思緒。

在這樣的狀況下，有可能只破壞ISS套件嗎？如果可以，破壞之後會發生什麼情形？

剛才他也看到了，ISS套件之間是以一種肉眼不可見的「迴路」相互連結，但這種連線並非終端機之間直接相互聯繫的「點對點」式，而採中央集權式的「客戶端／伺服器」型態。當套件遭到破壞的瞬間，會不會將某種信號傳送到位於加速世界當中的「套件母體」呢？

春雪腳底感覺著ISS套件的脈動，同時右腳毫不留情地用力一踏。

「咕哈啊啊啊……住、住手……嗚……啊啊啊啊啊！」

刺耳的慘叫聲與對戰虛擬角色軀幹粉身碎骨的異樣音效同時響起。虛擬角色的上半身與下半身被春雪給一腳踏得分成左右兩半，他正要發出最後一聲慘叫時，體力計量表卻早了一步歸零，讓他全身發出朱紅色光芒，爆散成無數細小的碎片。

春雪以過於殘忍的方法屠殺對手之後，冰冷地觀察他的「死亡」。Silver Crow的右腳應該確實踏穿了褐色虛擬角色的ＩＳＳ套件，但從消滅時的聲光特效與必殺技計量表增加量來看，應該並未破壞掉強化外裝。也就是說，只靠正規的物理攻擊，即使精準命中ＩＳＳ套件，也只能削減對方的體力計量表，無法破壞套件本身。

春雪正轉著這些冷冰冰的念頭時，有一名失去左手的敵人從他右側站起，短聲呼喝：

「……我們先退再說！別管『Cocoa Cracker』了！」

他所說的Cocoa Cracker，多半就是被春雪踩死的褐色虛擬角色。會這麼乾脆地說要放棄隊長，的確像臨時拼湊出來的集團會做的事。除了在春雪正面發呆的Olive Glove以外，其餘四人相視點頭，立刻一起跑向南方，多半是想從明治大道上的澀谷站登出點離開。至於留在原地不動的Olive Glove……從他的視線看來，多半是在等待計量表累積到可以再度使用特殊能力。

春雪站在原地，看著那四人全速跑遠，但他絲毫不打算放過這些人。只見他將握在手上的劍往附近的地面一插，同時舉起左手與空出來的右手。銳利的五指完全張開，以雙掌分別瞄準逃走的四人當中位於兩側的兩個人，接著手腕迅速一翻。

嗤的一聲壓縮聲輕輕響起，從手掌下方發射出細小的銀光。

銀光在空中拖出閃亮的軌跡，以媲美槍彈的速度追向跑在數十公尺前的兩人。銀光轉眼間就追上目標，精準命中他們背部的裝甲，發出小而清脆的金屬聲響。但這兩人不為所動，繼續往前飛奔，完全看不出受到損傷的模樣，然而……

春雪雙手微微一收，手上傳來沉重的阻力，同時遠方的兩人腳步也跟著一亂。兩人開始在原地踏步，儘管他們依然拚命踢著地面試圖往前跑，但身體就是不往前進。沒多久，他們身體往後傾斜，腳底離開地面，在高聲叫嚷的同時從空中筆直飛來。說得精確一點，是被春雪雙掌射出的極細鋼絲不由分說地地拉了過來。這是災禍之鎧所具備的能力「鉤索」。

兩人轉眼間就被拉回原地，春雪雙手鉤爪完全穿進他們背上加以固定，更順勢將獵物高高舉起。

「放……放我下來……」

「這不是真的，連ＩＳ模式都沒開，怎麼會有這種力量……」

兩人被針固定住的昆蟲般死命掙扎，但發出的聲音聽在春雪耳裡只是刺耳的噪音。他將想像集中在雙手，以平板的聲調唸出：

「雷射劍（Laser Sword）。」

嗡一聲沉重的振動聲撼動了地面。身穿「災禍之鎧」的Silver Crow雙手伸出極長的心念劍刃，刺穿手上的獵物。但他的劍刃卻非原有的白銀色，而是染上了有如宇宙深淵般深沉的漆黑過剩光。

兩名對戰虛擬角色不只是致命部位的心臟，連整個胸腔都開出大洞，更被莫大的攻擊力餘波轟得飛起一公尺以上，這才爆碎開來。

春雪任由黑銀色裝甲反射出兩種顏色的死亡聲光特效，放下了雙手。他隔著護目鏡望向遠方，看到剩下的兩名敵人加快速度愈逃愈遠，距離眼看已經超過一百公尺。

當然，只要使用背上的翅膀就能輕易追上，但春雪只從地上拔起大劍，擺出沉腰姿勢，劍身舉在右肩上方往後收緊。

銳利的劍尖精準地指著剩下兩人。目標的輪廓已經比豆子還小，但或許是靠著「鎧甲」照在原本視野上的追加圖層效果，解析度絲毫不減。春雪冷靜地算準時機，看準兩人一前一後的身影即將重合的那一瞬間——

「雷射長槍（Laser Lance）。」

喊出招式名稱的同時，他將右手劍猛力往前一刺，裹在劍身上的黑暗鬥氣順勢化為尖銳的長槍劃過天空。這一招是學自黑之王Black Lotus的心念攻擊「奪命擊（Vorpal Strike）」，擺出的架式也幾乎一模一樣，但春雪並沒意識到這點，只是瞇起雙眼，看著這一招將帶來什麼樣的結果。

兩人的身影位於明治大道遠方，眼看就要消失在宮益坂坡道下方，但心念長槍卻毫不留情地將他們串在一起。這次兩名虛擬角色身上也同樣開出大洞，彷彿並未察覺自己身上發生了什麼事，還繼續跑了幾步，過了一會兒才腳步踉蹌，傳來細小的破碎聲與消滅光後爆開。

春雪慢慢收劍扛在肩上，朝著最後一人——擁有液態化能力的Olive Glove看了一眼。

這不是春雪第一次對上他。三天前的星期一放學後，春雪與「劫火巫女（Ardor Maiden）」在杉並區組成搭檔進行對戰，當時他們所挑上的對手，就是碰巧出現在對戰名單上的Bush Utan與Olive Glove所組成的搭檔。

當時春雪被啟動ＩＳＳ套件的Utan打得毫無招架之力，但Maiden則毫髮無傷地擊退了應該也在運用同種黑暗心念的Olive。當然，她身為黑暗星雲「四大元素（Elements）」自然有她相應的實力，但實情想必並非這麼單純，一定有某種壓倒性的「剋制因素」存在。

春雪不帶任何情緒，只進行冷冰冰的思考，近在他身邊的Olive卻仍然站在原地，甚至不設法逃走。但這並不是因為他胸有成竹。雖然看不出他是否有認知到春雪就是傳說中的破壞者「Chrome Disaster」，但眼見春雪轉眼間就殺了五個同伴，確實讓他嚇得手足無措。他泛著油光橄欖綠的身軀頻頻顫動，就是最好的證明。

「快點……快點……」

那從嘴角流出沙啞的嗓音，是Olive在朝自己的必殺技計量表說話。他的視線從慢慢又有了動作的春雪與多半正在重新充填的計量表之間來來去去。

幾乎就在從Silver Crow肩上放下的大劍唰一聲擦過地面的同時，Olive放聲大喊：

「油質液化（Lipid Liquid）！」

他喊招式名稱的聲音，幾乎破了嗓。高瘦的身軀噗通一聲，一口氣融化。整個虛擬身體完全失去原來的形體，變成地上一大灘橄欖色的積水。處在這樣的狀態下，相信所有純物理攻擊都會失效。

而且他似乎還保留了移動力，整灘積水以奇幻類遊戲中常見的「史萊姆」似的動作，衝向道路兩旁成排建築物當中的一棟。「魔都」屬性下的地形十分複雜，一旦被他跑進去，便很難再找出來。

但這次春雪讓Olive用出必殺技，並不是想放過他。

綠褐色的積水正中央有個部分明顯隆起。仔細一看，就可以發現裡面有一個黑色的球體。那是ＩＳＳ套件。看來即使擁有液態化能力，也無法將系統上視為強化外裝的套件變成液體。

而這正是春雪有意造成的狀況。

春雪凝視慢慢移走的積水，深深吸一口氣，肺裡立刻產生一種焦燙的感覺。他蓄足了氣，接著猛力吐出。

從凶惡頭盔嘴部吐出的並非單純的空氣，而是熊熊燃燒的火焰。這是特殊能力「噴火」。

這灘積水似乎發現情形不對，拚命朝建築物移動，但終究逃不開這燒灼空氣的放射火焰。

當積水碰到火焰的那一瞬間，立刻燒了起來。

噴吐攻擊很快就消散，但籠罩著積水的火焰並未消失，彷彿積水本身是可燃物質……不，實際上就是這樣。Olive Glove將自己身體轉化成的物質並不是水，而是「油」。當初他之所以會被Ardor Maiden完封，就是因為本身屬性嚴重受到「火焰」剋制。

相信即使化為液體，身體的感覺也不會消失，劇烈燃燒的大團燃油忽左忽右亂跳一通。春雪自己也曾多次在這無限制中立空間差點被「四神朱雀」吐出的火焰噴中，那種灼熱的感覺實在太逼真。要是得持續承受這種痛覺，肯定很難忍下去。

但是，對現在的春雪來說，「敵人」的痛苦根本無關緊要。春雪走向這灘可能連掙扎的力氣都已經用盡而不再動彈的積水，不，應該說是積油，伸手就是一插。

銳利的五指插進燃燒的大團火焰之中，找出那直徑五公分左右的球體牢牢握住。在無數纖維崩斷的噁心觸感下拖了出來的，就是那紅色眼球幾乎完全被眼瞼遮住的ＩＳＳ套件。

在無限制中立空間下，系統對強化外裝的處理方式也跟在正規對戰場地上不太一樣。

首先，一旦強化外裝遭到破壞，即使持有者死了又復活，強化外裝也不會恢復。要再度使用同一件強化外裝，就必須先從登出點登出，再重新進入這個空間。

另外，雖然不是所有種類的物品都能搶，但只要原本的持有者還活著，就可以「暫時搶過來用」。要搶奪強化外裝，就必須搶先撿起掉落的強化外裝，或是切斷裝備部位，現在春雪嘗試的就是後者。他先以噴火來癱瘓全身液態化的Olive Glove，再趁對方ＨＰ計量表耗盡之前扯下套件。這樣一來，儘管套件在系統上的所有權仍然屬於Olive，使用權卻會暫時轉移到春雪手上。

但春雪當然完全不打算自己佩帶。

他的目的正好相反。

再怎麼攻擊裝備套件的對戰虛擬角色，也只會先把裝備者的體力計量表扣到零，無法破壞套件本身，這點他才剛驗證過。既然如此，就應該先將虛擬角色與套件分離，然後才針對套件本身攻擊。

春雪在護目鏡下露出猙獰的笑容，右手加重力道。

尖刀般的鉤爪陷進塑膠狀的眼球表層，緊接著眼瞼部分猛然睜開，火紅的瞳孔頻頻顫動。眼球後方無力下垂的血管狀組織開始蠢動，匯集成鑽頭狀，試圖刺穿春雪右手的裝甲。或許是套件放棄了原本的宿主，想寄生在春雪身上來支配他——昨晚與拓武對戰時就曾發生類似的現象。當時套件的血管輕而易舉地刺進了Silver Crow的胸部，但現在「災禍之鎧」厚實的裝甲卻完全彈開了鑽頭。

「…………沒用的。」

春雪低聲說完，右手使上了十成力道。

「啪嗤！」一聲驚悚的爆裂聲響起，ＩＳＳ套件發出異樣的金屬質感慘叫，組織化為無數碎片爆開。

只要在無限制空間破壞ISS套件，相信一定會引發某些現象。

春雪的預測沒有落空。一道紅光從他的右手飛向空中，於高空九十度轉彎開始飛行。這道光實在太稀薄，要不是靠The Disaster強化過視覺，他多半根本不會發現這道光的存在。

身旁的Olive Glove體力計量表終於耗盡，於變回原本的人形時爆碎。但春雪連看都不再看他一眼，張開了背上的翅膀。

正當春雪想起飛追向這道從套件射出的光芒之際——

他視野的角落，捕捉到了相互依偎在稍遠處的兩個「死亡標記」。一邊是草綠色，另一邊則是灰色。是被這六個套件裝備者殺死的Bush Utan以及Ash Roller。

春雪當初之所以趕來這裡，正是為了救他們兩人。

但他們在春雪心中的優先順位已經變得相當低。如今春雪滿心都是某種殺戮衝動，一舉擊潰了多達六名超頻連線者卻仍然得不到滿足。要是繼續留在這個地方，說不定還會忍不住去攻擊復活後的Ash跟Utan。

因此春雪才將驅使自己的憤怒矛頭指向ISS套件。但他並未察覺自己內心的想法，而是轉過身去，回頭對化為「幽靈狀態」看著整個狀況的兩人說道：

「你們復活後……趁這些傢伙復活之前，趕快從傳送門離開。」

春雪以沙啞的嗓音說完這句話，一口氣從已經成了殺戮舞台的路口起飛。

2

「魔都」空間的藍黑色調，讓這道從ＩＳＳ套件射出的紅光顯得十分醒目。

春雪垂直上升到翻騰滾動的烏雲附近，看著高速朝正東方飛去的發光體，想說「我絕不放過你」，但面罩下卻只發出了——

「咕嚕啊！」

那是野獸的吼聲。

Silver Crow——第六代Chrome Disaster全力振動形狀變得極為凶惡的金屬翼片，以猛禽追逐獵物似的勢頭撕開烏雲飛翔。

剛召喚出「鎧甲」時的滿腔怒火已散，改由一種研磨得極為冰冷的破壞意志充斥著全身。或許，那是春雪為了避免攻擊Ash Roller他們，而在下意識中誘導自己造成的現象，但如今春雪已經無法自覺到這點。

在這一刻，驅使春雪做出行動的，是一份決心與兩項知識。

決心——「絕不放過ＩＳＳ套件裝備者，以及套件的創造者」。

知識一——「製作並散播ＩＳＳ套件的，就是加速研究社那幫人」。

知識二——「造成災禍之鎧誕生契機的事件，是由黑色積層虛擬角色策劃的」。

這積層虛擬角色，就是當初在對抗Dusk Taker的最後關頭跑來攪局，讓春雪他們陷入苦戰的加速研究社副社長Black Vise。他的口吻與態度穩重得不像國高中生，更是個心念攻擊強度極為可怕的強敵。而且他還透過頭蓋骨內的「腦內植入式晶片（Brain Implant Chip）」得到可以降低思考時脈的「減速能力」，讓他在這時間流動速度永遠是現實世界一千倍的無限制中立空間裡，也能輕易進行長時間埋伏。

這Black Vise在很久很久以前設下了一個無情的陷阱，以加速世界中頭一遭的「無限公敵殺法」耗光一名超頻連線者的點數。這件事帶來的憤怒與悲哀，讓六號星神器「The Destiny」變了樣，化為災禍之鎧「The Disaster」。

本來，這些事春雪無從得知。災禍之鎧誕生於加速世界的黎明期，也就是七年之前。相對地，春雪當上超頻連線者還只有八個月。

但對這名積層虛擬角色——Black Vise所懷抱的無限憎惡與怨恨，彷彿成了自己的記憶般流竄全身，春雪卻不覺得這點有什麼不對。

——饒不了你們。我絕對饒不了你們。

——這些傢伙做出ＩＳＳ套件這樣的玩意，迷惑拓武的心，傷害Ash——

——還利用魔獸「耶夢加得」的利牙，一次又一次殺死她……我一定要找出這群人，把他們殺個精光。就像那天他們的所作所為一樣，帶給他們最大的痛苦，無止盡地殘殺他們，直到他們點數耗光為止。

春雪懷抱著這絕對零度的決心，一心一意追著紅色發光體飛行。

他由澀谷區北部往東飛，一口氣越過青山大道與更遠方一處狀似學校的寬廣空間。前方慢慢可以看到一處密密麻麻排滿方形石碑的地方，應該就是青山墓園了。發光體彷彿受到引力牽引般，從無數墓碑上飛了過去。

如果這個發光體就是遭春雪破壞的ＩＳＳ套件之中相當於「核心」的東西，那麼它要去的地方一定有著「本體」存在。

昨天深夜，春雪與拓武保持直連狀態睡著，透過想像迴路被帶到神祕的「BRAIN BURST中央伺服器」內部。

在那裡，他看見了由加速世界中儲存／運算的所有資料交織而成的「光之銀河」，以及從角落開始不斷侵蝕整個空間的「黑色肉塊」，也就是ＩＳＳ套件的本體。

在那個世界裡，春雪成功地破壞了寄生在拓武身上的套件，因此要再次前往中央伺服器破壞套件本體，應該也不是不可能。但仔細想想，既然有資料記載在伺服器內，也就表示套件本體也同樣是個存在於遊戲空間內的物件。就像在伺服器內有如星座般閃閃發光的「七神器」，在遊戲空間內也以劍或鎧甲等各種型態存在。

而這ＩＳＳ套件的本體，應該不能藏在每次對戰時都會重新創生又消失的正規對戰場地，得置於永續存在的無限制中立空間裡。只要追著這紅色發光體，相信一定能找到本體的所在。「那幫人」之中也一定會有人出現在附近，不是可恨的Black Vise自己，就是他的同夥。

「咕嚕嚕……………」

一股壓抑不住的低吼，從春雪的喉嚨吐了出來。

就是現在。

這一刻終於來了。

以「災禍」型態寄生在一個又一個超頻連線者的精神當中，等待了漫長的歲月，如今復仇時刻終於要來臨了。我要砍下他們每一個人的腦袋，扯下他們的手腳，把他們打成爛泥。管他最後會有什麼樣的結局，哪怕自己將完全失去理智，化為看到任何超頻連線者都照殺不誤的惡鬼，哪怕連加速世界本身都會破壞。不，這樣的結局，才適合這個殺氣騰騰的鬥爭世界。

春雪背上的翅膀帶起Ｖ字形震波撕開了頭上不遠處的厚重烏雲，整個人猛然往前飛行。紅色發光體就在短短一百公尺前方，彷彿有著意識似的拚命逃走。

發光體的去路上，出現了一棟格外高聳的建築物。這棟建築物四周圍繞著魔都空間某種邊角尖銳的裝飾用柱子，從建築與道路的相關位置來看，多半就是現實世界中位於港區赤坂一帶的多功能商業設施「東京中城大樓」。發光體似乎正朝著大樓最頂層附近慢慢下降，這也就表示目標在那裡——ＩＳＳ套件在無限制空間當中的「物理本體」就在那裡。

——我要毀了它！

春雪全身湧出破壞的意志，正要將飛行速度加快到極限。

但就在這時——

他似乎聽見右下方有人說了一句話。不是單純的發話，而是喊出招式名稱。

「『光年長城（Parsec Wall）』。」

春雪從未聽過這個男子嗓音，只覺得聽起來簡直像冷峻的巨岩一樣低沉而莊嚴，同時視野更被一道深沉的綠色光芒佔滿。

牆壁。視野中出現了無數個比人還大的綠色十字架，密不透風地拼在一起，成了一堵寬度與高度都無邊無際的牆壁。由於根本看不出上下左右到底延伸得多遠，要想繞開這道牆壁，很有可能會跟丟在牆另一頭繼續飛行的發光體。現在最優先的，並非查看這道牆壁來自哪個超頻連線者，而是查出發光體的去向。礙事的傢伙隨時都可以收拾，不必急於一時。

「……嚕啊！」

春雪低吼一聲，將黑色的心念過剩光匯集在左手。他毫不放慢飛行速度，舉拳就往綠色的牆壁打去。

黑銀色的飛人與濃綠色的障壁硬碰硬，瞬間產生了劇烈的震波，撼動加速世界的天地。

牆壁——沒有破。大群十字微微前後錯開，形成水面漣漪似的波動吸收衝擊，擋下了春雪的衝鋒。現在的春雪並非只以速度見長的Silver Crow，而是除了「速度」外，還兼具「力量」與「防禦」的終極戰鬥體——第六代Chrome Disaster，況且春雪還在拳頭上附加了厚實的心念鬥氣。這樣的一擊會被擋下，就代表這道障壁也是一種心念。

「咕嚕……」

春雪發出暴躁的吼聲，收回往前伸出的左拳。裝甲與體力計量表都沒有受到損傷，但綠色障壁也同樣沒有半點裂痕。

春雪張開翅膀懸停，慢慢轉頭，注視先前傳來招式喊聲的方向。

他的右邊——幾乎是正南方的方向上，隔著首都高速公路三號線高架約五百公尺外，矗立著一棟與中城大樓幾乎同高的大樓。是同屬大規模多功能商業設施的「六本木山莊」主建築。

大樓屋頂是寬廣的直升機起降場，正中央有兩個人影並肩站立。其中一人高高舉起的左手迸射出綠色過剩光，肯定就是阻擋春雪的心念障壁來源。

「…………那我就先解決你們。」

春雪低聲說完，慢慢轉身。先前他所追的發光體——ISS套件的「核心」多半已經鑽進中城大樓裡。要在巨大的建築物裡尋找本體固然不輕鬆，但如果真有必要，只要把整棟大樓都給砸了就行。至於跟這兩個礙事者所進行的打鬥，就當作是補充全速飛行到這裡所消耗的必殺技計量表即可。

春雪將提在右手的劍扛上肩，重新開始飛行。

六本木山莊大樓的屋頂，比他懸停的高度低了一百公尺左右，所以只靠滑翔就到得了。春雪以雙腳鉤爪掠過堅硬的地磚，在直升機起降場的北側著地。

他想先看清使出大規模防禦心念的超頻連線者而轉動視線，第二人卻搶先攔在他們之間。春雪沒見過這名對戰虛擬角色。此人身材不高不矮，不胖不瘦，體格上跟現在的春雪應該半斤八兩。輪廓本身也很中規中矩，但有兩個引人注目的特點。

一是雙手大了一圈。而且不像Olive Glove是整個手掌變大，看起來比較像是戴上了厚重的手套。第二個特徵則是全身的裝甲色，這種在稀薄陽光照耀下反射出來的灰濛光輝，顯然是金屬質感，他肯定是加速世界中為數稀少的金屬對戰虛擬角色之一。

接著，春雪再將視線轉往金屬虛擬角色的身後，看著那名左手朝天舉起的大個子對戰虛擬角色。

這人就不只是看過而已了。儘管只直接打過照面一次，但他的色彩與外形都充滿了想忘也絕對忘不了的存在感。

那身充滿重量感的裝甲，是無從比喻的純粹之「綠」。四肢與胸膛都粗壯而厚實，但該結實的地方都很結實，絲毫不顯得笨重。如果要用一句話來形容，大概就是「巨木」——無論風雨多強都不為所動的大地支配者。

面對能帶給人這種壓力的超頻連線者，自然不可能認錯，但春雪儘管已經與「災禍之鎧」精神融合，仍然覺得難以置信。

既然他們兩人會妨礙春雪追蹤發光體，也就不得不判斷他們是ＩＳＳ套件製造者，也就是「加速研究社」的成員。然而春雪在前幾天的「七王會議」席上曾目擊到這個綠色虛擬角色。他不是隨行人員，而是會議主角之一。

春雪拋不下這一抹疑念，默默以視線照射對方，忽然間綠色虛擬角色卻放下了先前一直舉起的左手。就在他手上強烈過剩光慢慢淡去的同時，在視野角落鋪滿整片天空的「長城」也跟著消失。

不，過剩光並未完全消失。這些光芒仍然停留在虛擬角色左手，更擴張成方形化為實體。最後出現的，是一塊有著純粹綠色光輝，彷彿將巨大綠寶石原石削鑿成板狀而成的盾牌。

這種足以讓周圍空間微微扭曲的處理優先順位，尋常強化外裝不可能有。也就是說，這是「神器」。這面大盾就是「七星外裝」的三號星(Gamma)「The Strife」。

錯不了。這名以心念創造出連接天地的大規模障壁以擋住春雪去路的綠色虛擬角色，就是君臨加速世界的最強者，率領大軍團「長城」的「純色七王」之一——

「……綠之王……Green Grandee。」

春雪以沙啞的嗓音喊出了這個名字。

與「王」照面的壓力當然存在，但更有一種超乎其上的情緒讓春雪忘了敬畏的心情。他全身冒出黑色火焰般的鬥氣，朝著比自己高出一個頭以上的高大虛擬角色問道：

「你就是……幕後黑手？製造ISS套件並散播的人，就是你？」

他問話時擺好了架式，只要對方微微一點頭，立刻就要用右手劍砍去。但綠之王只以不可思議的琥珀色鏡頭眼靜靜地注視春雪，不做任何反應。

代替他出聲的，是站在王身前的金屬虛擬角色。

「胡說八道……！」

這人頭部是單純的圓筒狀，但也因此更顯得頑強。他劇烈地搖了搖頭，以拳擊手套狀的右拳對向春雪繼續放話：

「Silver Crow……不，Chrome Disaster，你才是『研究社』的人吧！你身上那骯髒的過剩光就是最好的證明！也不想想六王好心給一個星期的緩刑時間讓你淨化，你卻在背地裡搞這些鬼鬼祟祟的勾當，卑鄙到了極點！真不愧是加速世界首屈一指的叛徒教出來的『下輩』！」

這番台詞迴盪在腦海中的瞬間，春雪心中爆出了蒼藍的火花。

絕不能讓這傢伙死得痛快。春雪如此下定決心，同時一部分思緒就像自動化的數位迴路般開始分析資訊。

這兩個人，已經認知到他們眼前的對戰虛擬角色就是召喚出「災禍之鎧」的Silver Crow。但這也不足為奇，加速世界雖大，但也就只有黑暗星雲的「烏鴉」能在高空持續飛行，這點知識連初學者都曉得，王與他的左右手當然也已經得到情報，知道Silver Crow遭到「災禍之鎧」寄生。更別說春雪在前陣子的「赫密斯之索縱貫賽」的尾聲，就已讓多達數百人看到自己現在的模樣。

先不說綠之王，這名金屬虛擬角色面對傳說中的破壞者非但毫不畏懼，竟還敢出言挑釁，或許反而應該稱讚他的膽識。只是春雪當然沒說出口，而是繼續思考。

如果他痛斥春雪是「加速研究社」的同路人出於本心，那就表示這兩人並非加速研究社的成員。但如果是這樣，他們為什麼要妨礙春雪追蹤發光體？另外還有一件事無論如何都不能就這麼算了，在開打之前，這件事一定要問個清楚。

春雪凝視金屬虛擬角色那拳擊頭盔狀的面罩問道：

「如果說你們跟加速研究社不是一夥的……為什麼可以站在這裡發呆？」

「…………你這話什麼意思？」

「一直到幾分鐘前，在離這裡只有三公里左右的地方，兩個『長城』的團員被裝備ＩＳＳ套件的人殺了不知道多少次。既然你們離得這麼近……為什麼不去救他們？」

問出這幾句話時，Ash Roller活活遭人刺穿軀幹而全身爆碎的模樣又閃現在腦海中，讓春雪再度感覺到絕對零度的憤怒流竄全身，護目鏡下發出壓抑不住的低吼。

「……！」

春雪右腳朝微微倒抽一口氣的金屬虛擬角色踏上一步，從護目鏡下瞪著對方的眼睛，以幾乎聽不見的音量質問：

「還是說在你們軍團裡，不管低等級團員被人怎麼痛宰，甚至點數被打個精光，你們也不當一回事？你覺得這樣的人有資格罵別人卑鄙、指責別人是叛徒嗎……？」

春雪吐出的這幾句話就像蒼藍的火焰，乍看冰冷實則熾烈，但他並未自覺到自己身上也有著巨大的矛盾。

身為第六代Chrome Disaster，春雪所期望的就是找出在遙遠的過去殺了自己「珍愛之人」的積層虛擬角色Black Vise報仇，並引導只能成為這種「悲劇溫床」的加速世界走上末日。然而一旦達成這個目的，當然也會讓現在春雪最重視的一群人跟著消失。

然而，留在「鎧甲」之中的Silver Crow，仍然相信著自己在這個世界裡頭建立起來的許多「情誼」，所以才會因為聽到上輩黑雪公主遭到侮辱而生氣，也因為綠色軍團的幹部沒去保護

Ash Roller而覺得不能原諒他們。

不知這種雙重標準是證明了春雪尚未與災禍之鎧完全融合，還是強化外裝「The Disaster」原本就有這樣的兩面性——

話又說回來，春雪並未顯露出這種內心的矛盾，只是全身湧出更加劇烈的鬥氣，又往前踏上了一步。

鐵灰色虛擬角色撐著不退，但仍然微微別過臉去，掙扎著說道：

「這、這是因為……現在正有大事要辦……」

「——沒有什麼比團員的命更重要。連自己人都不保護的傢伙，根本是比『加速研究社』還不如的人渣。我現在……就把你們兩個一起從加速世界消滅掉！」

垂著頭的金屬虛擬角色雙眼在一陣沉重的振動聲響中亮了起來。他慢慢抬起頭，正視春雪說道：

「……你懂什麼？你哪裡會懂……吾王為了加速世界……犧牲了多少時間……你哪裡曉得到底是誰一直在保護、維持這個世界，才讓你們這些人可以悠哉悠哉地對戰得不亦樂乎……」

就在這時。

先前一直保持沉默的綠之王有了動作。說是有了動作，其實也只是退開一步，雙手環抱在大盾後。但金屬虛擬角色似乎從這個動作裡看出了王的心意，於是不再多說，全身僵硬地垂下頭。過了一會兒，他抬起頭來，豪氣干雲地說道：

「……我原本就不認為對你這個『災禍』可以用講的。動嘴不如動拳，剩下的也只能用拳頭來談了。」

他右腳後跨，側開身體，以判若兩人的輕快動作踩著步法，同時舉起巨大的雙拳在身前擺好架式。

「——長城『六層裝甲（Six Armor）』第三席，『Iron Pound』，7級。不用等三天後的七王會議，我現在就解決你！」

聽對方堂堂正正報上名號，春雪也在頭盔下開了口。

但他不能自稱「黑暗星雲團員Silver Crow」。即使處於異常的精神狀態，他仍然痛切自覺到現在的自己沒有這個資格，因此他只低聲說出了受詛咒的虛擬角色名稱。

「……第六代『Chrome Disaster』。」

全身裝甲冒出的黑暗鬥氣彷彿在呼應這個名字，登時氣勢更增。而以輕快節奏搖擺上身的敵方金屬虛擬角色「Iron Pound」也在拳擊手套狀的雙拳附上鬥氣回應。

如果他剛剛報上的「六層裝甲」名號，是相當於前黑暗星雲「四大元素」的高等級幹部群稱號，就表示眼前這名虛擬角色乃是巨大軍團「長城」中排名第四的強者，而且等級還比現在

5級的春雪足足高出兩級，實力差距大到即使拚著一死也未必能找出勝機。

可是，如今春雪卻只把眼前的Iron Pound當成礙事的物件，真正的目標只有「綠之王」一個。Green Grandee對部下Ash Roller見死不救，而且還妨礙自己追蹤ISS套件，不砍下他的腦袋，實在教人嚥不下這股猜疑與憤怒。

春雪下了決心，一招就要解決掉眼前礙事的傢伙。於是他左手也放上大劍劍柄，高高舉起劍來。劍尖在頂端停住，正要揮下之際……

一條鮮明的紅線貫穿了降低了彩度的視野，是攻擊預測線，同時開始顯示攻擊屬性資訊。

「攻擊預測／心念攻擊　強化射程．威力／打擊系……」

但是，這行小字訊息春雪只能看到這裡。

因為預測線才剛出現，敵人的心念攻擊便已發動，幾乎完全沒有間隔。

即使憑著春雪在加速世界中甚至能看清步槍子彈的眼力，也只看得見有一道藍光在閃爍。Iron Pound的左拳以駭人的速度連續出拳，發出無數超出手臂長度的打擊——當春雪理解到這裡時，顏面已經受到強烈的衝擊，被打得上身後仰。

「咕……嚕啊！」

憤怒的咆哮脫口而出，春雪運用雙腳奮力踩住地面帶來的反作用力，大劍強行下劈。帶有黑暗鬥氣的劍刃眼看就要將剛出完招的敵人從頭到腳一刀兩斷……

但劍刃只捕捉到Iron Pound留在春雪視野內的殘影。劍尖深深劈進六本木山莊大樓屋頂的直升機起降場，劍上蘊含的威力餘波讓裂痕往前繼續延伸數公尺之遠，但這時敵人已經往左繞開將近兩公尺，左拳再次閃動。

磅磅、磅！帶著輕快節奏的打擊，命中頭盔的側面。這次也來不及顯示攻擊預測線。

——好快！

這速度非同小可，甚至超出了「災禍之鎧」的運算能力。儘管每一拳的威力不算高，但是段數很多，累計之下仍然將春雪的體力計量表削減了將近百分之五。這顯然是心念攻擊，才能只用這種輕拳就貫穿鎧甲的超高防禦力，不過應付起來卻與春雪過去見過或接過的任何一招都不一樣。

春雪從地上拔出劍舉在中段，牽制敵人的動作，同時思考自己覺得不對勁的理由，這才發現到哪裡有問題。

原來是沒有動用心念攻擊時應該會併用的「招式發聲」。所以他出招的速度才快得反常，也很難看出出招時機。感覺上已是遙遠過去的紅之王Scarlet Rain那幾句說明在耳邊響起：

——使用心念招式的關鍵，就在於能凝聚多強的想像，最理想的就是練到可以像原本就有的能力或必殺技那樣說用就用。你剛剛從擺出架式到實際出招，就花了將近三秒的時間在集中精神，那樣實在太慢啦！所以你要先幫招式取名字，凝縮招式的意念，然後用聲音觸發……

忽然間，春雪的內心深處一陣刺痛，但他強行甩開這種情緒，只抽出這段話當中的資訊來整理。

仁子說得沒錯。心念攻擊跟一般的必殺技不同，系統上並未規定非喊出招式名稱不可。出聲的目的是在於透過「喊出招式名稱」這樣的行為，以接近反射動作的半自動化方式完成集中精神的過程，加快發動速度。春雪現在從原地直立的姿勢到實際發出心念攻擊「雷射劍」，一共需要花上約一秒半，但如果不喊招式名稱，則得花到四秒鐘以上。

但說到BRAIN BURST為何規定一般必殺技必須喊出招式名稱才能使用，則是出於一種對施展強力攻擊所做的限制。這樣一來不但無法以必殺技從敵人背後突襲，還會把自己的攻擊時機告知敵人，讓敵人有時間應對。

所以，「無言的必殺技」才是真正最強的招式，而剛才Iron Pound就辦到了。他不喊招式名稱就使出心念攻擊，從擺出架式到出完拳，頂多只花了零點一秒左右，也難怪鎧甲會來不及顯示攻擊預測線。

——但是……

他再怎麼快，終究只是徒手揮拳。雖說攻擊距離應該也經過心念強化，終究長不過劍刃。只要配合敵人的起手動作一劍斬去，劍刃自然會先砍中。

春雪慢慢舉起挺在中段的劍，將意識專注在敵人的動向上。

Iron Pound雙腳腳踝微抬，不斷踩著細碎的步伐晃動，動作很難預測。但即使能夠不喊招式名稱，發動心念時會增加的過剩光無論如何都掩飾不了。

「…………嗤！」

只聽得一聲尖銳的呼吸聲，同時春雪看見籠罩敵人左拳的鬥氣發出強光。

反制出招的時機堪稱完美。春雪的大劍就在Iron Pound即將出拳之際劈下。這個間距會讓敵人的拳頭打不到，但劍尖卻剛好夠砍到。這把劍蘊含著連「魔都」場地下的物件都能輕易劈開的威力，眼看就要將敵人的拳擊頭盔型面罩劈成兩半，然而……

Iron Pound以春雪從經驗上認定不可能辦到的動作，只讓上半身往後傾斜，卻保留了雙腳的彈力。這必殺的一劍只嗤一聲擦出小小火花，平白劈往下方。

是假動作。

敵人作勢要出左拳，引誘春雪出招。對方只靠傾斜身體的動作躲過被騙出來的這一劍，緊接著深深踏上一步，將右拳有如大型步槍子彈似的筆直打了出去。

這次也同樣沒喊招式名稱，但這一記右拳籠罩了厚實的鬥氣，灌注全身力道，在剛揮完劍的春雪臉上來了個迎頭痛擊。

這陣衝擊的威力幾乎足以粉碎整個頭盔。之所以能驚險避免造成這樣的傷害，全靠春雪反射性以雙翼全速往後退。即使如此，中拳的那一瞬間仍讓他視野全白，頸子往後一折。拳擊的威力加上自己後衝的力道，讓春雪整個人上身後仰，往後飛出十公尺以上。

「咕嚕…………！」

春雪不由自主地發出憤怒的咆哮，同時雙腳鉤爪用力踩住地面，這才免於摔倒。

一瞬間的靜止過後，春雪將仰向正上方的臉拉回，隨即有許多細小的金屬碎片從頭盔的護目鏡裂痕灑落。春雪勉力控制住發作性的憤怒，低聲說道：

「…………這招是……拳擊？」

他目光所向之處，只見Iron Pound以順暢的動作收回維持擊出動作的右拳，雙拳再度擺出舉在嘴前互碰的防禦架式，點頭回答：

「沒錯，畢竟根本沒幾個拳擊系的超頻連線者……第一次對上很難應付吧？」

他說的是事實。春雪從未與運用拳擊技術的超頻連線者對戰過。

加速世界中多得是雙手打擊能力發達的藍色系「衝鋒型（Striker）」虛擬角色，過去他也對上過幾次，但這回還是第一次碰到把拳擊運動的技術練到這種水準、對戰虛擬角色造型也完全是拳擊型的對手。他那以驚人速度連打的左手「刺拳」、行雲流水的防禦法「後仰閃身」，以及一擊必殺的右手「直拳」，都有著極高的完成度，想來這個玩家在現實世界裡一定也有練拳擊，不然實在無法解釋這種強度。

從幾十年前就有人說，在全感覺連線型的ＶＲ遊戲裡頭，玩家本身所具備的能力，也就是

「玩家技能」所佔的比重會比其他類遊戲大。例如在現實世界是劍道選手或善於背誦的玩家，到了以劍與魔法的世界為舞台的ＶＲＭＭＯ遊戲裡，往往會十分活躍，BRAIN BURST這款ＶＲ格鬥遊戲也繼承了這樣的傾向。

但這種所謂的「起始能力加成」並不至於破壞加速世界的平衡。

理由之一就是「走體育路線的超頻連線者」本身就很稀少。既然BRAIN BURST是對戰格鬥網路遊戲，必然由愛打電玩，也就是嗜好偏向室內活動的玩家佔了大多數。

當然也有例外，像拓武就參加劍道社，千百合則參加田徑隊，但玩家本身所具備的技能也未必就能直接反映在對戰虛擬角色身上，反映不出來才是常態。像拓武的「Cyan Pile」雖然是藍色系，但拿的卻不是劍而是「鐵樁（Pile）」；千百合的「Lime Bell」也不是高速移動型。春雪也是一樣，比起赤手空拳的Silver Crow，還不如隨便換成至少有一把槍的紅色系，才更能發揮他玩遍ＦＰＳ（第一人稱射擊）遊戲的經驗。這種玩家與虛擬角色之間的不一致，就是起始技能加成不至於嚴重影響對戰平衡的第二個理由。

即使如此，還是有極少數玩家會塑造出直接反映自身知識、經驗與能力的對戰虛擬角色。

這樣的虛擬角色就通稱為——

「……『完全一致（Perfect Match）』。」

聽到春雪的低語，Iron Pound又點了點頭，接著說：

「不過，這並非你贏不了我的唯一理由。我們長城這幾年來……對『災禍之鎧』進行了徹底的研究。為的就是下次對上時不再任它囂張，而是要把它從加速世界徹底消滅。」

「…………研究……？」

「沒錯。很遺憾的，半年前『第五代』只出現在新宿以北，由於六大軍團之間締結了互不侵犯條約，我們沒辦法進行接觸……但是第六代，也就是你，我們可就不會放過了。照計畫本來要等你被登記成通緝犯，但既然在這裡碰上了，我便沒有理由遲疑。」

Iron Pound這番話說得老神在在，春雪則在龜裂的護目鏡下冷冷地注視著他。

就算是「完全一致」的拳擊手型好了，既然已經知道怎麼回事，也就多的是方法能應付。而且承認有在練拳擊，不就等於暴露出自己頂多只能應付六公尺——拳擊擂臺的邊長——範圍的近距離戰嗎？無論他在這個間距內有多快，只要拉得更開或貼得更近，要封住他的能力是輕而易舉。

首要之務就是逮住他。之後看是用心念劍刃串刺他，還是乾脆從大樓邊緣往地面丟下去，這樣就可以解決掉他了。

「…………那我會讓你知道，你們所謂的研究是白費功夫。」

春雪低聲說到這裡，左手迅速前伸。

接著他將五指張開的手掌往後一倒，一道銀光在細小的聲響中從手腕部分射出。這是一日鉤住就再也掙不脫的「鉤索」。

這本來是第五代Disaster「Cherry Rook」特有的能力，就跟第一代主人的「閃身飛逝」與第二代的「噴火」一樣，是鎧甲複製下來的。雖然得跟鎧甲進行極限深度的精神同調，但現在的春雪就達到了這個深度。甚至可以說，能夠運用過去幾代Disaster的能力，才是身為第六代的他最強大之處。

剛剛Iron Pound才說過「沒跟第五代接觸」，所以他應該不知道有鉤索這麼一招。鉤索射出的速度可以媲美槍彈，而且小得幾乎看不見，第一次對上這招時絕對不可能躲開……

「鏗！」一聲清脆的金屬聲響徹了六本木山莊大樓的屋頂。

接著春雪看到了。當初痛宰包括Silver Crow在內無數虛擬角色的終極捕獲攻擊「鉤索」，雖然命中了Iron Pound圓形的左肩，卻應聲彈開。

「————！」

等到他倒抽一口氣時，熟練的拳擊手已經以驚人的衝刺速度拉近了距離。舉在胸前的兩個拳擊手套同時發出燦爛的藍色光輝。

「鐵拳亂舞（Hammer Rave）！」

這次終於聽到他迅速地喊出了招式名稱。

無數拳頭鋪天蓋地而來。左拳像機關槍似的揮出大量刺拳，不時夾雜以媲美步槍彈速度擊出的直拳與大砍刀般沉重的鉤拳。純以總數來看——每秒多半達到十拳以上。

連防禦都來不及。由於上半身每一處都挨到強烈的打擊，使得春雪維持抬起下巴與雙手的難看姿勢。他被打得往空中浮起幾十公分，無法反擊也無法移動，陷入徹底的僵直延遲狀態。

春雪上身往後弓起，Iron Pound拖著藍色的殘像欺進他內門，一瞬間沉腰，在右拳加上密度高於之前數倍的過剩光。春雪本能領悟到對方要給他致命一擊，拚命試圖振動金屬翼片。但翅膀巨大化後反應卻稍微變鈍，就在好不容易產生升力的時機……

有如戰艦主砲似的右手上鉤拳拖著藍色軌跡，完美地捕捉到了春雪不設防的下巴。

在一陣幾乎把意識連根拔起的衝擊下，春雪以四肢攤平的姿勢飛了起來。達到拋物線的頂點後，他又花了幾秒鐘摔下。接著「嗤咚！」一聲悶響，春雪整個人背部著地，彈跳了一次之後，大字形躺在地上。

視野左上方的體力計量表被一口氣打得剩下不到一半，變成了黃色。明知非得站起不可，但衝擊實在太深，加上不想承認現狀的拒絕心態塞滿思緒，令春雪幾乎陷入「零化（Zero Fill）」狀態。

喀喀作響的硬質腳步聲藉由地面傳來，接著則是說話聲：

「——這就是『你們』的弱點。不管你是第幾代都一樣，所有Chrome Disaster……都有這個共通的弱點。」

「……弱點……」

春雪低哼著說出這句話，並在同時抬起頭來，拚命回瞪停在兩公尺外以冰冷視線看著自己的Iron Pound。

這位「完全一致」的拳擊手在他那造型單純的鏡頭眼上，流露出帶著幾分憐憫的神色，淡淡地述說：

「『鎧甲』的性能確實強大，而你受到的侵蝕似乎更是深到可以動用過去裝備者的能力。可是……這些力量終究是借來的，就像沒有駕照的小孩開著一千匹馬力的超級跑車一樣。無論你在直線賽道上猛踩油門可以跑出多快的速度，碰上彎道一樣過不去。就是因為你被這種沒有真正化為自己血肉的能力牽著走，才會連最最基本的對戰觀念——掌握對手的屬性——都沒看在眼裡。」

他舉起拳擊手套型的右手，以唯一獨立出來的拇指敲了敲自己的左肩——也就是先前彈開春雪「鉤索」的部位。

「我的屬性是『鐵』，抗貫通防禦力連在金屬色當中都算得上最頂級，那種沒用心念強化的小鉤子哪裡刺得進來？」

——原來如此啊。

春雪握得雙拳幾乎變形，這才察覺到自己所犯的錯誤。

不屬於正規色相環的金屬色對戰虛擬角色，稀有度比起完全一致者來說有過之而無不及。

春雪所知道的金屬色虛擬角色，除了自己以外，就只有藍之王那兩位左右手「Cobalt Blade」與「Mangan Blade」，以及在遠古時代創生出災禍之鎧那位冠有「Chrome」字樣的某人。他聽過的就這麼點，實際對戰過的更是一個都沒有。

因此，儘管他這些日子以來享盡金屬色在各種防禦屬性上的優勢，卻從未想像對上這種對手時的不利之處。這還能不說是自己太大意嗎？

——不，還不只是這樣。就拿被Iron Pound彈開的「鉤索」來說，如果那是自己用了多年的熟練招式，想必可以本能地看出這一招對什麼樣的對手不容易生效。沒錯，半年前跟第五代Disaster也就是「Cherry Rook」打的時候，他不就未曾主動對春雪使出鉤索？想來一定是因為他知道鉤索容易被金屬色的裝甲彈開。

借來的……力量。

看春雪躺在地上咀嚼這句話咀嚼得牙關作響，Iron Pound繼續以平靜的聲調說下去：

「——我們分析『災禍之鎧』，試圖找出針對性的戰法，最後得出了一個結論，那就是只有一種能力可以打倒Disaster。不是靠人數優勢，也不是威力超強的心念攻擊……而是『鍛鍊到爐火純青的基本招式』。之後我們長城「六層裝甲」就耗費無數的時間磨練招式，為的就是把自己最拿手的基本招式練到超出最強心念攻擊的層次……為了下次遇到的時候，可以不用依賴諸王的力量，就消滅掉侵蝕這個世界的『詛咒』。」

「咻」一聲銳利的空氣聲響起，想來多半是Pound空揮了一拳左刺拳，春雪的眼睛卻只看到刺穿空氣的鬥氣殘光。

「……過去出現的五個Disaster，都由諸王親自出陣處理，但這等於逼他們冒上『9級玩家一戰定生死』的風險。對我們這些身為國王近衛隊的人來說，實在再屈辱不過。這次一定要靠我們……不，是靠我這雙手來阻止災禍。不好意思，Silver Crow，我要在這裡徹底消滅你，趁你才剛誕生……還是最弱的Disaster時。」

——最弱。

這個字眼，帶著強烈的回音特效響徹頭盔內部的瞬間——

一陣感情的風暴在春雪全身翻騰肆虐，接著集中到背上的一個點。

——殺了你。殺了你殺了你。我絕對要殺了你！

怒氣強烈得令他頭昏眼花，這樣一股能量終究無法留在鎧甲之中，穿透背部裝甲的縫隙，化為實體爆發了出來。

從一陣滑溜觸感中，伸展出一條長而銳利且由無數金屬環節連結成的——「尾巴」。過去在赫密斯之索縱貫賽的尾聲，春雪就曾以自己的心念斬斷這第六代Disaster的象徵器官。

春雪將尖銳如刀的尾巴尖端插在地上，只靠這股反作用力，不改四肢攤平的姿勢就將身體撐起。他迅速重新站直，身體前傾帶得裝甲出聲，右手握住大劍，左手振動鉤爪，發出野獸般的吼聲。

「咕嚕……嚕嚕嚕……殺了你……我要，殺了你……」

流竄四肢百骸的殺意與激憤化為漆黑的鬥氣往外肆虐，讓魔都空間的堅硬地面出現放射狀裂痕。春雪繃緊全身，先前對自己失策的反省已經拋到九霄雲外，只想亂刀砍死眼前敵人。

面對這樣的春雪，Iron Pound絲毫不顯害怕，平靜地將雙拳擺成所謂的捉迷藏架勢。

鋼鐵拳擊手套後露出的一對鏡頭眼中，有著堅定的決心、確信，以及憐憫。

春雪僅存的些許理智，覺得自己對這樣的眼神似曾相識。

那是在……沒錯，是在半年前參加「第五代Chrome Disaster」討伐戰時。在激戰的尾聲，紅之王Scarlet Rain要用處決攻擊（Judgement Blow）消滅自己的「上輩」——第五代Disaster「Cherry Rook」時，就露出過這樣的眼神。仁子看著Cherry Rook沉溺在力量之中，被自己的憤怒吞沒，淪落為只想攻擊、吞食別人的存在，於是準備將他從這鎧甲的詛咒中解放出來……

意識到這裡的瞬間，春雪高高舉起右手劍——用力朝腳邊一插。

他一根根鬆開緊繃的五指，從劍柄上放開手，順勢讓手臂垂下，試圖控制肆虐全身的發作性怒氣。

忽然間腦海中傳來一個暴躁的吼聲。

——你在做什麼……拿起劍，砍了他，撕開他，把他吃得一根骨頭也不剩。

對他說話的，是災禍之鎧當中的「野獸」。是悠久的歲月中，歷代持有者刻在鎧甲當中的負面心念凝聚而成的類思念體。

春雪以前聽說過，BRAIN BURST所有資料都在中央伺服器——又稱「主視覺化引擎（Main Visualizer）」——以近似於人類記憶的形態進行儲存與運算。因此，當物件浸淫在太強的情緒之中，就有可能擁有自己的意識。

但這「野獸」的支配力實在太強，怎麼看都不像是單純的類意識體。當這扭曲的聲音迴盪在腦中的瞬間，春雪自己的意識又差點被當場甩開，但他拚命承受，在心中喊了回去。

——閉嘴！

——只會發脾氣根本贏不了這傢伙！我……無論如何都想打贏他，我非打贏他不可！對上這種說有別的事比同伴性命更重要的傢伙，我無論如何都不能輸！

結果回答的吼聲顯得更加暴躁。

——咕嚕嚕……那你就更需要我的力量。因為你只是一隻無力又渺小的烏鴉。

——對，你說得沒錯，這我承認。可是啊……現在的我，發揮不出「鎧甲」的全部力量。只有練得最純熟的招式，才跟得上他的速度。所以你給我乖乖閉嘴，幫我就對了！你也不想在這種地方被他消滅吧！

這些對話實際上並未化為言語，而是直接以思考接力的方式進行，所以花費的時間還不到零點一秒。野獸仍然不滿地吼了幾聲，但似乎也認同春雪的主張，於是交出了虛擬角色的部分操作權。

當然，春雪自身的憤怒並未消失，但這股怒氣卻與先前那只想把一切都燒個乾淨的地獄之火不太一樣。感覺更為尖銳，怒氣彷彿化為藍白色的電漿流體，直透到虛擬身體的末端。

春雪雙手鉤爪筆直伸出，一前一後擺定架勢，沉腰蓄勢。

Iron Pound本想拉近距離，這時卻微微瞇起鏡頭眼。他在左刺拳射程勉強搆得著的間距停步凝視對手，似乎想看出春雪棄劍的意圖。

春雪不動。他左手在前，右手在後，側身擺好架勢，全副精神只集中在對手的拳頭上。

以好不容易冷卻成功的腦子進行思考後，靠著類瞬間移動能力「閃身飛逝」來閃躲或出其不意地突襲，應該會是有效的戰法。但既然這招是必殺技，無論如何都必須喊出招式名稱。要是等看到敵人的超高速拳擊才喊，根本就來不及生效。即使想先發制人好了，只要對方看過一次，第二次就不會管用。

或者，既然必殺技計量表已經幾乎集滿，也能飛到對方打不到的高度懸停，以「噴火」或「雷射長槍」等長距離招式攻擊。但對方既然知道第六代Chrome Disaster就是Silver Crow，想必已經準備好了應對「飛行能力」的對策。而且他也不能忘了在遠處雙手抱胸，有如雕像般沉默不語的Green Grandee。一旦春雪試圖從高空展開單方面的攻擊，相信綠之王很可能會再度發動那種心念——「光年長城」。

到頭來，還是得趁王不出手干涉的時候，一招就宰了Iron Pound。即使有著Disaster的力量，要辦到這點也是難上加難，但他還是非做不可。因為，如今的春雪唯一的存在意義，就是放倒這兩個礙事的人，衝進東京中城大樓破壞ISS的本體，如果在附近找到加速研究社的成員，更要把他們大卸八塊……

「——放馬過來。」

春雪全身籠罩了一層淡淡的黑暗鬥氣，低聲說出這句話。

Iron Pound有了回應，他晃動上身，開始踏著輕快的步伐，以小碎步踩出自己的節奏，慢慢拉近距離。

先前他說得不錯，不用預備動作或喊出招式就能從左拳打出的「心念刺拳」，正是Pound最強大的武器。儘管一拳的威力不算高，但連擊快得驚人；而且一旦中拳，必定會被打得動作停滯，也就躲不開緊接而來的右直拳。

如果這是在打拳擊賽，對上這種身法輕盈的遊鬥型拳擊手，本來應該鞏固防守，格開他的刺拳後再設法拉近距離，但這裡並非只有六公尺見方的拳擊擂臺，而是寬廣的六本木山莊大樓屋頂直升機起降場，無論對方想後退或迂迴，都有著太過充分的空間，所以再怎麼堅守也找不到反擊良機，只會讓體力計量表不斷削減。

到頭來還是得破解他的心念刺拳，才找得到勝機。

——喂，「野獸」。

春雪毫不鬆懈地擺好右手的架式，同時在腦海中再度對鎧甲中的思念體說話。

——你預測攻擊的精確度比我高，他刺拳的「起手」那一下你就想辦法負責看穿吧。我來負責「撥開」。

野獸並未以言語回答，但發出了儘管不悅仍確切答應的小小吼聲——就在下一瞬間。

籠罩在Iron Pound左拳上的過剩光微微增加了厚度。

同時，一道鮮明的紅線，也就是「攻擊預測線」，貫穿了春雪的視野。

春雪反射性以螺旋狀動作閃動右手手刀。Pound的心念刺拳幾乎是剛顯示出預測線就會打到，不可能等看清拳路再來應付，只能依靠自己的本能應付。

從外而內進行畫圓動作的手掌上，傳來了滾燙的感覺——因為手掌碰到了直線攻擊軌道上的拳擊手套。但這時如果單純格開，只會讓對手立刻收招，又繼續一拳快似一拳地打來。

不要硬擋，要往自己這邊帶。

春雪將吸住Iron Pound刺拳的意象集中在手掌上，帶得攻擊軌道往左下方偏開。這種不去正面對抗敵方攻擊能量，只針對向量進行干涉／防禦的高等技術，就叫做「以柔克剛」，又稱「四兩撥千斤（Guard Reversal）」。

看來就連這樣的高手，也料不到這一記刺拳不是被擋住，反而被吸了過去。只見他上半身往前倒，腳步當場一亂。

這一瞬間，春雪在頭盔下喊出：

「閃身飛逝——」

身穿黑銀鎧甲的虛擬角色化為不具實體的粒子，只移動了短短一公尺。他從左右兩邊穿透Pound的身體，轉移到他背後。

春雪在轉身的同時重新化為實體，右手指尖按上對方不設防的背部，接著就喊：

「——雷射劍！」

比起Pound的心念刺拳，春雪發動心念攻擊所需的時間要長得多。如果Pound能立刻做出閃避動作，或許就不會被打個正著。

但是，正因為這位拳擊手「完全一致」，因此反應慢了一拍。「朝敵人背部攻擊」違反拳擊規則，在拳擊比賽裡絕對不會發生被敵人繞到背後攻擊的狀況。

當然Pound一定也充分了解加速世界裡沒有這樣的規則。但是長年在現實世界中養成的反射動作卻沒有這麼容易改掉。像拓武就是對劍道的突刺招式有著心理創傷，所以當Dusk Taker對他使出「瞄準喉嚨的突刺攻擊」時，還是會不由得全身僵硬。何況現在是用超短距離瞬間移動轉移到背面攻擊，這樣的狀況更是罕見——

Pound這一瞬間的停滯，就是這次對戰當中最大也是最後一次勝機。春雪右手迸出漆黑的劍刃，高聲打穿了對手。

即使是物理防禦力極高的鋼鐵裝甲，也擋不住零距離的心念攻擊。致命要害所在的心臟遭到貫穿，讓Iron Ponud往後弓起全身，發出痛苦的呻吟：

「嗚啊…………」

但7級終究是7級，沒能一劍致命，Pound拚命往前衝刺想拉開距離。

以常理來說，春雪剛出完大招，右手已經伸到極限，本來應該沒辦法追擊。但這次他也同樣以本能反應，全力振動右翼。翼片產生的動能給虛擬角色足以用來攻擊的扭力。在格鬥戰中靠飛行能力帶來瞬間推力實現三次元機動，這正是春雪的自創招式「空中連續攻擊（Aerial Combo）」。

春雪將銳利的旋勁從背上一路沿著肩膀傳到右手，同時大吼：

「唔……喔啊啊啊啊！」

「鏘咿咿！」一聲金屬撕開金屬的刺耳音效大聲響起，隨即散去。

一陣寂靜落在夕陽下的六本木山莊大樓屋頂上。對打的兩人輪廓完全交融，在寬廣的地面拖出長長的影子。

Iron Pound雙手無力地下垂，雙腳也同樣虛脫。支撐他身體的，是Chrome Disaster從他背上往胸前穿出的右手。他裝甲上被「雷射劍」打穿的傷口，又被銳利的鉤爪再度貫穿。

春雪手刀插進Pound的身體，整條手臂沒入至右肩。忽然間，耳邊卻傳來低沉的聲音：

「…………你……練到這個地步……為什麼……還會被黑暗之力…………」

說到這裡，「完全一致」的拳擊手全身化為無數多邊形碎片飛散。

巨大的特效聲光平息後，春雪腳邊只剩一道小小的火焰——是Iron Pound的死亡標記——搖曳著鐵灰色的光芒。春雪低頭看著火焰，以沙啞的嗓音對他說：

「……『災禍』會茁壯到這種地步……多半就是因為你們的排斥與不願理解。」

標記當然並未做出任何回答，但春雪仍然繼續低聲對他說：

「……每個人心中……肯定都有這種黑暗…………」

接下來的話他吞了回去，因為「野獸」在腦海中發出了凶暴的吼聲。

——我知道，接下來才是重頭戲……

春雪以思念這麼回應，鳴響鎧甲轉過身去。

視線所向之處，便是那手持巨大十字盾，雙手環抱在胸前的巨人。外號「絕對防禦（Invulnerable）」的綠之王Green Grandee。儘管心腹就在眼前遭到格斃，他的一對琥珀色鏡頭眼卻始終只散發出一種靜謐又神祕的色彩。

根據春雪與野獸共有的記憶片段，綠之王是唯一從初代到第四代Chrome Disaster徹底消滅時都在場見證的超頻連線者。

儘管他幾乎完全不直接進行攻擊，卻始終以這面神器——大盾「The Strife」頑強地抵擋著Disaster凌厲的攻擊，為戰友製造攻擊機會。也就是說，要不是有綠之王在，災禍之鎧所造成的破壞規模肯定會達到原本的兩倍甚至三倍以上。

所以對鎧甲與裡頭的「野獸」來說，綠之王可說是最大的仇家。在春雪意識中迴盪不已的吼聲中，就充滿著控制不住的殺意，彷彿隨時都會爆發。

——你控制一下。這個人更不是亂衝亂砍就打得贏的。

春雪對野獸這麼說，接著朝綠色巨人慢慢踏上兩步。

王仍然不動如山。春雪凝視著他，先低聲說道：

「……如果Iron Pound說得不錯，你們沒有跟加速研究社勾結……那你剛剛為什麼要礙我的事？」

他等了三秒還是得不到回答。Green Grandee在前幾天的「七王會議」席上，也同樣從頭到尾不發一語。

「——我看問了也是白問，只能用拳頭請你說了。」

春雪半自言自語地這麼說完，就要沉腰擺出臨戰態勢。

然而，就在這時——

「——再等一下，你就會知道理由。」

這句話帶有很強的特效，聲音卻十分響亮。

錯不了，就是剛剛喊出大規模心念招式「光年長城」的男子嗓音。但是，這個聲音聽起來彷彿不是透過空氣，而是從腳下地面直逼上來，讓春雪無法確信是眼前這名虛擬角色所發。

春雪直盯著男子，但綠之王仍然絲毫不為所動。雙手環抱的高大身軀也非正對春雪，而是往東北方偏了三十度左右。春雪下意識跟著王的視線望去，發現他凝視的目標，就是屹立在首都高速公路三號線彼端的另一棟多功能商業設施「東京中城」主大樓。

這座巨塔有著魔都空間特有的銳利裝飾點綴，被即將沉入地平線的太陽照得紅通通的。屋頂則跟六本木山莊大樓不同，呈細長的尖針狀。除了周圍有著小型飛行公敵繞行之外，大樓本身沒有任何動靜。

然而，逐漸侵蝕加速世界的「ＩＳＳ套件」本體，應該就藏在那座高塔之中。如今至少已經有五十名以上的超頻連線者遭到感染，只要能夠完全破壞本體，應該就可以讓這些終端機停止活動。

現在的春雪，並未想著如何拯救加速世界，反而在往相反的方向前進。他有一半以上的思緒都被一種追求毀滅的衝動佔據，打算把擋住去路的超頻連線者殺得乾乾淨淨，哪怕結果導致

BRAIN BURST本身衰微甚至消滅也在所不惜。而第一個要殺的就是創造出ISS套件並加以散播的「加速研究社」，這不只是為了套件的事，更因為就是這些人設下卑鄙的圈套，一次又一次地殘殺「……」而且每一次都造成難以想像的痛楚……

「…………………！」

忽然間，一股像是高壓電流的劇痛從脊椎骨上衝到頭部正中央，讓春雪全身僵硬。

到剛剛都還勉強壓得住的「野獸」彷彿掙脫了枷鎖，發出猙獰的咆哮。這種充滿壓倒性憤怒與殺氣的嘶吼遠比先前更為尖銳，聽起來甚至有點像在哭喊。

隨時籠罩著「災禍之鎧」的黑暗鬥氣化為漆黑的火焰往外肆虐，四肢上有如劍刃般銳利的裝甲邊緣變得更加突出，手腳的鉤爪形狀也變得益發凶惡。背上的尾巴擅自像鞭子似的甩起，捲上插在稍遠處的大劍劍柄。劍在一聲沉悶的金屬聲響中拔起，再度插在春雪眼前。

泛黑卻又光滑如鏡的刀身上，照出了Chrome Disaster彎曲身體而不規則痙攣的模樣。龜裂的護目鏡下那團黑暗之中，一對本來不屬於Silver Crow的鏡頭眼上，有著充滿煞氣的火紅光芒強烈閃動。

「咕……嚕嚕嚕嚕嚕…………」

「野獸」加上春雪自身的吼聲又低又沉重，甩開了思考與理智，腦中只剩一股翻騰洶湧的殺意。這顯然是負面心念發作的「逆流現象（Overflow）」，但春雪已經無法意識到這點。

春雪甚至忘了站在只有幾步遠處的綠之王，全開背上的金屬翅膀，右手拔起眼前的大劍，「唰」的一聲往旁一揮。他正準備從六本木山莊大樓的屋頂起飛，衝向東京中城大樓，但就在這時——

又聽見了同一個嗓音。

「慢著，時候還沒到。」

「…………咕嚕…………！」

春雪發出充滿殺意的低吼，轉身朝右。

這次綠之王Green Grandee終於將他厚重的面罩正對春雪。神祕的琥珀色眼睛始終那麼平靜，與Disaster形成鮮明的對比。他的眼神中沒有憤怒、沒有焦急，更沒有恐懼。只像一棵看盡一切、靜觀一切的森中古木，悠然站在原地。

然而對現在的春雪來說，綠之王這種態度只是一種不能忽視的挑釁。既然要來礙事，那就只能砍了他。春雪在這沒有理智可言的衝動驅使下，慢慢舉起了右手的劍，左手也放上劍柄，全身肌肉更是蓄足力道，為的是使盡每一分力度，擠出每一分速度，灌注每一分心念，將敵人一刀兩斷。

當然，春雪無論在現實世界或加速世界，都不曾修練過如何用劍這種武器。所以就如先前Iron Pound所說，這只是一種「借來的力量與技術」，在以快打快的打鬥中並不管用。

但是，此刻的春雪已經有九成以上不是春雪。失控的心念讓「裝備了強化外裝The Disaster的Silver Crow」以前所未有的精度逼近「真正的Chrome Disaster」。

春雪並不知道這人叫什麼名字，但第三代Disaster就是使用雙手劍的藍色系角色，甚至一度與外號「劍聖」的藍之王Blue Knight齊名，最後在藍之王的劍下離開了加速世界。

現在，就是這第三代留在鎧甲之中的「劍技」驅使春雪的身體動作，跟之前他所用的初代必殺技「閃身飛逝」、第二代的特殊能力「噴火」與第五代的「鉤索」一樣。當他與鎧甲，不，應該說與寄宿在鎧甲之中的「野獸」產生強烈的精神同步，就可以將歷代Chrome Disaster用過的能力化為己有。這才是「災禍之鎧」，不，應該說是第六代Disaster，也就是現在的春雪真正的力量。

綠之王似乎也認知到了春雪的失控有多深，他右腳踏上一步，全身正對春雪。這名虛擬角色的身體有一半以上都被巨大的十字盾「The Strife」遮住，但春雪也不管這些，全身像一張弓似的往後仰起，大劍往上高舉得越過背後，劍尖觸到地面，微微插了進去。後仰到極限的虛擬身體擠壓得發出悶響，就在緊繃到了極限的瞬間——

「咕……嚕，喔喔喔喔！」

春雪迸出爆炸似的吼聲，解放了所有的力道。

在跨步的力道上，他更加上了雙翼產生的推力往前衝。虛擬的空氣遭到壓縮而炸開，化為震波在堅硬的屋頂地板留下V字形的撕裂痕跡。

十公尺以上的間距，對行使近戰攻擊手段稍嫌太遠，但春雪卻在幾近於零的時間內就衝過這段距離。而且無論距離遠近，Green Grandee看來從一開始就不打算閃躲。他將畫出漆黑眉月軌跡砍來的劍刃看得清清楚楚，雙腳卻仍然動也不動，只是微微舉起裝備在左手的大盾。

強化外裝只要一裝備起來，顏色往往就會變得跟裝備的虛擬角色一樣，綠之王的大盾與藍之王的雙手劍似乎也屬於這種情形。但春雪看了一會兒，只覺得擋在眼前的盾牌散發出一種綠寶石般的光輝，比王本身的裝甲色更深更晶瑩。

春雪使出無疑是現在所能輸出的所有攻擊力——將大劍砸向屹立在眼前這堵存在感宛如深邃森林一般的綠色牆壁。

劍與盾的接觸點發生了一股純粹而且龐大的能量，大得無法用聲音或光來描繪。只見一股異樣的振動呈球狀不斷膨脹，彷彿要扭曲、震碎整個空間，接著巨大的六本木山莊大樓上半段都出現了漣漪般的波紋而晃動，緊接著——

這棟大樓在「魔都」屬性之下被賦予了最高階的強度，卻當場攔腰化為無數細小的碎片而解體。

失去立足點，讓春雪與Green Grandee在雨點般灑落的物件碎片正中央開始慢慢下降。但雙方都維持著劍盾互擊的姿勢絲毫不動。因為雙方相互抗衡的心念覆寫掉了本來應該產生的反作用力與對姿勢的影響，將虛擬角色持續固定在原本的姿勢。

大盾「The Strife」發出的綠色鬥氣彷彿新冒嫩芽，試圖籠罩住這把過去名叫「Star Caster」的大劍；籠罩在劍身上的漆黑火焰鬥氣接連燒掉這些綠意，但綠色鬥氣也無限萌芽，絲毫不顯枯萎。簡直是一棵巨樹——而且還是北歐神話裡那種支撐住九個世界的世界樹。

——支撐世界。

這句話在腦海角落閃過的瞬間，春雪感覺到一段意象或記憶流進意識之中。在一段實在太悠久的時間裡無限反覆的戰鬥。而且對手不是超頻連線者，而是有著非人形體的巨大怪物，也就是「公敵」。

過了一會兒，兩人就在本是六本木山莊大樓上半段的細碎土石所堆成的小山上，發出沉重的聲響落地。

雙方幾乎同時收起鬥氣，接著也收回劍與盾。與發生的規模相比，落幕時實在寧靜得令人難以置信。不知不覺間，春雪體內曾經那麼凶猛的憤怒風暴也已經平息，連「野獸」都沉默下來。

「…………連那樣的一劍都被輕輕鬆鬆擋下來了啊…………」

他低聲自言自語。這句話中陰森的特效已經淡去，說話口氣也以春雪自己的感性優先，但本人並未意識到這點，只是輕輕一跳拉開距離，落地踩響土沙後垂下了劍。

綠之王也同樣放下盾牌正視春雪，以沉重的動作搖了搖頭，接著以右手指向盾上的一點，彷彿在強調這一劍擋得並不輕鬆。仔細看了一會兒，發現盾牌上緣某個地方似乎有一道三公釐左右的缺損。春雪覺得只不過砍出這麼一點損傷，對方卻彷彿在對說「你贏了」，讓他不由得微微苦笑。

「我本來可是想連人帶盾砍了你啊。」

說著他朝四周看了看。

六本木山莊大樓在剛才那一劍的衝擊餘波下，有將近五成已經瓦解，高度只剩一半。外圍的附屬大樓也是有的傾斜、有的側面碎裂。

離了一段距離的沙上，有一團小小的鐵灰色火焰在晃動，肯定就是Iron Pound的死亡標記，大概是隨著大樓崩塌而一起掉下來的吧。他處在只能旁觀的「幽靈狀態」，相信一定看著春雪與Green Grandee的對峙看得心急如焚。

Pound開打前曾說溜嘴提到「我王為了加速世界犧牲了多少時間」。春雪剛才與綠之王直接以心念互相抗衡，窺見對方的記憶片段，因而覺得多少能夠了解這句話的意思。他再度將視線拉回王身上，直接問道：

「…………加速世界裡，靠獵公敵供應的點數……其實幾乎都是你一個人賺來的吧？」

對方不回答，但這沉默卻帶有肯定的意味。

「超頻點數」對於共有一千人以上的超頻連線者來說，不但是遊戲內的貨幣與經驗值，更是他們的生命。打贏對戰就會增加，打輸就會減少，此外使用各種加速指令，或是在「商店」購買物品，又或是用來升級，都會消耗大量的點數。

照常理推想，點數的供應速度應該完全跟不上消耗速度。每個月所消耗的總點數，肯定遠超過當月新進超頻連線者的「起始點數一百點乘以人數」總量。

不夠的部分，就得靠高等級超頻連線者前往無限制中立空間獵殺公敵供應，但即使如此，春雪仍然一直想不通這些點數又是如何重新平均分配到整個加速世界當中。

綠之王獨自獵殺棲息於危險迷宮內的高階公敵，把賺來的大量點數灌進商店買來的卡片式物品中，然後把這些卡片丟給棲息在原野上的低階公敵吃。等其他軍團的獵公敵團隊打倒這些公敵，就可以得到大量的點數。最後，點數才能分配到中小軍團的低階超頻連線者當中——

這樣的行為，簡直就像靠著體內儲藏的陽光與水分來養活無數小生命的巨樹。

無論他怎麼想，就是想不通為何綠之王長年來一直進行這種無償的貢獻。吃了「點數卡」的公敵，不見得都是由綠色軍團「長城」的團員獵殺到，落入其他軍團之手的情形反而應該佔了壓倒性的多數。也就是說，綠之王的行為實質上等於在提供好處給其他軍團。現在回想起來，春雪自己就曾經參加過獵公敵團隊，結果打倒的獵物吐出了本來不可能會有的大量點數，讓他高興得不得了。

「…………為什麼？」

他廣泛分配這些點數，連敵對的超頻連線者都照分不誤，卻又說自己軍團部下Ash Roller與Bush Utan的性命不是最優先的事項。春雪怎麼想就是想不通綠之王的行動基準，因此有氣無力地問出了這句話。

這個問題無法用YES或NO回答，所以春雪猜測多半得不到回應，然而……

「──這一切，都是因為我不願意讓『BRAIN BURST 2039』……又稱『試作第二號』的嘗試無疾而終。」

比起沉默寡言的王說出至今最長的一段話，他所說的內容──儘管幾乎完全無法理解──更讓春雪受到一種彷彿直透靈魂深處的震撼。

「你說……試作……第二號……？」

「正是。早出的『Accel Assault 2038』與晚出的『Cosmos Corrupt 2040』都廢棄已久，而這第二號則多半具備了第一號與第三號所欠缺的因子。在這個因子體現之前，我不能讓這個世界就這麼收掉。」

「……………」

綠之王以始終靜謐的嗓音將資訊轉化為言語，而這些內容則大大超出了春雪的處理能力。但他仍然整理出三個重點，在心中條列出來。

第一，BRAIN BURST，也就是加速世界，並非「獨一無二」的存在。

第二，綠之王Green Grandee的活動目的在於維持，或說延續加速世界的壽命。

第三，Green Grandee知道這個世界存在的理由。

「…………你是……GM？」

春雪以緊繃得沙啞的聲音質問巨人：

「你……你就是BRAIN BURST的管理員？在背後將幾千個超頻連線者操弄在手掌心，讓他們互相打鬥的就是你？」

如果綠之王承認，自己會有何打算？春雪完全沒思考這一點，只是屏氣凝神等待回答。

兩秒鐘之後，王厚重的面罩往旁一搖，回答說：

「否。」

隔了一秒後，他繼續說道：

「……系統賦予我的權限，跟你沒有兩樣。頭被砍掉就會死，死了就會失去點數，點數耗光就會永遠離開加速世界。」

「那……那你為什麼知道這種沒有別人知道的事！」

「這個答案也是否。『試作第二號』不是只有我知道，相信除了我以外的『Originator』當中，就有人知道的情報比我還多。」

「……Origi……nator……」

春雪並非第一次聽到自己低聲複誦的這個字眼。四天前的「七王會議」後，突然出現在春雪家的紅之王仁子，就以顫抖的嗓音說出了這個單字。雖然仁子當初並未告訴春雪具體含意，但如今他已經能夠推測。想來這個字眼指的就是一群沒有「上輩」的玩家，也就是「第一批超頻連線者」。

——喂，「野獸」。

春雪下意識地在腦海中對寄宿於鎧甲裡的破壞者發問。

——當初創造出你的人也是「Origonator」吧？你是不是知道什麼？

結果，在熾烈戰鬥也能保持沉默長達好幾分鐘的「野獸」發出了暴躁的吼聲。

——咕嚕嚕……我不知道，也沒興趣。我的目的只有破壞與殺戮，你也只要想著怎麼宰了眼前的敵人就好。

聽到這個回答，春雪差點苦笑，但隨即打起精神。「野獸」現在看似乖了點，但牠必定在虎視眈眈，隨時準備占據春雪的意識。就算不考慮這點好了，如今春雪不是Silver Crow，而是第六代Chrome Disaster，所以現在不是傻笑的時候，自己更沒有權利發笑。

——好啦，可是砍過剛剛那一劍，你應該也切身體會到這傢伙沒這麼容易贏吧？而且……

我總覺得情形不對勁。就算要打，我也希望能在開打前盡量問出情報。

聽春雪這麼一說，「野獸」只是再短吼一聲，就回到鎧甲之中去了。

春雪深吸一口氣，轉換思考，再度凝視Green Grandee的雙眼。這對琥珀色鏡頭眼不帶絲毫情緒，平靜地回望著他。

「——你有自己的目的，所以才會設法延續加速世界的壽命。為此，你這些日子以來一直獨自獵殺公敵，這些我都知道了。」

春雪低聲說到這裡，然後加重了語氣：

「可是……既然如此，你為什麼要妨礙我？『加速研究社』跟ISS套件顯然想毀了這個世界。那棟大樓……『東京中城大樓』一定是那幫人的據點，我的目的就是毀了據點啊！」

「我說過，你再等一下就會明白。」

綠之王簡短地這麼回答，接著抬頭望向聳立在東北方的東京中城大樓。春雪也反射性沿著他的視線望去。由於六本木山莊大樓只剩一半高，現在中城大樓比這邊高了一倍。藍黑色的尖塔鴉雀無聲，看不到任何活動的徵兆。

「……我已經等得夠久了，如果你是想拖延時間……」

春雪這句話才說到一半——

忽然間，遙遠的東方天空傳來一陣不可思議的聲響。像是敲響無數相連在一起的鐘，又像是玻璃薄片碎裂的聲響。

春雪將視線往右轉四十五度，看見七色絲絹在空中搖曳，撕開了魔都空間厚重的藍黑色雲層。是極光……？不對，那是宣告世界結束與開始的光。

「…………『變遷』。」

他這兩字一出口，綠之王就重重點了點頭。所以王跟Iron Pound等的就是「這個」了？

所謂的變遷，指的就是無限制中立空間中「魔都」、「煉獄」、「原始林」等空間屬性切換的情形。一旦發生變遷，遭到獵殺而減少的公敵就會重新湧出，遭到破壞的物件也會完全修復。當然，整個場地的外觀與地形效果也會變得迥然不同，無論是跟人打還是獵公敵，如果戰鬥中發生變遷，就得進行大幅度的戰術調整。

變遷發生的間隔時間是隨機的，但據說以遊戲內時間來算，最短也要三天（現實時間四分鐘出頭），最長則不超過十天。要預測變遷時機是不可能的，所以Green Grandee說不定已經在這裡枯等了好幾天。

然而——這是為什麼？

春雪正試圖推測他們的意圖，極光之牆已經以驚人的速度逼近。只要仔細觀察，就可以看出當這從天空灑下的光牆掃過後，最底部這些林立於東京都都心的高樓群無論顏色還是形狀，都會當場遭到改寫。

從聽到第一聲還不到三十秒，極光已經抵達六本木山莊，將些微的壓力施加在春雪身上，同時將一切事物都塗上彩虹色光輝，緊接著就是一陣搭乘高速升降梯似的上升感籠罩住全身。不是他用自己的翅膀在飛，而是先前半毀的大樓開始急速重生，將春雪他們往上推回原先所在的屋頂。

當他們停止上升，腳底再度踏上堅硬地面的同時，彩虹色光芒也跟著消散。

春雪目送極光之牆繼續快速往西掃去，接著環顧四周。

「魔都」空間下那種陰森森的深藍已經消失得無影無蹤，整個世界換上一種濃濁的紅色。地面與建築物全都鋪上了灰色的地磚與磁磚，但所有的縫隙都慢慢流出有黏度的紅色液體──也就是血液，積得到處都是一灘灘的血泊；天空也一樣充滿了不同於晚霞的毒豔紅色。是發生頻度極低的「大罪」屬性。

「大罪」跟「魔都」不同，有一大堆特殊效果，對戰時十分棘手，而其中最得留意的就是「以肉搏戰方式對敵人進行物理攻擊時，造成的損傷有一半會反彈回自己身上」這點。也就是說，這個屬性對遠距型對戰虛擬角色超級有利，但至少現在並沒有紅色系在場。

──記得小百就有夠不喜歡這個屬性的，相信她現在一定抱怨個不停吧。

春雪一瞬間不由自主地想到這裡，接著強行甩開了這個念頭。此刻，黑暗星雲的同伴應該都還在北方隔了一大段路程的禁城南門等待。春雪有預感，要是再多想到他們一點，自己隨時都會掙扎得四分五裂。

他拚命狠下心不去想，轉動視線確定綠之王還是一樣抱胸站在離自己有段距離的地方，這才開口問說：

「…………然後呢？發生了變遷又怎樣？」

屹立在東北方的東京中城大樓換上了染血的外觀，但除此之外看不出有什麼改變，從中還是看不出任何要讓綠之王妨礙春雪接近的理由。

回答春雪這個問題的不是綠之王，而是背後一個平靜的嗓音：

「……就是說這次……也沒中獎。」

春雪轉過身去，看見一個盤坐在半乾血泊中垂頭喪氣的鋼鐵拳擊手。是Iron Pound。他敗在春雪手下死亡後還不到三十分鐘，春雪正訝異他復活太快，接著才總算想到怎麼回事。原來「變遷」還有一種效應，就是會無視於本來要等六十分鐘才能復活的規定，讓幽靈狀態的超頻連線者立刻復活。

枯燥乏味的等待復活時間省去一半，Pound卻絲毫不顯得慶幸。看到這名拳擊手放鬆握緊的拳頭攤到腳上，春雪皺起眉頭對他問說：

「沒中獎……？你是指剛剛的變遷嗎？你們……到底在等什麼？」

「────你知道變遷有一定的模式可循嗎？」

被他用問題回答問題，春雪的眉頭皺得更緊了。然而他還是控制住自己，乖乖搖了搖頭。Pound點點頭說下去：

「就跟對戰虛擬角色一樣，對戰空間的各種屬性也可以分成幾個大分類。例如『冰雪』跟『霧雨』是水系、『熔岩』跟『焦土』是火系、『原始林』跟『腐蝕林』是樹木系、『魔都』跟『鋼鐵』是金屬系。除了這些所謂的自然系空間外，還有『煉獄』跟『墓園』這樣的黑暗系，以及『極光』跟『靈域』之類的神聖系存在。到這裡都還聽得懂吧？」

這老師般的口吻，讓「野獸」比春雪搶先一步發出不高興的吼聲，但也拜牠所賜，春雪自己才錯失了發脾氣的時機。春雪再度默默揮手要他說下去，Iron Pound慢慢起身，再次開口：

「……一般來說，屬於同一個大分類的屬性不會連續出現，而地水火風木金暗聖這八個分類的出現機率幾乎完全相等。不過，偶爾會遇到一直是前六大自然系分類在輪的情形，接在這些循環後面出現的黑暗或神聖系，就會是屬性純度很高……亦即非常邪惡或非常神聖的屬性。除此之外還有很多比較零碎的定律，但大致上就是這麼回事。而我們就是長期分析屬性變化的法則，預測今天這個時候會有『超邪惡』的空間出現，所以才在這裡等待。」

「……那目的應該達成了吧？也沒什麼屬性比這『大罪』更邪惡了。怎麼會沒中獎，根本就是中了大獎吧？」

聽春雪指出這一點，Pound點點頭，接著又重重搖頭：

「你說得沒錯，可是……這還不夠。我們需要黑暗中的黑暗，邪惡到極點的……『地獄』

屬性。」

「…………………」

春雪當上超頻連線者過了八個月，等級也已經升到5級，不能再說是新手，然而「地獄」空間還是只有聽過幾次。由於他對這種空間屬性的特殊效果與外觀都只依稀聽說過一點，一時之間反應不過來，但一路聽說明到這裡，還是只知道Iron Pound他們在這裡等的是什麼，完全沒有提到原因。

「……………無限制中立空間變成地獄，跟你們在這裡礙我的事，到底有什麼關係？」

春雪快要忍不住急躁的心情，朝腳下地磚滲出的血泊踏上一步這麼逼問。

站在幾公尺外的Iron Pound不開口，只是慢慢舉起右拳，應聲握緊到剛剛都還一直張開的鋼鐵拳擊手套。

春雪在護目鏡下銳利地瞇起雙眼，但Pound似乎並不是要來一場雪恥戰。他先張開左手拳擊手套制止春雪，接著身體轉向屹立在東北方五百公尺物的東京中城大樓。

「……等看了這個，就算你不想明白也會明白。」

說完，鋼鐵拳擊手就擺出不太有拳擊架式的奇妙姿勢。他雙腳張得很開，右拳往前伸出，左手按在右手的肘關節上。

緊接著，一陣強烈的藍色特效光籠罩住握緊的拳擊手套。是必殺技。春雪反射性地就要擺好架式因應，但鎧甲並未顯示攻擊預測線。Pound連看也不看摒息的春雪一眼，凝視著遠方染血的巨塔喊出招式名稱：

「——『爆推拳（Rocket Straight）』！」

拳擊手右手下臂接近手肘的部分發生爆炸。

不對，不是這樣，是分離。圓滾滾的拳擊手套與下臂的一部分從虛擬角色身上分開，噴出紅色火焰往前飛去。就連已經化為第六代Disaster的春雪，看了也不由得有點啞口無言。別說是正統拳擊，任何格鬥技都不可能有這一招。

…………你這是哪門子完全一致的拳擊手？

春雪忍著沒喊出這句話，目光追向飛走的拳頭——或許該叫做金剛飛拳。不愧是從擺出架式到實際出招花了將近五秒的招式，姑且不論正統性，速度的確十分出色，魄力更足以媲美屬於純遠戰型角色紅之王Scarlet Rain的主砲攻擊。拳頭拖出長長一道煙霧往前直衝，轉眼間就飛過首都高速公路三號線與六本木的市街，逼近遠方的東京中城大樓。

就在這時——

春雪看到高聳巨塔那尖銳的頂端附近，有個「物體」動了。

他只看得出這個「物體」大得離譜。連尺寸跟形狀都看不清楚。因為這個物體幾乎完全透明，即使用上Disaster的超解析度，也只看得出尖塔外圍的紅色環境光出現微妙的折射。

春雪拚命仔細觀看，結果也不知道是鎧甲本來就有這種能力，還是「野獸」機靈地幫他做了調整，視野中只強調出發生光線折射的空間輪廓。那個染上淡灰色的輪廓像人又像鳥，顯得十分奇特。該物體以多達十條以上的手腳牢牢抓住尖塔，格外圓而巨大的頭部轉朝衝去的金剛飛拳……

「…………！」

緊接著，春雪下意識地繃緊全身。

因為，這個透明物背後有種寬大的薄膜狀物體往左右張開，那肯定是「翅膀」，全寬甚至超過中城大樓的五十公尺寬度，整體大小或許還超過守護禁城南門的超級公敵「四神朱雀」。

大大張開的透明翅膀開始發出淡淡白光。

就在下一瞬間——一道光從巨大的頭部中央迸射而出。

光度足以將春雪經過強調(Enhance)的視野一瞬間染成全白。這道光線有著「雷射」一詞不足以描述的莫大熱量，吞沒了Iron Pound那擊碎大樓牆壁繼續往前飛行的右拳——輕而易舉地讓它蒸發掉。

光線繼續穿刺在數百公尺下方的六本木市街地。

隔了半拍的空檔後，引發了一次媲美大型隕石落地的劇烈爆炸。

「嗚…………！」

春雪不由得悶哼一聲，同時「野獸」也在鎧甲深處發出低吼。六本木山莊大樓理應離得夠遠，卻仍然產生幾乎讓人以為會再次崩塌的劇烈搖動。春雪與Pound努力站穩，只有綠之王一樣氣定神閒地屹立不搖……可是，仍然看得出他寬廣的背影中有著些許僵硬。

這個「透明物體」為了迎擊金剛飛拳而射出的光線，威力已經遠遠超出對戰虛擬角色所能達到的規模，爆炸過後留下的圓形坑洞大小與深度在在強調出這一點。既然不是超頻連線者，那就只會是公敵，但如果真是公敵，實力已經接近四神……不，考慮到本體完全透明，很難判斷攻擊時機來閃避，甚至可以說已經與四神同級。

可是——這是為什麼？東京中城只是個地標，離「禁城」相當遙遠，為什麼會有實力這麼強大的公敵在鎮守……？

「…………看到了嗎？」

這時，春雪聽見失去一隻手的Iron Pound有氣無力地問。對方也不等他回答就繼續說：

「牠的正式名稱是……神獸級(legend)公敵『大天使梅丹佐』，是芝公園地下大迷宮最終頭目……應該說本來是。」

「梅……丹佐。」

春雪覺得在BRAIN BURST以外的遊戲或漫畫作品之中也曾看過這個名詞，但心思都放在更大的矛盾上，於是開口問說：

「你說是地下迷宮的……最終頭目？但牠待的地方非但不是地下，甚至還是在東京中城的樓頂啊……」

「所以我才說『本來是』。有人把牠移到了這裡。我想……多半是馴服（Tame）了最終頭目。」

「馴服……最終頭目……這種事情辦得到嗎……？」

「每個人都以為不可能——直到現實世界約一週前，梅丹佐出現在那座大樓屋頂為止。」

Iron Pound掙扎地說到這裡，瞪向這再度完全隱形的「天使」。

「——四大迷宮之一的芝公園地下大迷宮，正式名稱叫做『兩極大聖堂（Contrary Cathedral）』。兩極這個字眼名副其實，只要由對戰虛擬角色去踩特定的地板，就可以讓內部屬性產生一百八十度的轉變，從最極致的神聖系屬性『天堂』轉變成最極致的黑暗系『地獄』……或者是反過來。那裡的最終頭目『大天使梅丹佐』，在正常狀態下的特殊能力有隱形、一擊必殺、不受任何屬性損傷，根本是胡搞瞎搞。可是只有迷宮屬性切成『地獄』的時候，牠的力量會變弱，我方的攻擊也開始打得到牠。所以只要牠待在本來所待的地方……也就是兩極大聖堂的最深處，倒也不會像這樣根本沒辦法應付。因為儘管費事了點，但只要去踩頭目房間內的操作用地板，就可以任意轉變成『地獄』屬性。至少比禁城的『四神』要好應付多了，可是……」

聽Pound說到這裡，春雪才總算覺得看見了事情的全貌，不由自主地說出心中還不是很確切的推測：

「……可是，一旦梅丹佐來到外界……『地獄』屬性就沒那麼容易遇到……」

拳擊手聽了後以生硬的動作點點頭，忿忿地說：

「根本是完全無敵啊。不但隱形，我方的攻擊還都打不到，這種公敵根本沒有任何方法打得贏。現在由那座東京中城大樓最頂層算起的半徑兩百公尺圈內，已經成了無人可以入侵的絕對禁區，幾乎可以叫做『小禁城』了…………」

「……」

Iron Pound當然不會知道，春雪這些黑暗星雲的成員不到一個小時前才剛完成「禁城逃脫作戰」。但這是靠著許多巧合才達成的奇蹟，只要中間出了任何差錯，難保春雪不會與他敬愛的「劍之主」與「師父」一起在南門前陷入無限ＥＫ狀態……

想到這裡，他再度緊握雙手拋開這個念頭，強行把差點浮現在腦海中那幾張最重要人們的笑容給塗黑，低聲發問：

「——所以一闖進去的瞬間就會死掉，直接陷入無限ＥＫ……？」

Pound沒有看著春雪，回答時並未發現他問話之前內心的掙扎。

「不……死是馬上會死，但對方攻擊實在太強，根本衝不進公敵反應圈深處，所以反而不會演變成無限ＥＫ。只要復活之後全速逃脫，就能勉強避開下一發雷射。我自己就試過。」

拳擊頭盔下的嘴角露出諷刺的微笑，卻又隨即消失。

「……就連擁有全加速世界最強防禦力的吾王，使出所有心念防禦也只能頂住光線五秒，我這種角色根本不可能有辦法應付……不管怎麼說，這下你應該知道怎麼回事、知道我們在這裡等什麼、也知道我們為什麼會阻擋你衝進東京中城大樓了吧？」

Pound說完閉上嘴，但春雪仍然沉默了一陣子。

的確，他終於搞清楚了狀況。Iron Pound與Green Grandee在這六本木山莊大樓屋頂所等的，就是照一定模式進行下變遷可能會出現的「地獄」。理由則是鎮守東京中城大樓的「大天使梅丹佐」只有在「地獄」空間會變弱，也才有辦法攻略。

而綠之王之所以不惜發動「光年長城」心念也要阻擋春雪飛行，則是因為……

「你想說……你擋住我是為了從梅丹佐的瞬殺攻擊下救我一命？」

春雪以劍拔弩張的聲音這麼問，Pound卻輕輕聳了聳肩膀說：

「如果我們一開始就知道你……知道Silver Crow已經『Disaster化』得這麼嚴重，說不定就直接讓你過去了。因為這樣就可以省下懸賞你的工夫跟點數。」

「……………」

春雪咬得牙關作響的同時，「野獸」也同樣短短地吼了一聲。全身冒出的黑暗鬥氣有了漣漪般的搖曳，但現在還是得忍下攻擊的衝動。畢竟姑且不論Pound，他剛剛才切身體會過綠之王有多硬，實在不是胡砍一氣就能打贏的。

Iron Pound一邊迴轉失去手腕的右臂，一邊斜眼看著春雪說道：

「——下次『地獄』屬性出現機率變高，得等到現實世界的三天後，也就是星期日傍晚。我跟王在這屋頂待了將近三個月，實在有點累了，所以我們會先登出。對你……我還是先說聲謝謝吧，畢竟我們團員似乎承蒙你關照了。」

他說到這裡先頓了頓，又自言自語地說：

「……你這傢伙還真奇怪。Disaster化這麼深，卻還可以跟我們這樣對話……」

春雪不理會他最後這句話，低聲回答：

「……與其跟我道謝，還不如你自己……」

但是，他說到一半卻住了口。

聽來Pound與綠之王已經在此地等待這次的「變遷」等了遊戲內時間三個月以上。如果他們這樣的苦行是為了攻略東京中城大樓，就表示他們也非常看重「ISS套件」蔓延所帶來的威脅，也以他們的方式在努力。相信他們一定知道毀掉多少侵蝕低階團員的「終端機」都沒有意義，一定得破壞「本體」才行。

「……綠色軍團（長城）的『Bush Utan』雖然曾經在ISS套件的誘惑下屈服，可是剛剛就是他自己主動想放棄套件，才會被那群擁有套件的人攻擊。所以……」

春雪壓低聲音說到這裡，Pound轉身輕輕點頭回答：

「嗯。對於這次的事件，王與我們軍團的方針，都是決定不輕言『處決』。相信在三天後的七王會議上，六大軍團也會確定針對『心念學習套件』該採取什麼樣的統一方針……不過這當然是在決定首要議題，也就是怎麼解決『災禍之鎧』以後了。」

鋼鐵拳擊手以徹底公事公辦的口氣說到這裡，就朝幾公尺外的綠之王身邊走去。兩人簡單講了幾句話，隨即開始走遠。想必是要從設置於大樓屋頂直升機起降場東南端的電梯下到大樓內部，用位於附近的傳送門回到現實世界。

春雪看著以穩健腳步走遠的兩個背影，也不管意識還有幾分麻痺就開始思考。

——我任憑憤怒跟憎恨的驅使召喚出了「災禍之鎧」，而這一次終於徹底地變成了第六代「Chrome Disaster」。使出其實不屬於自己的各種太強大的力量，殘殺那六個攻擊Ash跟Utan的ISS裝備者。

——這種舉動，簡直是在學昨天的拓武。他也是用ISS套件產生的黑暗之力，把攻擊他的物理攻擊者(PK)集團「Supernova Remnant」打得體無完膚。當初我對這樣的他說了什麼……？

想到這裡的瞬間，自己語帶嗚咽的那幾句話就在遠處小聲播放出來。

……你也一定能夠抵抗這股黑暗的力量！你應該有辦法抵抗它，克服它，繼續前進！不是嗎，阿拓！

而拓武也確實如他所說，正視藏在自己內心的黑暗，揮動心劍將寄生於自己身上的ISS

套件一刀兩斷。

——我可辦不到啊，阿拓。

春雪低頭看著自己那有著凶惡鉤爪的右手，自嘲地低語。

——我已經不剩半點堅強，根本沒辦法跟這「鎧甲」訣別。不……我都已經跟鎧甲，跟「The Disaster」融合，卻還只有這點程度，所以到頭來我根本沒什麼了不起。跟長城幹部裡排名第三的人都打得這麼辛苦，對他們上面的王更是一點辦法也沒有。跟我比起來，以前在重播影片裡看到的第四代，還有一擊嚇退黃之王的第五代，都還比我強得多了。就連他們都沒辦法抵抗鎧甲的支配力，像我這樣的角色又哪裡有辦法……

要是黑雪公主在場，也許會傻眼地說「都跟Chrome Disaster同化了，態度還能這麼消極，這已經是第一流的本事了！」但現在春雪當然聽不見這句話，反倒是背上長出的尾巴根部，傳來了「野獸」半吼半說的話。

——咕嚕嚕……你就是我在BB玩家之中尋求已久的最佳宿主。你還是第一個跟我融合沒多久就這麼善戰的素材。

聽到這句話，春雪抬起正要喪氣垂下的頭，這次終於以帶著幾分苦笑的思念回答。

——怎麼？你是在安慰我？

緊接著就在腦海深處聽到爆炸似的吼聲。

——咕嚕啊！有閒工夫說笑，還不如趕快去找下一個獵物。

——話是這麼說啦……可是當初要去的東京中城大樓，怎麼看都沒有這麼容易攻略啊……你也看到剛剛那強得豈有此理的雷射了吧？

——嚕嚕…………如果能得到特殊能力「理論鏡面」，或許……

春雪不知不覺間，開始與棲息在自己內心的野獸進行這樣的對話……

卻發現本以為已經離開的Iron Pound在電梯塔前停步，回頭凝視自己。

春雪本以為他想來場雪恥戰，當場瞪了回去，但拳擊手卻搖了搖只剩一半的右手表示他沒有此意，開口說道：

「……算了，別在意，似乎是我看錯了。剛剛你的裝甲色似乎有一瞬間……」

春雪反射性低頭看看自己的身體，但他當然只看到有著凶惡造型的「鎧甲」，顏色當然也是帶有陰影的鋁銀色。

「……當我沒說吧。」

Pound對再度抬起頭的春雪這麼說，接著大聲喊道：

「Silver Crow，你聽好了！你的緩刑期間只剩三天！如果在星期日下午一點之前，你沒把『鎧甲』從虛擬角色身上完全消除，到時候你就會變成加速世界懸賞獎金最高額的通緝犯！」

「……到時候你就第一個來要我的命吧。你一定很想來場雪恥戰，不是嗎？」

聽春雪的回答，Pound什麼都沒說，只露出了背影。但他隨即用力舉起左手的拳擊手套，大概是在說下次不會輸吧。接著他就跟在綠之王身後，搭上滿是血痕的電梯。

貼有骯髒磁磚的包廂發出令人不舒服的音效往下降。春雪被獨自留在「大罪」空間的大樓屋頂，不自覺地出聲自言自語。

「…………只剩三天，是吧…………」

仔細想想，這就是春雪身為超頻連線者所剩的壽命。

無論鎧甲——強化外裝「The Disaster」再怎麼強大，只要連上全球網路就會源源不絕地有人來挑戰，要是跟他們沒完沒了地打下去，春雪的專注力一定會先耗盡。就像無論開著多高級的跑車，若是邊開邊打瞌睡馬上就會撞車……不，在撞車之前，操作權就會先被控制用的AI停用。同樣地，再也沒有什麼比無法維持專注力的超頻連線者更脆弱了。從第一代到第五代的Chrome Disaster，幾乎全都是因此而戰敗。

「…………喂，『野獸』，你說怎麼辦？」

憤怒與破壞衝動當然並未消失，但或許是跟Iron Pound與Green Grandee激戰一場之後多少消耗掉了一些，如今反倒是死心、虛無感、自我厭惡，以及少許自暴自棄等等的情緒比較強烈。

春雪已經懶得再去想東想西，不經意地對野獸這麼一問，熊熊燃燒的思念立刻有了回應：

——我們……一定要變得更強，更強。強到無論敵人是「Originator」還是「純色玩家」，都能輕易宰了他們，把他們吃得乾乾淨淨……

「……你可真有精神。」

春雪在護目鏡下輕輕一笑。

這「野獸」——嚴格說來是由強化外裝「The Disaster」攝取的許多負面記憶與情緒，因記錄媒體的特殊性質而能以類知性方式運作的存在——目的非常單純，就是將所有超頻連線者都視為敵人，跟他們戰鬥、打贏他們、吞食他們。正由於單純，野獸的精神支配力才會強得無與倫比。姑且不論創造出災禍之鎧的「初代」，從第二代到第五代的精神都或多或少受到了鎧甲侵蝕，成了可怕的狂戰士。在他們的毒手之下，永遠離開加速世界的超頻連線者，人數恐怕不下百人。

所以若只對現況做機械式思考，這「災禍之鎧」＝「野獸」＝「第六代Chrome Disaster」＝「Silver Crow」，實在是遠比ＩＳＳ套件或加速研究社強大的世界公敵。

春雪在兩週前的赫密斯之索縱貫賽尾聲，曾一度不由自主地召喚出鎧甲，而且秒殺眼前的敵人還不滿意，更想攻擊剩下的幾百名觀眾。那時多虧Lime Bell以必殺技驚險地讓他恢復，但當時他就有預感，要是再一次叫出鎧甲，鐵定再也無法恢復，自己的意識肯定瞬間就會消失，淪為只會到處肆虐的存在。

而現在春雪就一腳踏進了這個領域。他不但第二次召喚出鎧甲，而且融合得比上次更深，一時之間還任由憤怒驅使而四處發洩。但在與強敵Iron Pound的打鬥中，心中卻有某種事物開始改變，接著又經過跟綠之王之間那有如開天闢地的較勁，讓他現在連自己都想不通為什麼會這麼平靜。

這是證明春雪已經完全與Disaster合而為一？

還是說，原因並非出在春雪身上，而是在野獸這邊……？

「……我說啊……你……」

春雪這些日子以來一直害怕「野獸」，只把牠當成埋進自己體內的禍根或定時炸彈，現在則任由自己的嘴對他訴說：

「假設你就這樣一場又一場打贏敵人，連最後一個都打倒了……然後你要怎麼辦……？」

好一陣子沒有回答。春雪心想或許「野獸」自己也沒有想到那麼遠，過了一會兒，腦海中響起了低沉的吼聲：

——不知道。那不重要，我的目的只有一個，就是破壞眼前的敵人。

「……哈、哈哈……說得也是……」

春雪短短笑了幾聲，點了點頭。

既然他是憑自己的意志召喚出「災禍」，並且讓它完全覺醒，很有可能就算用上Lime Bell的「香櫞鐘聲」或Ardor Maiden的「淨化能力」也無法恢復原狀。所以春雪就跟野獸一樣，已經沒了可以回去的地方。因為沒有人可以保證當他看到黑暗星雲那群同伴的瞬間，不會像剛剛那樣失去理智，衝動地揮劍就砍。

當然，他遲早會脫離這無限制中立空間，在現實世界跟千百合、拓武、楓子、謠……以及黑雪公主碰面。

但是，春雪不曉得到時候自己該用什麼樣的表情跟言語，來面對這群他喜愛的人，甚至覺得不如乾脆就在這時間流動加速到一千倍的無限制中立空間裡流浪下去。無論是公敵還是超頻連線者都好，看到什麼就打什麼，直到在漫長的時間裡把自己磨耗殆盡為止。

這樣一來，或許就不會那麼悲傷了，哪怕會沒辦法跟他最喜愛的這群人一起走完這條路。

「……看來我們得相處很長的一段時間啦，伙伴。」

春雪這句話只得到了不高興的短短一吼作為回答。

——沒想到我會跟那麼可怕的「野獸」進行這種談話。我明明不怎麼討動物喜歡耶……

他腦中想著這樣的念頭，決定姑且先往東——銀座方面過去看看，於是沿著六本木山莊大樓的邊緣邁開腳步。

這個時候的春雪，忽略了兩項重大的事實。

首先，如果春雪真的已經與「The Disaster」合而為一，應該根本就聽不見「野獸」說話。

大約一小時前，春雪在澀谷區北部召喚出鎧甲時，他就有好一陣子完全意識不到野獸的存在，因為他自己就化為這頭野獸在逞凶。

一直到跟Iron Pound那場激戰之中，春雪憑自己的意志試圖抵抗鎧甲支配那一瞬間，他才開始在腦海中聽得見野獸說話的聲音。之後，春雪就一邊和野獸進行超高速的對話一邊打鬥。這也就是說姑且不論戰鬥力，這種跡象也可以視為他在精神面跟鎧甲的融合率反而有所降低的證明，只是現在的春雪意識不到這點。

而第二項事實，春雪更是忘得乾乾淨淨。

就在大約一小時前，他從禁城南門跟黑暗星雲的成員分頭行動，正要起飛去找Ash Roller之際，千百合說了一句話。

「小春，要是一個小時沒等到你，我可要回到那個世界去拔掉傳輸線」。

春雪正要從屋頂東側起飛當個流浪戰士，卻看到視野正中央出現一排劇烈閃爍的紅紫色系統訊息。【DISCONNECTION WARNING】。斷線警告標語。

是先從登出點回到現實世界的同伴，從春雪的神經連結裝置上，直接用物理手段拔掉用來當成通往無限制中立空間路徑的XSB傳輸線。春雪好不容易想到這裡的幾秒鐘後……

「大罪」空間的血腥風景開始往垂直方向拉遠消失。即將從加速世界斷線之際，腦海深處聽見了野獸短短的吼聲。

這個吼聲除了一貫的憤怒與暴躁之外，似乎還隱含了一種讓他覺得陌生的情緒。

3

春雪感覺到的第一件事，不是現實世界中的身體有多麼笨重，不是背上沙發的彈力，也不是空調系統排出的空氣有多麼冰冷。

而是一隻用力抓住左肩的手、一陣淡淡的薄荷系甜香，以及絲絹般秀髮搔過臉頰的觸感。

還沒睜開眼睛，春雪就已經確定眼前的人是誰。但看到黑雪公主就在離自己只有三十公分的距離睜大她那對星空般的眼睛，春雪仍然無法遏止上湧的滿腔情感讓自己全身發抖。

黑雪公主右手抓住春雪的肩膀，左手還握著從春雪的神經連結裝置上拔出來的ＸＳＢ傳輸線接頭。看樣子，執行這物理斷線手段的不是千百合而是她。

她那水潤的淡櫻色嘴唇微微一動，發出有些緊繃的聲音：

「……春雪，我們等了一個小時你還是沒回來，所以不好意思，我們只好發動『緊急斷線保險措施』了。」

「…………好的。」

春雪好不容易應了這句話，發現聲音沙啞得連自己都嚇一跳。他的嘴裡已變得完全乾燥，連舌頭都有點不聽使喚。

結果，立刻有個裝了冰烏龍茶的玻璃杯從右側遞了過來。拿著杯子的人，是擔心程度明顯不下於黑雪公主的倉崎楓子。春雪輕輕點頭答謝，同時接過杯子，一口氣喝光了冰冷的茶。喉嚨的疼痛這才平息下來，讓他輕輕呼出一口氣。

黑雪公主等春雪鎮靜下來，才再度開口問說：

「發生了……什麼事？我們準備從離禁城南門最近的警視廳登出點離開時……目擊到在南邊，多半就是在赤坂一帶，發生非常劇烈的爆炸……你該不會被那場爆炸波及……？」

春雪這才恍然大悟。他在禁城南門跟黑雪公主等人道別時只說要去找Ash Roller，眾人當然不會知道接下來的一小時裡那一連串太多太多的事。

他雙手握緊已經空了的杯子，輕輕轉動視線。

正面是單膝靠著沙發椅，整個人幾乎撲到他身上的黑雪公主；她右邊是跪立在地毯上的楓子，更右邊則是春雪身旁跪坐在沙發椅上的四埜宮謠。

再朝另一邊看去，黛拓武與倉嶋千百合則是肩並肩探出上半身。第二代黑暗星雲的每一個成員臉上，都只有由衷關心春雪的表情。

——但我卻……

——我卻辜負了大家的信任……

春雪強行壓住瞬間湧起的這種念頭，勉強露出僵硬的笑容。他再看了黑雪公主一眼，但並未與她四目相對，只是以生硬的聲調說：

「我、我沒事……我沒有被那場爆炸波及……而且一次都沒死。我斷線時的位置離傳送門很近，要正常離線應該也不難……」

說到這裡，所有人臉上都露出微微放心的表情。但一看到這種神色的瞬間，春雪反而覺得有股罪惡感像尖針似的刺進心裡。

他一定得說。得說出這一切，說出自己做出了什麼樣的事，說出自己任由憤怒驅使而失去理智，毀了寶貴的事物。

他毀掉的——是一種可能性。不只是春雪自己，更是黑暗星雲全團的未來。

春雪按捺住想像個小孩般放聲大哭的衝動，拚命擠出笑容，同時輕輕把黑雪公主放在右肩上的手推了回去。看著摯愛的劍之主微微皺眉但仍然站起身，他這才在沙發椅上端正坐姿。

他伸手把空杯放到矮桌上，抬起頭開口說道：

「……呃，我照順序說明喔。」

說著春雪先看了楓子一眼，點點頭。

「……師父，我在澀谷站北邊不遠的地方找到了Ash Roller。看樣子他是打算在跟師父你們會合前先在澀谷和Bush Utan碰頭……可是，他們在路上被一群ＩＳＳ裝備者攻擊……」

「咦……！」

楓子瞪大眼睛，發出不成聲的驚呼，春雪立刻又朝她點了點頭：

「不要緊的。雖然他們好像被搶了好幾次點數，但Ash兄跟Utan的點數沒有耗光，相信現在已經從澀谷車站的傳送門正常離線了。」

「——這樣啊…………」

楓子慢慢吐出差點喘不過來的一口氣，用力皺起眉頭說：

「雖然知道可能已經太晚，不過，本來我差點就要一路跑去地下停車場把傳輸線給拔掉。真受不了，不管講幾次，這小鬼就是改不掉衝動的習慣……看來我得把心念特訓課程改成超豪華特製版才行。」

【UI＞還請手下留情。】

謠縮了縮肩膀，以打字方式這麼一回應，當場逗得黑雪公主、千百合與拓武齊聲發笑。春雪也努力想放鬆臉頰，擠出像是笑容的表情，同時繼續說明：

「呃……然後，我好不容易打退了這群套件使用者，結果看到有一組套件飛向東方，我就追了過去……一路移動到六本木山莊大樓那一帶，卻跟其他軍團的成員碰個正著，然後小小打了一場，總算沒出事……他們從六本木山莊大樓的登出點離線後沒有多久，學姊就幫我拔掉傳輸線，所以我也就這麼離線了。大家看到的爆炸，是待在那附近的大隻公敵引起的，不過我並沒有被公敵盯上……」

春雪說到這裡先閉上了嘴，但他實在省略太多細節，讓眾人都一副覺得事情沒這麼單純的表情面面相覷。最後由黑雪公主代表眾人問了出來：

「——春雪，你沒事當然再好不過……不過你剛剛說自己擊退了一群ＩＳＳ套件使用者……對吧？你的意思是說，你一個人，打倒了好幾個動用『ＩＳ模式』的對手？別誤會，我當然不是懷疑你的實力……」

「呃、呃…………」

千百合敏銳地察覺春雪不知該怎麼回答，於是以開朗的嗓音說道：

「學姊，小春他在關鍵時刻可是很行的！最近大家都說，他一旦處在不利的狀況，用出來的手段可是比黃之王還要狡猾呢！」

「……千百合，妳這是在誇他嗎？」

她們兩人的對話，讓拓武、楓子與謠三個人又笑了笑，春雪也拚命試圖從喉嚨擠出像是笑聲的聲音來配合眾人。

但是——就在同時，先前一直拚命壓在內心深處的情緒終於潰堤。

這群好伙伴的笑聲實在太溫暖、表情實在太耀眼。就在牆上時鐘還指著幾分鐘前的那個時候，直到眾人一起連往無限制空間的那一瞬間，春雪等黑暗星群的成員都還是個規模雖小，情誼卻十分堅定的圈子。每個人都深信他們可以從四神朱雀的喉頭救出Ardor Maiden，淨化鎧甲的寄生因子，之後大家一起並肩作戰。然而──然而…………

「…………春雪……？」

聽到黑雪公主不知所措地悄聲一問，春雪這才注意到一行淚水已經掛在自己右臉上。

他趕忙用手背擦了又擦，再度擠出笑容：

「對、對不起，沒什麼。只是救出四埜宮學妹計畫結束，我鬆了口氣，忍不住……」

春雪很快說到這裡，但現實世界中的身體卻拒絕聽他使喚，雙眼接連流出一顆顆淚珠，不知不覺間他整張臉都皺了起來，胸口也劇烈起伏。

「──春雪。」

黑雪公主以堅定的嗓音喊了他一聲，朝他伸出白皙的手。

但春雪伸出雙手，以輕卻有力的動作推了回去。一等到那苗條的身體退開，他立刻跳下沙發，踩著笨重的腳步跑向客廳的門。

春雪把手放上門把之後，先轉過身來，朝著瞪大眼睛的眾人說：

「…………大家，對不起。真的，很對不起。」

「小……小春，你是怎麼了？先說出來聽聽啊。我們不是講好再也不要有祕密了嗎！」

拓武的呼喊，讓他反射性地又想低頭啜泣，但最後還是忍了下來。

春雪將這群他最重視的人捕捉在已經模糊的視野正中央，以沙啞的嗓音說：

「…………我，已經，不再是Silver Crow，而是第六代Chrome Disaster了。」

緊接著，春雪感覺到同伴們不約而同地倒抽一口氣，但眼淚形成的薄紗卻讓少年看不清大家臉上的表情，所以他才能勉強再擠出幾句話來。

「鎧甲，已經跟我的對戰虛擬角色完全合而為一了。要還原、還是淨化，都來不及了……對不起，學姊，我……我本來好想跟妳…………」

好想跟妳一起走到加速世界的盡頭。

春雪吞下這句話，也不等黑雪公主回應就轉過身去，推開門跑到走廊上。

背後傳來的腳步聲，多半屬於拓武跟黑雪公主。春雪朝玄關跑去，同時連上家用伺服器、打開投影視窗，手指放上安全設定分頁中的強制上鎖按鈕。

「小春！」

「春雪，等等我！」

春雪彷彿想逃開兩人的呼喊，雙腳一勾上運動鞋就推開玄關的門，更在跑到大樓共用的走廊後立刻關門，按了上鎖按鍵。

「喀啦！」的上鎖聲，聽起來簡直像是斬斷了某種聯繫的聲響。緊接著，就聽到一次又一次推動推拉式門板的聲響，接著則是一陣轉動門把的聲音，但門就是不開。若不是擁有有田家家用伺服器管理者權限的春雪，便沒辦法解除強制上鎖的設定。

春雪操作視窗，把持續上鎖時間設定在最長的十五分鐘，同時對隔著五公分厚的門板一直呼喊自己名字的黑雪公主說道：

「學姊……我……我憑自己的意志召喚了『災禍之鎧』。虧大家……虧大家這麼努力想幫忙淨化寄生在我身上的『種子』……小梅也從禁城生還……我卻讓一切努力都白費了……」

——哪裡會白費！

——你是為了救重要的朋友才這麼做，難道你以為我不曉得？不過是區區「鎧甲」，我一擊就讓你們分開！春雪你開門！

儘管隔著兩片鋁製門板，黑雪公主的聲音仍然明明白白傳了過來。連她猛力敲門的震動，也似乎從背上直透到自己的心臟。

「……這樣下去，星期日的『七王會議』上，難保不會連學姊跟整個軍團都被追究責任。要是我們整個軍團都被指定成通緝犯……黑暗星雲會垮台的。我絕對不能讓這種事情發生。」

聽到春雪這麼說，震動一瞬間停住。

短暫的寂靜之中，春雪拚命說出了最後幾句話。

「『災禍之鎧』我會自己做個了斷，請你們等我……我一定會回來。回到學姊……還有大家身邊。」

自從成了黑雪公主的「下輩」而當上超頻連線者以來，春雪第一次撒這樣的大謊。

鎧甲跟自己已經分不開了。就連置身於現實世界的此刻，他也感覺得到「野獸」在自己體內深處呼吸。現在自己能做的事只有一件，那就是跟野獸一起消失。在無限次的戰鬥中，把自己的存在本身磨耗殆盡。

…………對不起。

……再見了，學姊。再見了，師父。抱歉啦，阿拓，小百。還有……四埜宮學妹。

春雪在心中這麼自言自語，接著把背部從門上移開。

他緊緊握住雙手，開始跑向電梯包廂。視野右下方的小時鐘顯示現在是下午七點二十分，勉強還算是國中生可以獨自一人走在街上的時段。只要找間網路咖啡廳，馬上連回無限制中立空間，相信在晚上十點被店家趕出來之前，就可以讓一切結束。

儘管處於混亂與焦慮中，但春雪並不是沒想到自己的行動或許太急了點。但他萬萬不能忘記，超頻連線者一旦穿上災禍之鎧，連現實世界當中的人格也會逐漸受到侵蝕。Cherry Rook成了第五代Disaster之後，甚至連既是自己「下輩」，又是所屬軍團長的仁子都想吃掉，春雪萬萬不能重演這種悲劇，萬萬不能。

上次連線時，春雪真正在失控狀態下攻擊的對象，就只有裝備了ISS套件的Olive Glove那幾個人。後來與Iron Pound及綠之王的打鬥中也曾兩度差點失控，但所幸並未達到失去理智與記憶的階段。

得趁自己還是自己的時候做個了斷。

春雪下定決心，正要搭上電梯，就看到要求語音交談的來電圖示在一陣輕快的合成音效中開始閃爍。來電的是——千百合。

春雪用力握住雙手，壓抑想按下圖示的衝動，然後在心中道歉的同時關掉了神經連結裝置的所有網路連線。接著他不用AR按鍵，改用電梯中他自己幾乎不記得用過的操作面板，指定電梯前往一樓。

春雪等人所住的北高圓寺高層住商大樓，從地下一樓到地上三樓都是大型購物商場。儘管現在是平日晚上，一樓的中央通道仍然有不少情侶與攜家帶眷的人，形成了熱鬧的人潮。春雪小跑步閃過一張張掛著開心笑容的臉孔之餘，又覺得這樣的情景有點似曾相識。

沒錯。就在今年的四月，突然出現在梅鄉國中的超頻連線者「掠奪者」Dusk Taker搶走了Silver Crow唯一的特殊能力——「飛行能力」那一天。當時春雪遭到威脅，每天都得上繳超頻點數，於是就像現在這樣強忍淚水從購物人潮之間跑過。

就結果而言，當時在環狀七號線上主動跑來「對戰」的Ash Roller成了救星。他為春雪引見自己的上輩Sky Raker，春雪因而得到「心念系統」與「疾風推進器」這兩種力量，歷經一場激戰之後終於打倒了Dusk Taker。

然而，只有這次他不能依賴別人。因為一旦在加速世界碰上，春雪可能會變得六親不認，見人就砍。

一想到這裡，就覺得「連往無限制中立空間」這個行為本身蘊含了一定的危險。畢竟誰也不能保證，他不會在內部偶然遇到自己不想打的人。也許還不如乾脆把神經連結裝置從脖子上解下來，看是要折斷還是丟進噴泉都好。把裝置連著裡頭安裝的ＢＢ程式一起破壞掉，說不定才是唯一埋葬「災禍之鎧」的途徑……

就在這時。

春雪微微低著頭朝大樓正門前進，視野前方卻跑進了一雙整齊對正的鞋子。

這雙黑色帆船鞋不新，但保養得很漂亮。再上去，能看得見純白的襪子與苗條的小腿肚。小小的膝蓋上方，則是微微搖曳的格子花紋百褶裙。

這個人——應該是女生——就停在春雪去路上，也就是購物商場中央通道的正中央。不知道此人是不是在分心操作虛擬桌面，但這樣擋路的舉動實在很沒禮貌。話又說回來，春雪當然也沒有膽子推開對方，於是他也不看對方的臉，就將前進路線往左調整。

驚人的是，他一改變方向，黑色帆船鞋也往左動了一步，照樣擋住他的去路。

春雪終於有點不耐煩，又想朝右轉進，但這次這雙鞋的主人又往同樣的方向橫向移動。這時雙方的距離終於不到一公尺，春雪不得已，只好停下腳步。

春雪賭氣似的就是不抬頭，只小聲說了句：

「……對不起，借過一下。」

他當然期待對方會說「啊，對不起！」但隔了短暫的空檔之後，以微弱音量說出來的話，卻和他預料的相去甚遠。

「……我不能……讓你過。」

…………………啥？

事情演變到這一步，連春雪也不能再繼續低著頭了。

隨著視線往上抬，這名神祕擋路女子的全身也依序映入眼簾。格紋裙上方是象牙色的針織制服外套，襯衫胸口有著與裙子同花紋的絲帶。如果這是學校制服，可說相當時髦。再上去，則有個斜背的小肩包。

這個女生應該是國中生，不過體型相當嬌小。話雖如此，她苗條的手臂卻往左右張開了三十度左右，一臉正經地擋住寬度遠超過她的春雪。

春雪看得更加啞口無言之餘，終於忍不住看了對方的長相。

她的臉，就跟她的聲音與制服一樣陌生。清爽的五官看起來有點像個小男生，髮型也是有點翹的短髮。儘管春雪很不擅長記住別人的長相，但幾乎可以肯定自己沒見過這個女生。之所

以無法斷言，則是因為他只看了對方的長相一瞬間，立刻就反射性地撇開目光。

因為，這位神祕少女一對棗形的眼睛已經淚光閃閃，淚水隨時都會奪眶而出。

不用說，他完全想不到有任何理由，會讓一個快要哭出來的國中女生擋在擠滿購物人潮的購物商場正中央不讓他過。所春雪好不容易關住差點啟動的動搖開關，又小聲說了一次：

「這個……我、我想妳大概認錯人了。不好意思，我趕時間…………」

說著春雪又要第三次調整行進路線正準備從左邊繞過去……

這名快哭出來的少女，卻以令人意想不到的強勁握力猛然抓住春雪的右手手腕，同時以更細小的聲音說：

「我沒有……認錯人。我不能，讓你離開。」

「啥……？為、為什麼……我什麼都沒做啊…………」

春雪受不了四周逐漸集中過來的視線，說話速度也加快了。

少女的回答，卻是更進一步的否定。

「不……你為，我，做了好多。你，救了我。」

少女斷斷續續地這麼宣告，忍著不讓淚珠從單眼皮的眼睛流下，接著說道：

「我是……Ash Roller。」

4

超頻連線者需要的能力很多，其中最重要的就是隨機應變能力。

對戰中，即使對手是熟悉的對戰虛擬角色，還是會發生許許多多的突發事態。如果遇到超出預期的狀況，卻還慢吞吞地不去因應，要求勝也就會變得困難重重。能以多短的時間內處理完收集資訊與選擇行動方案的過程，就是能否發揮虛擬角色性能的分水嶺。

Silver Crow最強大的能力是「速度」，而這種能力就奠基於春雪的「反應能力」之上。他在對戰中的閒置時間明顯比常人要短，這樣的評價已經不是一天兩天的事了。

然而……

此刻，春雪的思考時脈卻降到不及一赫茲，雙眼跟嘴巴都張得不能再開，除此之外什麼也做不了。

……………Ash Roller……………這……………這是誰的名字啊？

他以緩慢的速度想到這裡，自己做出了回答。

……………是Ash兄……沒錯吧。是那個騎著古董美式機車，戴著骷髏安全帽，成天怪笑說哈哈哈大爺我Mega Lucky啦的那個人。

……………咦？那個Ash兄，其實是這個乖巧的女生？

春雪花了整整十秒才咀嚼完這少量的資訊，思考卻又再度停擺。連自身所處的困境也都暫時拋諸腦後，一輛變成ＳＤ造型的機車由左往右慢慢從一片空白的腦海中通過。

春雪就在人擠人的購物商場正中央僵住不動，眼眶含淚的少女又用力拉了拉他的右手腕，小聲說道：

「我想……我們，換個，地方吧。」

思考完全靜止的春雪任由她帶領，最後到了設置於商場地下二樓的大型停車場。走過一輛輛停得整整齊齊的ＥＶ車後，前方出現了一輛眼熟的小型車。這輛有著鮮豔金絲雀黃配色的義大利五門掀背車，就是Sky Raker倉崎楓子（嚴格說來是她母親）的愛車。

少女似乎持有暫時性的電子鑰匙(Instant Key)，只見她右手迅速動了動，車子的方向燈閃了幾下，門鎖應聲開啟。她打開右後車門把春雪塞進去，自己也跟著上了車。

光是能拿到這輛車的電子鑰匙，就可以證明這個少女跟楓子認識。但坐在身旁的捲翹短髮乖巧國中女生就是「那個」Ash Roller這種事，春雪仍然無法接受，整個人一直處在茫然若失的狀態中。相較之下，當初得知冒用親戚齊藤朋子的名義闖進家中的女生其實是第二代紅之王Scarlet Rain的時候，還比較有點現實感。

只是話說回來——

春雪也有著不能一直發呆的苦衷。從他穿著居家的T恤跟七分褲衝出來起，到現在已經過了七分鐘。有田家的緊急上鎖功能只能再關住黑雪公主他們五個人八分鐘，當大門打開的那一瞬間，他們一定會立刻跑來找春雪。

在廣大的大樓內，要找出神經連結裝置沒有連上網路的人，可說是難上加難，但五人當中有千百合跟拓武在。他們從小就拿這棟建築物當場地，玩了不知道多少場捉迷藏，春雪的勝率總是遙遙落後的最後一名。尤其千百合那動物般的直覺更是如有神助，一旦賭上附近名店的冰淇淋這類獎品，她更能在幾分鐘內就嗅出春雪的所在。也就是說，如果真的打算自己一個人了斷這樣的狀況，至少得在十分鐘內離開這棟大樓不可。

春雪透過繞圈子的思考，好不容易把腦袋重開機成功，朝還在身旁吸著鼻子的少女瞥了一眼，不管三七二十一地開口說：

「呃……這個……剛剛妳說Ash Roller，是說妳認識Ash兄，還是他要妳幫忙帶口信……之類的嗎？」

春雪把希望押在這萬中無一的可能性上，期望剛剛那句「我是Ash Roller」是自己聽錯，所以先這麼問問看，只是……

少女以雙手用力握緊不知什麼時候拿出來的一條純白手帕，搖了搖一頭輕柔的頭髮，明確地做出否定。還低下莫名泛紅的臉頰，以帶著幾分羞怯的、小得幾乎聽不見的聲音說：

「……………我是，Ash本人。」

「……………………」

春雪的思考迴路又差點當機，好不容易才振作起來。但他還是無論如何都無法相信。

加速世界這麼大，相信總會有人的虛擬角色與自身形象大異其趣，可以說春雪自己就是如此。要是只看過Silver Crow這精瘦到了極點的模樣，多半很難想像現實世界中的本體會是這麼一個圓滾滾的國二男生。

不過，這終究只是外表上的差異，通常在說話語氣與舉手投足等所謂的「習性」上，並不會有這麼大的隔閡。春雪在現實世界中認識的超頻連線者，無論是黑雪公主這些黑暗星雲的團員，還是紅色軍團（日珥）的仁子與Pard小姐，甚至連奸詐的Dusk Taker也不例外。

相較之下，坐在他身旁的少女與Ash Roller之間，卻根本沒有任何共通之處——至少他是這麼覺得。無論說話口氣、舉止、個性，還有最重要的性別都完全相反。沒錯，那個機車騎士怎麼想都是「男性（M）虛擬角色」啊，在BRAIN BURST裡，只要玩家是女性，就該會塑造出女性（F）型的虛擬角色……

「啊……」

春雪想到這裡，腦中忽然閃過一個情景，不由得發出小小的驚呼聲。他整個身體往右斜了過去，這才終於從正面仔細看了看這名哭泣少女的長相。

少女有點畏縮，但還是正眼回視他。這張兼具柔美與清麗的臉孔……這張毫無疑問是女生的臉形，卻又帶著點像是理科少年印象的相貌……

跟Ash Roller藏在骷髏安全帽面罩下的「臉孔」確實有幾分相似。

「……妳……真的是……可是，為什麼……」

春雪的問法實在太含糊。

淚眼汪汪的少女以行動而非言語做出回答。

她打開放在膝上的小肩包，收好手帕，接著從裡頭拿出了一樣東西。那是一具左右扣具折疊起來，有著深金屬灰配色的——神經連結裝置。

春雪心中納悶，視線移到少女纖細的脖子上。那兒已經戴著一具可愛的粉綠量子連線終端機，而且她剛剛只用右手一揮就開了車門的鎖，當然也就表示她已經佩戴了這樣的裝置。

於是春雪想到了下一個疑問。

神經連結裝置，是一種從上個世代的行動電話與智慧型手機發展出來的攜帶型裝置，但它並沒有這麼單純。它既是名片、是錢包，也是身分證。這種裝置，會將使用者特有的腦波與燒錄在核心晶片的獨一ＩＤ綁定在一起，只要佩掛在身上，就可以證明自己是誰，所以這種ＩＤ

可說就是實質上的「國民編號」。

換句話說，神經連結裝置同時也是政府套在國民身上的一種「掛了名牌的項圈」。法律禁止國民擁有複數神經連結裝置，就是最好的證明。當然，終端機本身有得是方法可以取得第二具、第三具，但最重要的核心晶片則只會發給每個人一組；而且要換機種時，也只有在市公所或政府許可的商店才能移植晶片，所以光拿到機器也沒有意義。就連那麼有門路的黑雪公主，也只擁有一具神經連結裝置。要是她有第二具，根本就不用為了躲六王派來的追兵而切斷全球網路連線長達兩年。

考慮到以上這些理由，少女拿出的「第二具神經連結裝置」讓春雪由衷覺得震驚。

「這、這是……………妳的？可、可以用……嗎？」

聽他以沙啞的嗓音問出這個問題，少女的頭歪往微妙的角度，回答說：

「可以……用。可是，不是……我的。這神經連結裝置……本來……是哥哥的。」

「本、『本來』是……妳哥哥的……？」

春雪茫然地複誦這句話，便看到神祕少女用力點點頭，在皮製座椅上整個身體轉過來面對他。只是兩人在車上，因此必然只能扭轉上半身，而裙襬也就必然會被往上帶起，讓她雪白的雙腿露出了一大截。

儘管處於這種複雜到了極點的狀況，春雪也只能不自然地讓目光到處游移，但少女對他這種模樣並沒放在心上，只是挺直腰桿深呼吸了一口氣。看樣子她也跟春雪一樣，為眼前的狀況而感到相當緊張。只見少女將灰色的神經連結裝置放到膝蓋上，雙手緊緊一握，彷彿在替自己加油；最後她又吸了一口氣，這才正視著春雪，也不管眼睛仍然泛著淚光便以清晰的嗓音說：

「我……叫做，日下部綸。」

同時右手微微一動，就有個淡綠色的長方形出現在春雪視野當中。這是以無線連線方式傳來的名牌，上面顯示出【日下部　綸】這幾個漢字。出生年次是二〇三三年，所以大概跟春雪一樣是國中二年級。

「妳、妳好……我是有田春雪。」

春雪反射性地報上自己的姓名，按下回寄名牌的按鈕，少女——綸放低視線看了看春雪丟過去的名牌，露出這回邂逅以來第一次的淡淡微笑。不由得怦然心動的春雪，半自動地問出一個其實優先度也不怎麼高的問題：

「對、對對對了……剛剛在樓上的商場，妳為什麼知道我……就是Silver Crow……？」

「那是因為……我在……這車上登出超頻連線幾分鐘後，師父就傳了個語音通訊給我……還附上你的照片，命令我，無論如何都要在你跑出大樓之前，逮住你……」

「……妳說的師父，應該就是Sky Raker姊……吧？」

春雪還是決定問個清楚，就看到這留著短髮的頭往下一點。

確實——倉崎楓子至少表面上是個端莊有禮的千金小姐型高中女生，要說她跟狂妄的世紀末機車騎士是「上下輩」的關係，確實讓人覺得不太對頭。從這個觀點來看，眼前的少女還比較讓人覺得她可能跟楓子有接點，但最根本的疑問還是沒有獲得解決。

春雪正努力對抗想雙手抱頭的衝動時，日下部綸再度抱住金屬灰的神經連結裝置。每次少女一有動作，就會有一股淡淡的花香在車上散開，讓春雪的思考差點降速。但聽到她接下來所說的話，春雪便趕忙重新端正坐姿。

「這個……我還是從頭……說起。告訴你，我，為什麼，當上……超頻連線者……」

我的哥哥名字叫輪太，是ＩＣＧＰ的選手。

ＩＣＧＰ是二輪車輛——也就是機車——賽車類別的一種。ＩＣ是內燃機(Internal Combustion)的縮寫。在這個連賽車界都已經受到電動車(EV)風潮席捲的時代，卻還堅持採用沒有ＡＩ控制的汽油引擎車，說來確實是一種落伍的比賽。

可是，比起安靜無聲的智慧型電動賽車，汽油引擎高亢的排氣聲與輪胎空轉的狂野模樣，確實有令人難以抗拒的吸引力。這類比賽長年來一直遭受輿論攻擊，被視為破壞環境的象徵，已經淪落到隨時都可能消失，但春雪也曾強忍睡意收看這類比賽的深夜轉播。

「哥哥比我大六歲……誇自家人好像怪怪的，不過他真的是個有天分的車手。兩年前他得到了一個好機會，只要能在國內跑出好成績，下個賽季就可以去歐洲……」

綸吞吞吐吐地說著，雙眼再度湧出透明的水珠。

「可是，就在最後一場比賽中……他被其他車從內車道一頂……就在去打氣的我眼前，發生嚴重的……車禍……幸好最後保住了一命，可是之後一直……失去意識……。就算以醫療用神經連結裝置，強制讓他完全潛行，也只有，微弱的反應……」

「……………」

春雪不明白該怎麼回答才好，只能默默注視綸淚濕的雙眼。

在強制接受AI輔助控制的EV車賽裡，幾乎完全不會發生與其他車輛擦撞的意外，相對地也就看不到刺激的超車，以及輪胎與輪胎擦出火花的激烈卡位戰，而這些元素正是ICGP與IC方程式賽車的賣點所在——只不過，這必然導致發生意外的機率大幅提高。

綸眨了好幾次眼睛，等呼吸穩定下來，才繼續說道：

「…………兩年前起，哥哥住進澀谷區的一家大醫院……我們家住在中野區江古田一帶，但是，我選了澀谷的私立國中。」

「因為……可以去探病？」

春雪小聲這麼一問，綸就點點頭說：

「因為醫師說……最好盡量由家人在現實世界對他說話，握握他的手，這樣復原的可能性會比較高……我每天，放學回家，都會去醫院……本來連暑假我也想每天都去，可是只為了探病，就要家裡幫我買公車月票，總覺得過意不去……結果，去年夏天，主治醫師問我說，暑假期間要不要在醫院內的咖啡廳打工………」

「原、原來如此………」

勞基法修改後放寬了對未成年人的僱用限制，原本法律禁止國中生打工，也改成只要縮短勞動時間就行。只是話說回來，從未想過要自己工作賺錢的春雪聽到這裡，不由得佩服地嘆了一口氣。

「妳好厲害……為了哥哥，整個暑假都在打工……」

綸聽了後雖然還是眼眶含淚，卻微微一笑搖搖頭說：

「哪裡……我工作的時候，老是笨手笨腳……光是去年夏天，就打破餐盤，還有杯子，十次以上。」

「是、是喔？」

「還不止，這樣………有一次，我還把整杯冰水，潑到客人大腿上……」

「……這、這樣啊？」

「幸好，這位客人非常好心……雖然她年紀比我大了一點，不過我們都是國中生，讀的學校也很近，之後就越來越要好……我還找她商量過很多事，像升學問題，還有哥哥的事……」

「……唔唔。」

春雪完全猜不出話題往什麼方向歸結，又多忘了一些自身所處的困境，聽得上半身都探了過去。顯示在視野右端的時鐘分分秒秒朝「離家後滿十五分鐘」的時限逼近，但他已經連時間都扔到一旁了。

去年暑假，也就是約十個月前，差不多就在春雪受黑雪公主之邀而當上超頻連線者之前。綸以淚濕的雙眼正視著春雪說下去：

「……幾次見面下來，那個人，看穿了……我內心的，『精神創傷』。然後她說，東京這個城市，還有另一種面貌。還說，如果我去到那裡，說不定，就能找到我要的……答案……」

「精神創傷…………另一個東京。」

春雪先輕聲複誦了一遍，才理解到這些字眼意味著什麼。

一群有著精神創傷的少年少女，聚集在虛擬的東京都心互相戰鬥，這就是加速世界，也就是BRAIN BURST程式所創造出來的祕密戰場。

「所以……那個人就是妳的『上輩』超頻連線者……？」

「是。她就是，我那，善體人意，又嚴格的『師父』……」

綸點頭說出的這句話，讓春雪聽得全身一顫。

他一時大意，忘了眼前這名少女主張自己就是那個Ash Roller。如果這是事實，那麼綸在醫院咖啡廳認識的國中生，就是春雪的師父，8級超頻連線者「鐵腕」Sky Raker倉崎楓子……說來就是這樣，不過……

事到如今，確實不太可能有詐。但萬一綸是另有圖謀而刻意前來接觸的敵對超頻連線者，他就不應該貿然說出Raker的本名。也不知道綸是否看出了春雪因為內心剎那間的猶豫而不說話，只見她放低視線，開口說道：

「……聽她說起『BRAIN BURST 2039』程式的安裝條件時，我心想……我應該不行。因為家人幫我買的第一具神經連結裝置，是在我快要上小學的時候……」

「那……應該不符合『第一條件』……吧？」

綸點頭回答春雪的問題。

要安裝BB程式——當超頻連線者，第一要件便是「打從剛出生就佩帶神經連結裝置」。如果不是爸媽對育嬰格外熱心，或是正好相反，通常不會這麼早就幫嬰兒佩帶。

「我，這麼說了，可是……師父她，微微一笑，對我說……說她在我身上，感受到了，堅定的意志之光。還說她的，這種直覺，從來沒弄錯過……」

——這種「柔性支配對方」的台詞，確實很像楓子會說的話。然而，即使楓子是「其實很可怕的Raker老師」，應該也沒辦法憑空蒙混過BRAIN BURST的第一要件。春雪歪頭思索時，綸再度拿起捧在雙手中的物體說：

「………當時，我，想起了一件事。我想起哥哥……輪太他，從小，就很愛惡作劇……說他不止自己要當ICGP車手，還要把我也培養成車手……所以在我還是嬰兒時，他就偷偷把自己的神經連結裝置，掛在我脖子上……放比賽的影片給我看……這是爸媽跟我說的……」

「…………妳、妳哥哥好誇張。」

春雪露出有點僵硬的笑容，之後又納悶地眨了眨眼。即使是兄妹，終究不是同一個人，照理說即使裝上神經連結裝置，應該也不可能會開機吧？

這時綸彷佛早已料到春雪會有這樣的疑問，點點頭回答：

「……聽說，從新生兒到乳兒之間的階段，由於大腦還沒發育完全，有時候，似乎會發生讀不出特有腦波的情形……當然，這種案例很罕見，但聽說當時哥哥的神經連結裝置，就把還是嬰兒的我，也認定成原來的使用者……所以我懂事以後，一直到家人幫我買了神經連結裝置為止，都會不時地借哥哥的裝置讀圖畫書，或是進行，完全潛行。這…………就是那具神經連結裝置。」

綸雙手珍而重之捧起的，是一具有著金屬灰配色，十分老舊的穿戴型裝置。

春雪盯著這具裝置打量，忽然注意到一件事。之前由於車上燈光太暗，他一直沒注意到，但其實這具裝置的塑膠外殼上，除了正常使用會造成的塗裝磨損與刮傷之外，還有一條疑似受到強烈衝擊而造成的閃電狀裂痕。

「哥哥他……一直用這具，小時候家人幫他買的第一款神經連結裝置，每次都只換外殼。他說，戴著這個會跑得比較快，國中畢業以後也不升學，直接去闖蕩機車賽的世界，之後也一直在用……」

綸的哥哥輪太所活躍的ICGP比賽儘管屬於沒有AI輔助控制的老式賽車，但車手應該還是會佩帶神經連結裝置，以便顯示各種最低限度的必須資訊，以及跟維修站的人員溝通。

既然如此，那麼現在綸手上的機器就是——

「這具神經連結裝置……妳哥哥兩年前出意外的時候也……？」

對於春雪以耳語般音量問出的問題，少女點了點她嬌小的頭回應：

「是哥哥車隊的，總教練，在發生意外的賽車場上，交給我的。我想……他大概，是當成哥哥的，遺物。哥哥他，雖然保住了命，後來卻，一直昏睡……可是，有件事很不可思議。」

綸頓了頓，微微一笑：

「……聽師父她，說明BB程式的安裝條件時……我就解下自己的神經連結裝置，換上這具試試看。我最後一次跟哥哥借來用，是在快上小學時……都過了八年……我本來以為根本不會開機……可是，機器卻動了。」

「………………！」

春雪聽得倒抽一口氣。也就是說，眼前的少女——日下部綸，是原理上與法律上都不容許存在的「雙神經連結裝置使用者」

當然，除非是要冒用身分來做壞事的罪犯，否則使用多具神經連結裝置不太有實質意義。不過，若為了通過ＢＢ程式的安裝條件，而使用從嬰兒時期就在用的神經連結裝置，或許確實是有效的手段。

無論是第一條件「從嬰兒時期就開始佩帶」，還是第二條件「有長時間進行完全潛行的經驗」，到頭來要求的都是大腦與機器之間的適應性與反應速度。每一款神經連結裝置當中的量子連線裝置部分會有個體差異存在，所以身體……不，應該說大腦，確實有可能比較習慣從出生就在用的機子。

「……那……妳的BRAIN BURST程式，不是安裝在現在脖子上這具綠色的……而是裝在哥哥的神經連結裝置上？」

綸以很小很小的動作點頭，回答了春雪的疑問。

「是。因為師父說安裝只能試一次，讓我覺得很猶豫……剛剛，我說有件事很不可思議，那就是……我戴上這具神經連結裝置，在ＢＢ程式創造出的虛擬火焰裡，等著進度條往前跑的時候……我，聽見了，哥哥說話的聲音。」

「咦…………？」

「他對我說——『妳要騎出一條自己的路』…………還說『我會推妳一把』…………」

綸雙眼滿是透明的水珠，從這段不可思議的對話開始以來，她首次露出了鮮明的笑容。少女攤開手中那具老舊又滿是傷痕的神經連結裝置左右鎖具，繼續說道：

「安裝……成功了。可是，我……跟師父一起進到對戰場地，第一次看到自己的對戰虛擬角色……忍不住，笑了，出來。」

她說到這裡先頓了頓，一聲輕笑脫口而出。

「我穿著皮衣，戴著誇張的安全帽，騎著大臺、亮晶晶的，美式機車……哥哥說過，等他在歐洲拿了冠軍，就要騎著這樣的機車，載著我到處跑……他明明要我……騎出自己的路……給我的虛擬角色，卻完全是他自己的夢想……哥哥他真的……從以前就是這樣……」

綸將眼看就要滴落的大滴淚水留在睫毛上，疼惜地將這具金屬灰神經連結裝置抱在胸前。看到她這種模樣，春雪自己也微笑著開了口：

「這樣啊……那麼，加速世界的妳……『Ash Roller』，該怎麼說……算是在做一種角色扮演了……？妳是想說，如果是妳哥哥，應該會這樣說話、這樣打鬥，所以才這麼演……？」

如果真是這樣，那麼儘管眼前這名淚眼汪汪的少女與加速世界中的世紀末機車騎士實在大異其趣，但考慮到她對昏睡不醒的哥哥有這麼深的感情，這種情形倒也不是那麼難以相信。

春雪正有點勉強地試圖吞下這樣的狀況，綸卻忽然從下往上看著春雪，說出一句出乎他意料的話：

「…………應該，不會……奇怪吧？應該……很帥氣吧？」

「咦？帥氣……妳是說Ash兄很帥氣？」

留著短髮的頭用力一點，接著慢慢逼近。綸湊近到尷尬的距離，同時以音量雖小卻充滿熱情的嗓音說個不停：

「像那個骷髏安全帽……全身都是刺刺的皮衣……還有機車上的飛彈也好可愛……」

接連迸出的這幾句台詞，讓人怎麼聽都不像這位身穿貴族女校制服、看起來很有家教的女生會有的興趣，讓春雪儘管頻頻點頭，嘴角卻有點抽筋。結果綸忽然回過神來，變回害羞模式低下頭去。

「對……對不起……我，一講到加速世界，就會忍不住一頭熱……我對戰的時候，其實，也是這樣……大概是因為，打得渾然忘我，總覺得三十分鐘，一下子就過去了……就算回到現實世界，也不太記得……對戰中的事情……」

「原、原來……如此。」

春雪又連連點頭，迅速思索這當中的原由。

從綸剛剛所說的話來看，是否意味著「Ash Roller」並不只是她的演技，而是為了撐過激烈而嚴酷的對戰所產生的第二個人格……說不定還是半出於無意識地借用哥哥的個性？春雪自己有時在加速世界中亢奮起來，說話口氣也會變得粗魯個一點五倍左右。

春雪正要陷入思索，卻感覺到了一股小小的空氣流動，於是視線往上一抬。

綸在皮革座椅上前進到前所未有的地步，從幾近於零的距離跟他對看。一對蓄滿了淚水的眼睛裡，瞳仁帶著點灰色，呈現出一種彷彿在看深水似的深度。

「…………可是，有唯一一件事，我卻記得比現實世界的記憶，還清楚……」

綸說話的聲音還是一樣很小而且斷斷續續，但在密閉的車上，聽起來卻幾乎和透過直連傳輸線的思考發聲同樣清晰。春雪為了壓抑住差點又要加快的心跳，一直在內心反覆唸誦著她是Ash Roller，她是Ash Roller，只是——

這名理應就是世紀末機車騎士真身的少女又湊近了一公分左右，以虛弱卻又熱切的語氣輕聲說道：

「那就是……你。從第一次跟你交手，我們各贏一場，那一天以來……你的身影，還有聲音，就一直，沒有從我心中，消失……過……」

「…………日、下、部同學…………」

春雪的思考迴路好不容易開始冷卻，卻又一口氣飆高到紅色危險區，不由得讓他的眼瞼高速開閉。他總覺得每次視野宛如按快門般閃爍後，綸那水潤的眼睛就比剛剛更接近了些。

「你……針對了以前任何超頻連線者，都來沒想過的，內燃機式機車構造上的特徵，打贏了我……哥哥也常說，前輪有動力的車，根本就不是機車。輸給等級比我低，而且才剛入門的

你，哥哥應該很不甘心，可是我想……他內心，應該也很高興……」

兩張臉之間的距離已經不到二十公分，春雪的腦袋已經喪失九成的思考能力，並未注意到少女話中的蹊蹺。而她彷彿也並未意識到自己在說什麼……或許更未意識到自己在做什麼，持續朝春雪逼近。

「……可是……真正在我心中，留下鮮明軌跡的……還是你，張開翅膀，飛在天上，的模樣。你穿破空氣的牆壁飛行……飛得比誰都快………簡直就像………就像哥哥以前在賽車場上終點線前面的直線賽道上，打到六檔飛馳而過……的模樣………」

說到這裡，之前一直以奇蹟般張力留在綸睫毛上的大顆水珠，終於從臉頰滑落。眼淚流過那少年般尖銳的下巴，落在春雪的T恤上。

「我…………一直很喜歡，看著你飛在加速世界的天空。我一直很喜歡，在地面上全速衝刺，追逐飛在天上的你。你的模樣……簡直像在體現，最純粹的，『速度』這個詞……」

綸嗓音發抖，一時說不下去。她低下頭去，又掉下好幾滴眼淚。接著深深吸一口氣，等了幾秒鐘，才突然以帶著幾分悲痛的嗓音說下去：

「可是，可是……我，做事不經大腦，做出愚蠢的行動………害你…………陷入，危險的狀況……」

——咦？妳在說什麼？

春雪一瞬間覺得納悶，這才想起自己所處的困境。

他任憑憤怒驅使召喚出「災禍之鎧」，與鎧甲完全融合，成了第六代Chrome Disaster，還認為事已至此，要保護整個軍團就非得終結自己的超頻連線者生命不可。論說得沒錯，他之所以會陷入現在這樣的困境，就是因為在無限制中立空間裡看到Ash Roller的死亡場面。

至於Ash之所以會遭到Olive Glove等六名ＩＳＳ裝備者輪番殘殺，也不得不說全都是因為他（或說她）無視於師父Sky Raker的吩咐，會合時間還沒到就先連進無限制中立空間，還在內部進行危險的長距離移動。

但Ash之所以這麼做，是為了拯救跟班Bush Utan。Utan與Olive一樣遭ＩＳＳ套件寄生，卻主動想斬斷套件的支配，而Ash就是為了救他才會擅自行動。這麼做是不得已的，又有誰能責怪呢

……………

「啊…………對、對了……」

春雪想到這裡，總算想到有件事他之前就該問，於是對上半身探到極近距離的綸問道：

「妳、妳跟，Bush Utan，平安從傳送門離開了嗎……？」

「…………是。我照你的吩咐，一復活就馬上帶小猴跑到澀谷車站……」

「這、這樣啊……太好了……真的太好了……」

春雪正要鬆一口氣，沒想到……

綸壓低的頭開始傾斜——「咚」一聲輕輕倒在春雪穿著T恤的胸口。

春雪應聲陷入完全當機狀態，少女嬌小的左手則輕而有力地壓住春雪的背。如果要以最簡潔的語句來形容這最表面的形勢，也可以說獨處的兩人在車上互擁。處在這樣的狀況下，就連「她是Ash兄」這句咒文也當場失效。腦內的思考時脈明明低到不能再低，心臟卻跳出最高節奏，這似乎跟BRAIN BURST的精神加速運作邏輯矛盾啊——

當春雪以僅存的思考能力想這些在這時候根本無關緊要的原理時，一個聲音透過緊緊貼住的身體傳了過來：

「我……看到了。看到你，為了救我跟小猴，召喚出那麼可怕的強化外裝。那是……『災禍之鎧』，對吧？要不是我，礙事，本來你今天，就可以淨化掉的……」

「……………………」

無論是YES或NO，春雪都說不出口，只能一張嘴又開又合。呼吸器官幾公分外，綸那頭細緻又有光澤的頭髮飄散出淡淡花香。

春雪聞著這股香氣，有股奇妙的感覺從內心深處直往上衝。有點像急躁、不安，卻又不太一樣。這種有點像被柔軟針頭刺到的揪心感覺——

「…………我，只有我，得救……你卻，再也不能，在加速世界的天空飛翔，這樣……是不對的。」

春雪下意識想用雙手做出某種動作，綸又開口說了話，讓他驚險地把手停在空中。

「……你想想看……我，過去，能夠在那個美麗又殘酷的世界，一直奮戰到今天……都是因為，有你在。因為我一直，想要看著你……身上反射出『黃昏』空間的晚霞，或者是在『世紀末』空間的火堆光影，飛在天上的模樣。所以，每天放學搭公車回家的路上，都會很期待地想著，今天要由我去找你挑戰，還是你會來找我挑戰……所以……」

綸收起細小又熱切的嗓音，抬起頭來。

那個照理說是春雪一生的好對手，成天發出怪笑喊著Mega Lucky的暴走世紀末機車騎士Ash Roller，一對濡濕的雙眼正視春雪，粉紅色的小嘴說了一句話：

「……我喜歡你。」

這一瞬間，春雪的所有生理活動全部停擺——至少主觀上是這樣——支撐著綸少許重量的腹直肌與背闊肌鬆弛下來。

接著咚的一聲，兩人男下女上地倒在後座。這輛出自義大利名廠的五門掀背車連後半部的空間也很寬敞，但春雪的腦袋仍然輕微擦撞到門內側。不過，這種小小的衝擊他根本不會注意到，因為將全身前方貼得密不透風的接觸感，以及她剛剛那句話的破壞力，輕而易舉就讓春雪靈魂出竅。

「可、可是……」

春雪的嗓子變得沙啞而且破音，但仍然好不容易擠出聲音回答，相信這已經堪稱奇蹟。

「可是，我，在現實中，是這副德行。」

現在的春雪，甚至沒有心思去覺得事到如今還講這種話的自己太沒出息；而綸也是一樣，不但沒分開，還貼得更緊，聲淚俱下地在他耳邊說：

「我……其實，知道你的，現實身分，有一陣子……了。」

「咦……怎、怎麼會？」

「因為，你，每次在環狀七號線大街打完對戰後，都會站在虛擬角色出現位置的，天橋上……我，就搭著公車，從底下，過去。」

「…………」

這就讓春雪無話可說了。在開放的公共空間對戰之後，一打完就要趕快移開，這是最初步的自保概念。但春雪卻有個壞習慣——一旦對戰過程太精彩太刺激，等到登出超頻連線之後，他就是會忍不住回想先前的戰鬥，留在原地發呆好一陣子。看樣子，綸就是從公車車窗清清楚楚地看到了正在發呆的他。

「可是……既然……既然知道我在現實世界是什麼德行，為什麼……會對我這種……」

「因為……你有，翅膀。不只是對戰虛擬角色，現實世界裡的你，也有翅膀。我就可以，清清楚楚，看到……你的翅膀。」

綸繞在春雪背上的左手，在他背上正中央輕輕摸了摸。

一股難以言喻的感覺從腳底直竄到頭頂，讓春雪摒住了呼吸。

綸的淚水仍然一滴滴落在春雪的脖子上，露出整張臉都要化開似的柔和笑容說：

「從那一天起，我……就決定，如果……如果有一天，能在現實世界，跟你見面，就要好好說出來，告訴你，我喜歡你。告訴你，從你還只有1級的時候，我就一直喜歡你……我很慶幸，能說出來……我真的很慶幸，最後……可以像這樣……跟你獨處。」

「咦…………最、最後…………？」

春雪茫然地問到一半——

這個叫做日下部綸，跟自己幾乎算是第一次見面的少女深深吸一口氣，換上堅毅的表情與嗓音宣告：

「你，召喚的『災禍之鎧』……就由我消除。我會用我的身體……我的心，除掉它。」

「妳……這話，是什麼，意思……」

「你的憤怒、憎恨，全部，由我來承受。不用擔心……只要是你……不管你對我做什麼，我都……不怕。」

綸的左手從春雪背上拿開，拔下自己脖子上那具粉綠神經連結裝置，接著戴上她一直拿在右手上那具原屬於她哥哥的神經連結裝置。

裝置上的扣具才剛輕輕固定在綸苗條的頸子上，她空出來的右手就在空中閃動。她取出一條該是從小肩包取出的細版XSB傳輸線，其中一端插上自己的神經連結裝置，另一端則插上春雪的裝置。

春雪根本沒有時間，也沒有機會喊停。深紅色的有線連線警告標語在視野當中浮現又隨即消失的瞬間——綸就在近得彼此的嘴唇幾乎碰在一起的距離，輕聲喊出一個短短的指令：

「超頻連線。」

所有的混亂、不知所措，以及那甘苦參半，無以名狀的揪心，都被「啪！」的一聲思考加速聲給沖走。

5 HERE COMES A NEW CHALLENGER！

一列熊熊燃燒的字串從眼前俐落地劃過便消失，緊接著又在來臨的虛擬黑暗中往下掉。這段期間內，春雪始終有著強烈的預感，覺得自己知道接下來會看到什麼樣的場地。

沒多久，金屬虛擬角色的腳底抓住了堅硬的地面。春雪等待落下的感覺消失之後，這才重新站好。

地點當然還是在自家大樓地下二樓的大型停車場。

但現實世界中停得整整齊齊的各色ＥＶ車都嚴重變形、焦黑、生鏽與腐朽。在左邊沒幾步遠的地方，盤踞了一輛疑似楓子愛車的黃色小型車，但它的樣子也十分悽慘——引擎蓋整個被拔掉，外露的引擎室還冒出小小火苗。

對戰才剛開始，所以不是被人打壞的。仔細一看，腳下水泥地也有許多細小裂痕，比較粗的柱子跟牆壁也都嚴重損壞，露出裡頭的鋼筋。想來如果去到室外，多半整棟大樓會有一半已崩塌，根本進都進不來。這種「破壞過後」的印象，正是春雪之前有預感會挑到的「世紀末」空間本質所在。

就在這時——

離了大約二十公尺遠的昏暗處，傳來了一聲粗獷的機械運作聲。

接著就是V形雙汽缸引擎特有的不規則怠轉聲。圓形車頭燈亮了起來，泛黃燈光照出了春雪的對戰虛擬角色。

春雪反射性低頭看看自己的四肢，確定看到的是Silver Crow平滑的銀色裝甲，這才小小鬆了一口氣。「The Disaster」並不是常駐型的強化外裝，所以得使用語音指令呼叫才會出現——應該是這樣……

「…………！」

然而下一瞬間，春雪立刻痛切感受到自己的預測太天真。

Silver Crow的身體跟原來的模樣並非完全相同。雙手的十根手指本來纖細得不適合用來打人，現在卻變成指尖呈刀狀的鉤爪，腳尖也是左右各留了三根爪子，深深陷進水泥地。春雪連忙用手摸摸頭部，頭盔雖然留有原本的圓形，卻在兩邊太陽穴附近摸到突起，多半就是那咬合式護目鏡留下的痕跡。

「鎧甲」果然不會受限在強化外裝的範疇，還會企圖與對戰虛擬角色本身融合。一旦受到春雪的情緒或行動觸發，就會輕而易舉地觸動鎧甲中的野獸，讓他變成到處肆虐的破壞者。

一認知到這一點，身體立刻打了個冷顫，接著就聽到「牠」在背上深處發出低沉卻凶猛的吼叫聲。或許是牠預感到打鬥與殺戮即將來臨，於是準備從短暫的睡眠中覺醒。

——喂，「野獸」。

——至少這一場打完之前，麻煩你給我乖一點！

春雪拚命對野獸警告，確定目前自己還勉強能夠保有自我，再朝前方的車頭燈說：

「我說……Ash兄啊……」

浮現在強烈光芒後方的騎士輪廓默默不語，只是靜靜地看著春雪。周圍到處是燃燒的車輛殘骸，讓骷髏造型的安全帽護目鏡不時反射出橘色火光。

……沒想到那個骷髏面罩底下……其實是個跟我同年的女生。

……而且她還……對我表白。

春雪這段約十四年的人生中，這還是第二次有女生主動對他認真表白。第一次當然就是來自軍團長，也是他的劍之主與「上輩」黑雪公主。她在失控車輛的衝撞下準備出手保護春雪之前，就說過「春雪，我喜歡你」。

當時……不，說不定就連現在，春雪還是無法完全去除心中的疑念，不明白黑雪公主這樣的人為什麼會喜歡自己這種人。當然就心情上來說，春雪是高興得幾乎要飛上天，而且他自己當然也非常喜歡黑雪公主。

但他自認這種情緒目前應該分類在「崇拜」或「敬愛」。他心底認為，雖然現在自己只是個胖嘟嘟又沒出息的愛哭鬼，但如果將來有一天，自己能夠成為配得上她的人，就要好好給她答覆。因此春雪一直自制，從未用明確的話語把自己的心情告訴黑雪公主。

接著，幾分鐘前。

春雪在完全密閉的狹小車內空間中，遇到了這輩子第二次的表白。日下部綸毫不保留，以完全不容懷疑是虛假電子資訊的聲音，說她喜歡春雪。

少年不明白該怎麼回答，甚至不明白該怎麼面對。但突然來了這麼一場直連對戰，讓他從血肉之軀變身為對戰虛擬角色，似乎也讓他得以成功冷卻腦袋。

Ash Roller其實是個叫做綸的少女。

而綸全力對他表白。

以上這兩點姑且先放在一邊，現在最應該優先考量的是綸最後那句話。她說她會除去災禍之鎧，但據春雪所知，Ash Roller並沒有任何屬於「淨化」類的特殊能力。

這不就表示，她是想把後面接的那句「你的憤怒、憎恨，全部都由我來承受」付諸實行，將自己當成祭品獻給「鎧甲」，藉此來平息破壞者Chrome Disaster的憤怒？不就表示她是想用這種方式，為自己促成Disaster復活的這件事負起責任……？

「…………Ash兄……不對，綸同學。」

由於這是沒有觀眾存在的直連對戰空間，春雪特意喊出對方的本名。

「妳……想救我，這份心意讓我覺得很窩心。可是……妳不必覺得自己對『災禍之鎧』這件事有責任。這件鎧甲，不，應該說這隻野獸，從幾個月前就一直待在我體內，只是我感情用事把牠叫了出來而已……」

春雪朝凶惡尖銳的右手鉤爪瞥了一眼，還想說下去，卻被一陣沉重又平靜的引擎聲打斷。內燃機大聲運轉，產生的動力慢慢轉動厚重的後輪輪胎，巨大的美式機車隨即從二十公尺外的黑暗中現身。纖瘦騎士騎著鋼鐵愛馬，雙手軟軟地放在手把上，骷髏面罩深深低垂，看不出表情。

「綸同學…………」

就在春雪正要再次呼喊的這一瞬間——

黑色皮手套用力握住了機車把手，以右手催動油門，左手接上離合器。引擎發出爆炸似的咆哮，後輪劇烈空轉而冒出白煙。

「……綸、綸同學……？」

春雪茫然地第三度喊出她的名字，但再也沒機會說下去。因為巨大的美式機車微微抬起前輪，從極為接近的十公尺外之處朝他衝了過來。

左邊是楓子的車，右邊是巨大的ＳＵＶ車，讓春雪無處可逃。機車砰的一聲，毫不留情地撞上了他。嚴格說來應該是撞飛了他。

春雪完全搞不清楚狀況，精神上也沒有心思做出保護動作，一屁股落在後方幾公尺遠的地上。當他還冒著火花在地上彈跳時，灰色的輪胎已再度直逼眼前。

砰！鏘！

砰！鏘！

衝撞聲與落地聲的組合，又在寬廣的地下停車場迴盪了兩次。春雪第三次摔下時變為背部摔在地上而攤成大字形，物理的衝撞與精神上的震驚幾乎讓他頭昏眼花。看到有個輪廓出現在上空時，他這次終於發出了慘叫：

「喔、喔哇啊！」

緊接著落下的巨大橡皮輪胎，也就是機車前輪，卻咚一聲壓上春雪的腹部。在壓倒性的重量擠壓下，他只能手腳胡亂揮舞，身體卻動彈不得。之前三次正面撞擊，加上這次重壓，讓春雪的體力計量表已經減少了四成左右。

——說什麼「我一直喜歡你」，卻這樣對待我？難道這是她師父教她的示愛方式？

春雪事到如今還在想著這些念頭，而就在他上方一點五公尺左右……

骷髏騎士跨坐在美式機車座位上，雙手牢牢環抱在胸前，以跟現實中的日下部綸沒有半點相似之處的粗獷嗓音說道：

「你這臭烏鴉……！竟敢，勾搭上，我老妹……」

「……啥……啥啊啊啊啊啊啊？」

春雪不禁大聲呼喊。他如何能不作聲？

這個連人帶車壓到他身上，骷髏面罩的眼窩熊熊燃燒著憤怒之火的對戰虛擬角色，應該是由「妹妹」而不是「哥哥」在操縱。綸不是說過她哥哥叫做日下部輪太，是個年輕的ＩＣＧＰ賽車手，在兩年前出車禍之後就一直在醫院病床上昏睡嗎？

那他當然就不可能以全感覺連線的方式，連上加速世界當超頻連線者，而且把春雪撲倒在車廂後座，跟他進行直連加速對戰的，無疑是妹妹日下部綸。當然春雪並未採取什麼手段查證她是否真如外觀所見是個真正的國中女生——而綸也並未明說自己是女生，但就算真是那麼回事，他也沒理由被Ash Roller罵說「勾搭上我老妹」吧！

「我、我說，你你你，你是小綸……吧？」

春雪承受著壓得胸部裝甲咿呀作響的前輪重量，喘著大氣這麼質問，而世紀末機車騎士給出的回答則是——

「你叫她小綸——————？你這傢伙，誰准你直呼我老妹的First Name了！你這傢伙連要叫Second Name，不對，連叫Third Name都還早了幾百年啊！」

……跟「First Name」對應的詞應該是「Last Name」吧。

平常的春雪本該吐槽，但此刻實在沒這個閒工夫。機車騎士表露的憤怒，已經明顯超出角色扮演的層次。看樣子，目前存在於Ash Roller體內的人格顯然不是妹妹綸，而是哥哥輪太。而過去在加速世界跟春雪對打、對罵、有時還互訴心事的Ash Roller，應該也都是哥哥。

也就是說……這是所謂的「雙重人格」？日下部綸這名少女一連上加速世界，就會切換成這個靠著她對哥哥的記憶——也就是回憶——所構成的第二個人格……？

當他以超高速做出以上的推敲時，因重壓而慢慢減少的體力計量表終於剩下不到一半，轉變成黃色。

緊接著，春雪聽見了背上的「牠」不高興地又吼了一聲。不行，再這樣下去，好不容易在無限制中立空間跟Iron Pound與Green Grandee大打一場之後暫時沉睡的「野獸」又會醒來。雖然綸在對戰前就說要犧牲自己來平息災禍之鎧的震怒，但春雪萬萬不能照做。得先想辦法擺脫這種被壓扁的狀態，跟Ash好好談過再說。

「我、我、我我我我說啊，Ash兄……不，Ash大哥！」

春雪使盡吃奶的力氣想用雙手舉起巨大的輪胎，不由得忘我地大喊：

「請、請、請請請請你把小綸……不對，是請把令妹，呃，這個…………」

如果壓在上面的世紀末機車騎士體內存在著那名少女的人格，或許有辦法叫出她，讓他們兄妹倆換手？或許是這種意圖經過混亂到了極點的思考迴路時，遇上了奇怪的處理——

「請、請、請請請把令妹交給我！」

——結果從春雪口中迸出的卻是這麼一句吶喊。

聽到這句話，Ash Roller的雙眼發出紅光，不，是冒出熊熊火焰。

「你說…………什麼…………？」

「啊……不、不是，呃，這個，我要說的是……」

「你～～給我～～Shut u～～p！」

這句Ash式台詞以怒號般聲調迴盪開來的同時，環抱在胸前的雙手往外一分，牢牢抓住了左右把手。V形雙汽缸引擎催了一波油門，散播出強烈的排氣聲。

「你這小子！讓大爺我！憤怒的Radiator都Over heat到燒起來啦！」

骷髏的嘴角噴出了白色蒸汽——至少春雪是這麼覺得。

兩根外露排氣管各噴出長長一道火舌，壓在春雪身上的前輪高高抬起。要是再次被壓個正著，體力計量表多半會一口氣降到危險區。春雪奮力動著雙手雙腳想趁機逃脫，但虛擬角色的背部卻已陷入水泥地中足足有十公分，一時無法掙脫。

「哇、哇、等一下，Stop、Just a moment！」

事到如今，怒火中燒的大哥自然不會理會這種慘叫。

轟然落下的厚重輪胎眼看就要把春雪的頭盔壓得粉碎，卻在千鈞一髮之際偏離原來軌道，往春雪右邊的德國高級車引擎蓋砸個正著。生鏽的鐵板當場凹陷，內部噴出高聳的火柱。

火柱迅速消散，搖曳的餘火映在鍍鉻的車身上。Ash Roller微微放低聲調說：

「……我是Very think讓你也有一樣的下場啦……」

春雪想了一想，恍然大悟地猜到他是想說「很想」。

「……可是臭烏鴉，我剛剛在無限制中立空間欠了你一筆很大的人情……所以我就到此為止吧。But可是！你敢再接近我老妹試試看，下次我一定把你做成烤雞……不，是把你輾成雞肉丸丟進鍋子裡煮！Do you understand？」

「我我我我明白了Yes sir！」

春雪反射性地舉手敬禮，接著從地板的凹陷掙脫出來，這才總算鬆了一口氣，朝同樣在把車輪放回地上的Ash Roller那骷髏面罩仔細打量。

儘管有點猶豫，但唯有這點他無論如何都得問個清楚。因此春雪也顧不得自己還癱坐在地上，便深吸一口氣問道：

「那麼……請問……Ash兄，你……到底是『誰』……？」

春雪與Ash Roller帶著點自暴自棄的心情，挑了一台盤踞在稍遠處的巨大美國轎車，並肩坐在引擎蓋上。

視野上方的倒數計時已經只剩不到六百秒——連十分鐘都不剩。而從春雪在現實世界中衝出家門算起，緊急上鎖功能的十五分鐘應該就快過去了。如果想跟這群軍團伙伴保持距離，單獨跟「災禍之鎧」做個了斷，就得立刻從地下停車場跑到大樓外才行。

但在解開Ash Roller這個超頻連線者身上的謎團之前，春雪並不打算離開這個對戰場地。雖然不能說沒有好奇心的成分在內，但也並非這麼單純。從他踏進加速世界起的這八個月裡，兩人之間有過無數場互有勝敗的對戰，既然這個「最棒的對手」主動在現實世界現身，他認為自己至少有義務去試著理解對方的苦衷。

所幸「野獸」仍然委身於淺淺的睡意之中。只要不繼續打鬥，相信這場對戰中牠都不會再醒來了。春雪坐在寬闊的引擎蓋左側，微微擺動雙腳，耐心等待Ash開口。

過了一會兒——

「…………這只是Raker師父的推測。」

這句略顯唐突的台詞，搖動了世紀末場地昏暗的光景。

「她說我們這些超頻連線者，在加速世界裡對打或交談的記憶……或許並不是全都儲存在自己的腦子裡……」

「咦……咦咦？記憶不儲存在腦子裡，是要跑到哪裡去……」

春雪大驚失色地喊到這裡，卻又閉上了嘴，然後戰戰兢兢地開口問出他想到的話：

「……該不會是……存在神經連結裝置……裡面？」

「YES。當然，不是全都存在這裡面。只有播放某段記憶時所需的『鑰匙』不是存在大腦，而是神經連結裝置裡……師父似乎是這麼認為。」

春雪咀嚼著Ash這番話，接著用力搖頭：

「可、可是，就算是這樣也太奇怪了。照這樣說來，那不就表示我們卸下神經連結裝置的時候，就完全想不起加速世界的事情？」

「卸下神經連結裝置？可是Crow，你要從哪裡卸下？」

「這，當然是從脖子上啦。」

「That's right，是脖子，不是頭部……說得再清楚一點，不是從『腦子』裡卸下。這種機器可是用無線的方式在跟我們的腦子連線啊。」

Ash Roller頓了頓，用戴著皮手套的手指交互敲了敲自己頭盔的頭頂與脖子部分。

「的確，一般來說這裝置是要戴到脖子上，不然根本不會開機，也根本不能連線，但這是因為裝置會檢測跟大腦之間的距離跟脊髓訊號這些資訊來設定安全鎖。你知道嗎……其實我也是師父講了才知道啦……聽說神經連結裝置上市之前的大型實驗機，好像叫做Soul……什麼來著的，這玩意最遠可以從十公尺外就跟實驗者的大腦連線。」

「十……十公尺！」

春雪再度大吃一驚，一張嘴在銀色面罩下開開閉閉。

如果這是真的，而現行的神經連結裝置也有這種性能，那就表示這項裝置其實根本不用像項圈似的戴在延髓部分。無論戴在手上、胸口，不，甚至乾脆塞到口袋或包包之類好帶的地方都行——像我這樣容易流汗的人，夏天還要掛在脖子上真的很悶。就算改成透氣的網狀內襯，還是三兩下就會被汗水弄濕，所以從讀國小的時候就一直被人說是「有田豬在榨汁」……

「不、不對，我不是要說這個……」

春雪一腳把可悲的記憶從腦海中踢了出去，拚命整理思緒。

「呃……這、這麼說來，Ash兄你的意思是這樣？就算我們從脖子上卸下神經連結裝置，它還是偷偷地跟大腦連線，所以我們能重新叫出加速世界的記憶……是這個意思嗎……？」

「這終究只是師父的假設。可是啊……如果不這麼想，根本就沒辦法解釋我為什麼能像現在這樣保有自我啊。」

聽到這句話，春雪吞了吞口水，以沙啞的聲音戰戰兢兢地問個清楚：

「……換言之……你果然是小綸……啊不，我是說日下部綸同學的哥哥……曾是ＩＣＧＰ賽車手的日下部輪太，是嗎…………？」

他等了整整十秒以上，還是等不到答案。

Ash Roller低頭盯著自己左右手上打著灰銀色鉚釘的皮手套，過了一會兒，手背朝上開開合合好幾次，像是在摸索自己有沒有感覺。

「…………我不知道。I have no idea。」

他答得有氣無力。這個回答讓春雪略覺意外，因為他剛剛明明就說綸是他妹妹。

看到春雪訝異的視線，機車騎士有一句沒一句地說了下去：

「至少……我不記得自己在現實世界裡當真正機車賽車手時的事。不只是賽車，我完全沒有當上超頻連線者之前的記憶。我最早的記憶……就是看著我這個對戰虛擬角色笨手笨腳跟人對打的模樣。」

「咦……你、你說看著……是旁觀的意思……？」

「ＹＥＳ。第一場對戰裡……控制這個對戰虛擬角色的，肯定是我老妹……是綸。而我，就在附近看著她。不是系統設定的觀眾……該怎麼說，就像背後靈？離她很近，身體透明，還飄在空中……」

聽到這裡，春雪不由得打了個冷顫，頻頻瞥向朝Ash Roller那小孩子看了多半會嚇哭的骷髏面罩，以沙啞的聲音問說：

「…………你、你是鬼嗎？」

「才、才不是！給我看清楚，我明明就有兩條又長又帥的腿！而且沒有腳的話，根本沒辦法剎車跟打檔啊！」

說著，Ash Roller就舉起黑色騎士長靴的腳跟，在他當椅子坐的美國車前防撞桿上一踹。生滿了鏽的車牌應聲掉在地上，化為多邊形碎片四散消失。

「總、總之啊……打這第一場對戰的時候，我飄在空中，想說綸那丫頭不知道在磨蹭個什麼勁兒。這就是現在在跟你說話的我最先有的念頭。看她操控機車的動作那麼生硬，我就覺得看不下去……想從後面靠過去，坐在後座上教她機車應該怎麼騎，結果不知不覺………」

「……就合而為一了……？」

春雪戰戰兢兢地這麼一問，Ash慢慢點了點頭。

「坦白說，我……其實不清楚自己到底是什麼人。唯一確定的一件事，就是這個虛擬角色是『我妹』『日下部綸』塑造出來的。所以，我想我大概就是綸的『老哥』。但是，這情形到底怎麼回事……是不知道在哪家醫院昏睡不醒的『日下部輪太』跟自己的神經連結裝置做超遠距離連線，才能這樣跟你講話？還是說，我是綸為了在這個世界打下去才創造出來的虛擬人格？不管我怎麼想，就是想不出答案……」

這位神祕機車騎士輕聲嘆了口氣，像個小孩子似的把兩隻腳上厚重的長靴盪來盪去，繼續他的獨白：

「如果虛擬人格才是正確答案，就表示我這個人實際上不存在……可是啊，Crow，我反而覺得這樣還比較好……」

「咦……怎、怎麼這樣說……如果真的是這樣，那就表示有一天……」

現在的「Ash Roller」也許會消失。

春雪雖然吞回了這句話，Ash卻好像聽得清清楚楚。只見他微微點頭，喃喃說道：

「那也沒關係。因為如果我是真正的日下部輪太……那就表示我自己想當冠軍車手的夢想明明已經因為出車禍燒掉了，卻還為了把燒剩的渣……把變成灰燼的輪胎轉動下去，而利用我妹妹綸的意識、利用她的靈魂。我明明在年齡上沒資格當超頻連線者，卻附在妹妹身上，在這加速世界裡悠哉地騎著機車。我可不要這樣……她……她明明有自己的路要走……」

他緊緊握住拳頭，就要朝自己膝蓋猛力打去，但春雪反射性地在最後一刻伸出右手，抓住了他的拳頭。

「不對……不是這樣啊，Ash兄。」

銀色的頭盔連連搖動。

「我們……在這加速世界裡對打，不是拿來填補在現實世界中失去的東西，緬懷放棄的夢想。是為了面對、接受自己的傷痛跟軟弱，重新往前走……所以我們才會在這裡。不管你是不是真正的日下部輪太……你現在好端端地存在著！你不但存在，還跟我、還有其他超頻連線者打了幾百次的對戰！只有這一點……只有這些記憶，不該是幻想，也不該是虛擬的……！」

說到這裡，春雪卻不太明白自己到底想主張什麼。

或許，Ash Roller這個超頻連線者的存在，是一種因為有仰慕昏睡哥哥的少女日下部綸，以及她哥哥輪太以前用的神經連結裝置這兩個要素重合在一起，才得以創造出來的「奇蹟」。如果真是這樣，也許會因為奇蹟本來就不可能穩定，導致他遲早有一天不再是現在的他。

但是——即使真的演變成這樣，對Silver Crow來說，他第一次戰鬥、打輸、打贏的對手都是Ash Roller，這個事實不會改變。只有這個事實，絕對不會改變。

春雪不明白怎麼把自己滿腔的情緒繼續化為言語，只能拚命握住Ash的左手。

機車騎士不推也不拉，只是默默看著Silver Crow抓住自己手腕的這隻手，看著他這隻已經不像過去那樣纖弱無力而成了凶惡鉤爪的手。

「我……剛剛在無限制中立空間時，已經做好了掉光點數的心理準備。」

他忽然平靜地開了口。

「Olive Glove他們六個人的攻擊力壓倒性的強……就算只有Olive一個，我多半也不是對手。我本來呢，打算至少要掩護Utan那小子跑掉，但還是做不到……後來我就想，我們兩個大概今天就要從加速世界消失了。如果只有從一開始就不知道存不存在的我消失也就算了……但一想到連好不容易醒來的阿猴，還有應該待在這虛擬角色身上的綸都要消失……就覺得很不甘心……可是，這個時候，你趕來救我們了。你明知道召喚出『災禍之鎧』會有什麼後果……但你還是叫出了鎧甲，用這份力量救了我跟阿猴。那個時候啊……我……先不講來龍去脈怎麼樣……我就是覺得能當上超頻連線者，能在這個世界打到今天，實在很Lucky……」

看到這名態度一向漫不在乎的世紀末機車騎士竟然會一時說不出話來，哪怕時間短暫，依然令春雪覺得胸口刺痛。

Ash有點不好意思，用右手在骷髏面罩的鼻子上搓了搓，恢復一貫的聲調說：

「阿猴他在從傳送點登出以前也說了，要我幫他跟Silver Crow說聲『謝謝』，還有……就是『抱歉的咧』。看樣子他也總算懂了，所謂的強，並不是靠別人給的……」

「說得也是……堅強只能在努力的過程中找到……不管輸了多少次，輸得滿地找牙，仍然不死心地仰望天空……才是真正的堅強……」

春雪怔怔說出這句話的這一瞬間……

Ash Roller被Silver Crow以右手抓住的左手迅速一翻，倒過來抓住了Crow的手腕。

春雪反射性地想甩開，不願讓他看到自己那變成鉤爪狀的手，卻被黑色皮手套牢牢握住，動也不動。Ash Roller就維持這樣的姿勢，從骷髏面罩下以認真的眼神凝視著春雪說：

「沒錯，師父也是這樣教我……可是啊Crow，這句話也可以拿來對現在的你說。」

「咦……現、現在的我……？」

「沒錯。你一定覺得再也沒辦法把『災禍之鎧』從自己的對戰虛擬角色身上分開，所以打算拿自己替鎧甲陪葬，用這種方式來做個了斷，我沒說錯吧？」

被Ash一針見血地說中，春雪也只能微微點頭。

就連現在，他也一直覺得背脊上有種劇烈得幾乎迸出火花的預兆，彷彿「野獸」隨時都會從淺淺的睡眠中醒來開始肆虐。一旦春雪覺醒成了Disaster，相信一定會猛然開始攻擊眼前的Ash Roller。春雪之所以能夠勉強壓住這股衝動，是因為這裡並非「野獸」原本的獵場——無限制中立空間，以及他心中並不存在鬥爭心。

但這種危險的均衡，隨時都有可能打破。如果現在Ash Roller滿懷敵意地認真打出一拳，春雪——不，應該說「野獸」——多半就會敏感地做出反應。而每次化身為Disaster，融合的程度都會變得更深。儘管不明白要到多深才會永遠回不了頭，但從前一代的Disaster，也就是Cherry Rook的例子來看，相信花不了多少時間，就會嚴重到連現實世界當中的有田春雪自己也受到精神干涉。

所以，春雪才會鎖上自家大門一個人跑出來。要不是在購物商場的正中央被Ash Roller的本體——日下部綸給逮到，現在他應該已經隨便找了間網咖，從那裡衝進無限制中立空間。

Ash或許是感受到了春雪的意圖，一瞬間微微低頭。但他隨即抬起頭來，發出平靜卻又堅毅的嗓音：

「……Crow，我也不是不了解你為什麼會這樣想，可是啊……你就不能換個想法嗎？就不能想說『變成Chrome Disaster這件事，也是過程的一部分』嗎？在我看來……我怎麼想都不覺得『鎧甲』寄宿在你身上純粹是偶然。我覺得，是因為你能打破這個在加速世界一直延續到今天的詛咒……所以才會挑上你……」

一聽到這句話，春雪就覺得耳邊傳來一個很遙遠的說話聲音。

……不用怕，憑你，一定，辦得到的……我等了你好久好久，你一定可以……

但春雪卻在銀色面罩下緊閉雙眼，想從記憶中拭去這個聲音。

雖然只是出於沒有根據的直覺，但先前對春雪說出這句話的「她」，在「野獸」活動的時候無法出現。也就是說，若不把災禍之鎧恢復成種子狀態，就再也見不到她了。然而，這恐怕已經是不可能的了。

——我還辜負了她的期望。

春雪咀嚼著這份苦澀的認知，小聲說道：

「……很遺憾……看樣子我根本就沒本事打破『災禍』的詛咒。我……看到你跟Utan被Olive Glove他們攻擊的時候，最先想到的不是要救你們，而是對他們產生了強烈的憤怒。然後我就任由這股怒氣發作，召喚出鎧甲……之所以不等Ash兄你們復活就先跑掉，是因為我覺得要是繼續留在那裡，多半會連你們兩個也照殺不誤。像現在這樣能跟你正常講話……我想多半已經是萬中無一的奇蹟了……」

春雪閉上嘴之後，Ash Roller仍然好一陣子不做任何反應。

過了將近十秒鐘之後，他放開Silver Crow的手腕，左右手交握在雙膝之間。

「……我妹妹……綸，她對加速世界發生的事情不會留下鮮明的記憶；同樣地，我對她在現實世界所做的事情，想的事情，也只能隱隱約約認知到一點……」

垂下的面罩嘴角說出了這樣的話。對於「綸」與「輪太」這兩個意識是基於什麼樣的邏輯共存，春雪甚至無從做出任何推測，只能默默聽他說下去。

「……所以，我也不太清楚綸跟你直連對戰到底是有什麼打算……不，應該說到底抱著什麼心願。而我想這點她也已經料到了，她知道一旦喊出加速指令，來到對戰場地的這一瞬間，虛擬角色的操作權就會轉移到我這個人格手上……所以，我現在能做的事就只有一件……」

Ash Roller說到這裡先頓了頓，在引擎蓋上轉動整個身體面向春雪。

他用右手慢慢掀起骷髏造型的安全帽護目鏡。露出來的對戰虛擬角色「臉孔」有一對略顯細長的淡綠色鏡頭眼，宛如一個線條纖細的少年。像這樣在眼前仔細一看，就覺得這張臉跟現實世界的日下部綸有點神似。

Ash應該看不見春雪的眼睛，但那雙眸子仍然凝視著春雪的眼睛好一會兒。接著他猛然低頭，同時平靜地說道：

「算我求你，臭烏鴉……Silver Crow，別從加速世界消失。你……是『希望』。把飛天夢想託付在你身上的Raker師父，還有復活後慢慢累積起實力的黑暗星雲團員是不用說了……對我們這幾百個跟你交戰過、一直仰望著你像飛鳥般在天空自由翱翔的超頻連線者來說，你也一樣是我們的希望。」

「希望…………」

春雪以不成聲的嗓音複誦一次，沒有抬頭Ash就這麼頷首：

「沒錯。當然我們也不是對你有什麼希望你升上9級啦、打贏『王』啦這類具體的期望。你的翅膀確實是加速世界裡獨一無二的能力，可是沒有人覺得這種能力太詐、太作弊，強到打破『同等級同潛能原則』。該怎麼說……你……」

他沙啞的嗓音先頓了頓，立刻又說了下去：

「……就跟我們一樣。從什麼都不會的1級玩起，有時候差點輸光點數，有時候也會沮喪得抬不起頭來，但還是慢慢變強……然後當我們也一樣沮喪地癱坐在地上時，一抬起頭，就會看到你在飛。看到你手忙腳亂地閃躲狙擊槍或飛彈，雙手往前伸直拚命往前飛。你亮晶晶的銀色身體上，還會反射出夕陽啦，月光啦……該怎麼說，整個人在天上那麼閃亮……嘿嘿，我到底在講什麼啊。」

Ash Roller握緊右手就往自己臉上粗暴地抹過。他還是頑固地面向下方，話說得更加斷斷續續，但還是繼續了下去。

「總之啦……一看到你飛著的模樣，我們就能覺得自己也該再加把勁。不只是我……前陣子的赫密斯之索縱貫賽上，看到你變成Disaster的幾百個觀眾會一致同意什麼都不說……就是因為大家都相信你。相信如果是你……才不會輸給這什麼鬼『災禍之鎧』，相信你一定可以把這些詛咒之類的玩意全都斷個乾淨，再一次好端端地飛在天上。所以……所以啊……」

這時這位機車騎士終於抬起了頭，淡綠色的鏡頭眼滲出少許反光的水珠，這對眼睛確實與在現實世界裡哭著正視春雪的日下部綸十分相似。

「——所以Crow，你別死心啊。別在無限制空間裡找個偏僻的地方，讓自己跟鎧甲一起消失。你有Lotus師伯、Raker師父、有那個藍色的大個子跟綠色的聒噪女……你明明有那麼多靠得住的好伙伴。你有沒有想過，要是你用這種方式消失，軍團的伙伴會有多難過……還有，這一大堆一直追著天上的你到今天的超頻連線者們又會有多難過啊…………！」

Ash Roller半喊半說地說到這裡，又深深低下頭去。

——可是……

可是，如果我就這麼完全變成Chrome Disaster，見超頻連線者就殺……到時候不只是我，連我最重視的這些伙伴，也都會被當成通緝犯啊。

春雪沒有說出來，只在心中這麼低語。

上週的「七王會議」上，擔任紫色軍團「極光環帶（Aurora Oval）」副團長的鞭手「Aster Vine」以高壓的態度放話時，黑暗星雲副團長Sky Raker就站出來回話。她說參加中小軍團的超頻連線者，心中都對造成加速世界停滯的六大軍團累積了不滿。要是大軍團不擇手段，試圖打垮稱得上反抗軍的Black Lotus與她的軍團，加速世界中醞釀已久的不滿就會一口氣爆發。

相信大軍團的幹部對這個風險都已經有所了解，所以他們才無法只因為「是Black Lotus的屬下」這個理由，就把春雪跟拓武他們指定為通緝犯。

但如果軍團裡出了第六代Chrome Disaster，那又另當別論了。只要隨便找個理由，例如說他們企圖利用災禍之鎧來拓展軍團勢力，就可以把整個軍團都指定為懸賞對象。要想阻止這樣的封殺，黑雪公主與拓武他們就必須親手討伐春雪。就像當初紅之王仁子揮淚「處決」第五代Disaster——Cherry Rook那樣……

正因為他愛著這群好伙伴，春雪才不想逼他們做出這種選擇。

「我也不希望這樣啊……無論是軍團的目標還是自己的升級都得半途而廢，就這樣離開加速世界，我也很遺憾啊……」

春雪以心灰意冷壓抑住滿心的糾結。

「……可是，要是等到我控制不住『鎧甲』……等到我已經不再是我，到時候就太遲了。我想……過去成了Chrome Disaster的那幾個超頻連線者，剛開始也想過要控制這股力量，想過要馴服這凶暴的『野獸』，把這股莫大的力量用在正途，幫助自己的伙伴，可是……他們最後都被鎧甲控制了，六親不認地攻擊不知道多少超頻連線者……變得連伙伴都認不出來……最後被幾個『王』當成禍害討伐而消失。」

春雪短短嘆一口氣，注視著自己那長出銳利鉤爪的雙手。

「而且……要是用這種方式消失，就只有成了鎧甲宿主的超頻連線者會離開加速世界，鎧甲本身卻會移動到討伐者的物品欄，再不然就是寄生在可以當種子的零件上存活下來。這樣下去……根本沒辦法斷絕這已經不知道持續多少年的『災禍循環』。到時候又會有人變成下一個Chrome Disaster，散播同樣的痛苦跟悲傷……要終結這樣的循環，就得在無限制空間裡跑到誰也不會去的天涯海角……讓公敵打光自己的點數，悄悄離開這世界…………」

「啪嘎！」一聲刺耳的金屬聲響打斷了春雪的話。

Ash Roller以握緊的右拳，一拳打穿他當椅子坐的汽車引擎蓋。

「A、Ash兄……」

「那麼……我也去。」

這句以壓低的嗓音發出來的話，讓春雪的嘴張到一半就當場定住。

「你的翅膀那麼耗油，根本跑不了多遠吧？我就大發慈悲讓你坐在後座，不管要去北海道還是九州都行，你愛去哪兒我都載你去……可是啊，跑到那麼遠的地方，連要回東京都會嫌麻煩……俗話說要中Posion就連Paralyse一起中，我也陪你一起跟公敵玩吧。嘿嘿，反正你跟我是冤家了，開始跟結束都在一起……也沒什麼不好吧……」

Ash Roller這故作開朗的台詞一說完，春雪雙眼也跟著湧出滾燙的液體。

他在鏡面銀的面罩下，流著虛擬的眼淚流個不停，一次又一次地搖頭。拚命從喉嚨擠出的聲音就像三歲小孩一樣細小而且發抖：

「……怎麼可以……Ash兄，你不需要……陪我……一起消失……………」

「你剛剛一直在說的就是同一回事啊！」

機車騎士同樣喊得聲淚俱下，從引擎蓋拔出右手，抓住春雪脖子上的裝甲：

「你以為你跟『災禍之鎧』一起消失，就可以讓加速世界恢復和平、一切就會圓滿落幕？絕對不會！到時候你的『上輩』、你的伙伴，我們師父……還有綸那丫頭，會哭得多傷心、多痛苦、多自責……你有沒有好好想過！」

「…………那…………」

即使留在正規對戰場地，讓情緒失控仍然非常危險。但即使知道這一點，春雪仍然克制不住自己，任由滿腔激情驅使喊了出來：

「那你要我怎麼做！難道讓我就這樣跟『鎧甲』融合，搞得連上輩跟自己人都分不出來，見人就殺、到處散播災禍，最後再被討伐……難道這樣就是正確的結局？與其弄成那樣，還不如趁現在……趁我還能保有自我的時候……」

就這麼消失算了。

即將說出最後這句話之際，春雪卻覺得受到一股五雷轟頂似的震撼，頓時摒住了呼吸。

——一樣。

——我剛剛說的話，就跟昨天的拓武一樣。

他也跟春雪一樣，受到屬於黑暗之力的「ＩＳＳ套件」寄生，以這可怕的力量將ＰＫ集團「Supernova Remnant」殺得一個都不剩。然後擔心自己會變了樣，於是打算自己了斷。

看到拓武這樣，春雪就跟他說過，別認輸，要抵抗到底。請你為了我、小百還有軍團的大家，努力抵抗ＩＳＳ套件。

如果春雪現在放棄一切，獨自消失在無限制空間的荒野之中，那些話就會全部變成謊言。而且，即使災禍之鎧消失，已經在加速世界逐漸蔓延開來的ＩＳＳ套件仍然極具威脅。春雪現在對於疑似套件本體所在之處「東京中城大樓」與鎮守此地的神獸級公敵「大天使梅丹佐」，都得到了一定程度的相關資訊，至少這些資訊非得回報給同團伙伴不可。

…………可是，要是再跟大家見上一面，我……我下次，一定再也捨不得離開。

……該怎麼辦？我到底——該怎麼辦……

「你要抵抗下去。直到最後關頭都不要死心，要抵抗到底。」

忽然間，耳邊傳來了這麼一句輕聲細語。是一隻手仍然按在春雪胸部裝甲上的Ash Roller開了口。

「你要像第二次跟我打的時候那樣，咬緊牙關，撐到最後試試看。Crow，你辦得到。就因為你是這樣的傢伙，綸才會喜歡上你……雖然我不准你勾搭上她，可是更不許你惹她哭。」

「…………」

春雪慢慢呼出憋在胸口的一口氣，微微一笑。

「……這也太亂七八糟了啦。」

「少囉唆，當大哥的本來就是這麼不講理！」

Ash有點不好意思地這麼一喊，輕輕推開春雪的身體。

兩人不約而同看了看視野上方的倒數計時，不知不覺間已經過了一千七百秒以上。再過一分多鐘，這場對戰就會結束。

由於只有春雪體力計量表單方面減少，因此Ash Roller打算伸手去叫出申請平手的視窗，春雪卻阻止了他。

「我剛剛在無限制中立空間賺了一大票點數，這場算我請客。」

「……先講好，就算你這麼做，我也不會讓你碰綸。」

「我、我才不會咧！」

兩人又這麼鬧了幾句後，春雪忽然想起一件事，端正坐姿說道：

「對了……Ash兄。」

「……幹嘛？」

「呃……剛剛你把你的虛擬角色名稱……解釋成轉動燒成灰的輪胎，可是我……覺得這樣應該不太對。」

說著，春雪移動目光，往停在一段距離外的大型美式機車看了一眼。這部機車的前後輪確實不是呈合成橡膠的黑色，而是狀似金屬或陶瓷的灰色，但絲毫沒有餘燼那種脆弱的感覺。

「在我看來……Ash兄你的角色名稱，應該是指壓過燒成灰燼的地面，重新鋪出一條路的人（Roll）（Ash）……應該是這個意思。」

聽到春雪這幾句話，Ash Roller好一陣子什麼都不回答。

過了一會兒才聽他哼了一聲，又像平常那樣要起嘴皮子。

「怎麼聽起來好像落伍的火耕農業，跟Mega Cool的大爺我一點都不搭……算了，我就好心採用你的提案吧。要是哪天在現實世界跟你見面，我會給你一百圓當創意費。」

「多…………多謝。」

不過他所謂「在現實世界見面」，大概不是指妹妹日下部綸的人格，而是指這個根本搞不清楚是不是實際存在的哥哥……

這時一串寫著【TIME UP!!】的火焰文字，蓋過了他這不怎麼有建設性的思考。

春雪結束這整整三十分鐘——相當於現實世界一點八秒——的對戰，回歸到現實世界後，最先感受到的卻是一股不可思議的安詳。

他在這場對戰中實際做過的事情，也就只是讓Ash Roller的機車撞了三次，然後坐在美國車的引擎蓋上聊到結束而已。雖然談了很多很重要的話題，但並未得出任何像樣的結論。對於今後該怎麼做才好，春雪仍然找不到方向。

但對戰前的滿腔焦躁、懊悔與絕望，都已經暫時風平浪靜。春雪也不睜開眼睛，一心一意沉浸在這股充滿在全身的怡人溫度之中。

幾秒鐘後——他才總算發現這種感覺既不是心理上的錯覺，也不是虛假的電子資訊，不由得全身一顫。

背上感受到的高級彈力，是來自楓子愛車內部的真皮座椅，春雪就躺在上頭。而他身上更有個柔軟而且香氣怡人的物體，帶著一種由絕妙比例融合彈性與塑性而成的觸感，比義大利車的緩衝材質迷人百倍。

春雪戰戰兢兢地微微睜開眼睛，看了看緊貼在自己肚子上的象牙色針織制服外套。說得精確一點，是一件上面繡著陌生校徽的夏季針織制服。說得再精確一點，是穿著這件針織制服的同年女孩上半身。

「……唔……」

春雪發出輕微打嗝似的聲音，同時慢慢將視線往上移。他看到格紋的細絲帶、白嫩而苗條的頸子，以及戴在頸子上的金屬灰神經連結裝置。接著是小男生似的尖下巴與薄薄嘴唇，不突出但輪廓清晰的鼻梁，再上去則是一對瞳仁中混著幾許灰色的眼睛。

這名少女全身壓在春雪身上，不，應該說她整個人撲倒春雪，右手還抓著直連用的XSB傳輸線接頭。少女的眼睛仍然充滿淚水，在極近距離輕聲說：

「……對、對不起。我哥哥他，說了很多，失禮的話……」

「…………呃、呃～～」

儘管春雪因為物理狀況與言語資訊帶來的嚴重混亂而翻起白眼，但他還是勉力試圖出聲說話，收拾事態。

「呃，呃，首先，這個，妳……記得，剛剛的『對戰』嗎……？」

記得她在直連之前說過，每次對戰都會渾然忘我，內容都記不太清楚。這也就是說，她一連上加速世界就會跟哥哥互換人格，無法留下鮮明的記憶——以上就是春雪的推測。

但少女——超頻連線者「Ash Roller」的本尊日下部綸卻微微點了點頭說：

「現在……還記得住。還戴著這個……哥哥的神經連結裝置時……」

「這、這樣……啊……」

或許是感受到春雪短短回答中所塞進的大量疑問，綸眨了眨濕潤的雙眼，以細小的聲音進一步解釋：

「……我，也不知道……只在加速世界當中出現的『哥哥』，到底是真正的，哥哥……是在澀谷區醫院昏睡的日下部輪太……還是，我創造出來的，虛構人格……可是，師父，對我說過，加速世界裡發生的事情，一定有它的意義。說只要我跟『哥哥』一起奮戰下去，遲早有一天，會找到最重要的答案。」

「…………這樣啊……」

綸之前並未明說她提到的「師父」，是否就是春雪知道的倉崎楓子。但聽到剛剛這句話，春雪就深信不疑了。照黑雪公主的說法，楓子是「最純粹的正向心念使用者」——也就是說，她比任何人都更加相信希望、情誼與愛的力量，這句台詞確實最符合楓子的作風。

這也就表示，綸去年暑假在醫院咖啡廳裡打工當服務生時，不小心把被她用冰水潑到的那位客人，應該就是倉崎楓子。記得楓子確實住在杉並區與澀谷區的分界處那一帶，會為了維修模控式義足而定期去澀谷區的醫院報到，也沒什麼稀奇的。

春雪多少想通怎麼回事，於是點了點頭，綸則從極近距離一直看著他的眼睛。

摻著點灰色的眼睛再度罩上淚水薄紗，超過表面張力極限的水珠一滴滴落在春雪臉上。

「…………為什麼？」

「咦……？」

看到春雪不明白她問這個問題的用意，不由得僵住不動，綸哭得皺起臉又問了一次：

「你為什麼，不攻擊……我？虧我……還抱著，心甘情願，被你殺死，就這麼消失，也無所謂的覺悟……才找你挑戰。虧我還想說，讓你在我身上發洩，多少讓你身上的『災禍之鎧』安分一點……」

春雪沒料到她會說出這樣的話，小小倒抽一口涼氣。

沒錯——綸在以直連方式向他挑戰之前，的確說過她會把「鎧甲」除掉，會承受一切的憤怒與憎恨。如果那場對戰出了什麼差錯，說不定真的就會演變成這種情形……姑且不論鎧甲會不會就此消失，春雪的確有可能在對戰中失控，使出全力攻擊綸。

但對戰才剛開始，Ash Roller（兄）撂下那句「竟敢勾搭我老妹」的台詞，讓春雪完全被牽著走，彷彿連那麼凶猛的「野獸」也找不到機會出動。想來Ash應該不可能是算計好才這麼喊，但仔細一想，那調調實在在就是過去打過無數場的Ash對Crow戰最原本的面貌……

「我怎麼可能……殺妳呢？」

春雪不自覺的微微一笑，輕輕搖了搖頭。

「咦……？」

「妳想想看……Ash兄，可是我重要的…………朋友啊。」

春雪仔細挑選過用詞，但綸卻哭著歪了歪頭複誦：

「…………朋友。」

春雪從她的聲調中聽出些許的不滿，趕緊補上幾句好話：

「嗯、嗯。Ash兄是我非常重要的朋友——所以說，即使我完全……受到鎧甲支配，變成Chrome Disaster……」

一句與先前念頭相互矛盾的話幾乎卡在喉頭，但他還是努力擠了出來：

「……我也不會把怒氣發洩在Ash兄身上。因為我……喜歡他。」

這一瞬間……

綸的雙眸浮出水量多達先前兩倍，而且連含意也不相同的淚水。

她小小的臉動得像是在追逐滴下去的無數滴淚水，碰上了春雪的左臉。接著春雪更覺得耳邊傳來了與火熱氣息融合的話語：

「我……好高興。我一直好害怕，怕你認識，現實世界的我以後……會覺得噁心，我們進的軍團不一樣……不管是正規對戰，還是領土戰，明明都只能對打……你卻……肯說出，這樣的話……」

緊緊貼上來的身體觸感、傳過來的體溫，以及甜蜜的香氣，讓春雪差點又腦袋一片空白。

儘管在這樣的狀況下，春雪僅存理智轉的念頭卻是「下次見面真的會被Ash兄給宰了」，更別說右手還脫離意識的控制，擅自舉了起來，眼看就要碰上綸苗條的背……

「…………剛剛那句話，請你再說一次給我聽聽。」

聽到耳邊響起的這句話，春雪的手應聲停住，連忙將記憶倒帶後以沙啞的聲音播放。

「呃……Ash兄，是我重要的朋友……」

「下一句。」

「所以，我絕對不會傷害他……」

「再下一句。」

「我，喜歡……」

叩叩。

忽然間，響起了兩聲硬質聲響。

春雪茫茫然地將快要對不準焦的目光轉往頭上。

首先他看到左後門的門板，接著是更上面的後車窗。能夠改變顏色深淺的不透明車窗，應該在幾分鐘前便將遮蔽度調到最高，但在不知不覺間卻已變得完全透明。

而且，在車窗外更出現了一名自然長直髮的女性——她的臉上還帶著微笑。

敲了兩次車窗的手指翻了過來，操作投影視窗，同時車門的鎖就在輕快聲響中解除。這名女性立刻從外側拉開車門，將上半身探進車內，並於倒臥在後座的春雪正上方再次露出滿臉微笑，開口說道：

「真高興又見到你了，鴉同學♡」

緊接著壓在春雪身上低著頭的綸全身一顫。

春雪同樣全身僵硬，擠出痙攣似的微笑，好不容易才擠出幾個字來回答這位女性——黑暗星雲副團長「鐵腕」Sky Raker，倉崎楓子。

「啊……是……是啊……我也，很高興…………」

——不用怕，現在還不用怕，還不算是得拔腿就跑的危機！因為正撲倒春雪撲得不亦樂乎的日下部綸就是接到楓子命令才會來逮住春雪的這個狀況也不算脫離這道命令的延長線要這樣解釋應該絕非不可能也就是說有話可以好好講相信一定是這樣的。

春雪完全忘了自己當初就是從軍團的眾人面前名副其實地試圖「拔腿就跑」，拚命展開以上的思考。

不過緊接著——

千百合從楓子左側探出頭來，看清楚了春雪所處的狀況。

春雪看到了幻覺，覺得她腳下似乎冒出火紅的過剩光，於是連忙移動目光想打開另一邊的車門逃走，卻在這邊的車窗看見軍團長雙手抱胸站在那兒，立刻再度陷入完全凍結的狀態。

右邊車門喀嚓一聲開啟，黑雪公主與楓子一樣彎著上身探頭進來，爆出久違的必殺「極凍黑雪微笑」在他耳邊輕聲細語：

「春雪，是不是打擾到你們了？」

儘管春雪有著公認所有超頻連線者當中最高水準的反應能力，但他全力運作思考迴路後也只得出這樣的回答：

「…………沒、沒有啦。」

6

地點再度回到二十三樓的有田家客廳，時間則是下午七點四十分。

今天，也就是二〇四七年六月二十日的「禁城逃脫作戰」，是在七點整開始，所以算來還不到一個小時。但按照春雪的主觀認知，卻覺得彷彿已經有著好幾天份的事情發生，堆著沒有去整理。

從禁城逃脫，與朱雀激戰。

搜索並發現Ash Roller。召喚鎧甲，大開殺戒。

遭遇長城的那兩人，接著發生更激烈的戰鬥……

春雪坐在沙發套組的角落，畏畏縮縮地想著這些事。此時有人對他說了聲「請用」，隨即將一個裝著咖啡歐蕾的馬克杯放到他面前。

「……謝、謝謝……」

春雪先小聲對幫他泡了這杯飲料的千百合道謝，才將冒著熱氣的馬克杯舉到嘴邊，大聲啜了一口，就在這一瞬間……

「唔喔燙燙燙燙燙死我啦！」

春雪的舌頭受到滾燙的灼熱液體攻擊，忍不住發出慘叫。但坐在他對面沙發椅上的千百合卻一副事不關己的模樣，喝了一口自己的咖啡歐蕾，接著才滿不在乎地丟出一句：

「哎呀，這可對不起了。」

看來她端給其他人喝的飲料溫度都很剛好，只有春雪這杯先用微波爐加熱到滾燙。但看到這種精準攻擊單一目標的惡作劇，卻只有拓武肯露出無奈的苦笑，黑雪公主與楓子，甚至連四埜宮謠都不說話，只是拿著杯子慢慢喝。

這不是因為春雪之前把大家關在家裡一個人跑掉，更不是因為他召喚出「災禍之鎧」。

原因就在於春雪左邊——那位到現在還半哭喪著臉，右手卻一直牢牢抓住春雪T恤衣角的「第七人」。楓子在地下停車場把這人自春雪身上拉開，跟著搭電梯將她帶到二十三樓來，又讓她在沙發上坐好，期間那隻手沒有一秒鐘放開春雪的衣角。

換做暱稱仁子的紅之王・上月由仁子，相信黑雪公主一定馬上對她喊出「別胡鬧了，放開妳的手！」之類的話，甚至還會實際展開物理攻擊。然而當對象換成了這個哭哭啼啼又怯生生的少女，似乎就連黑之王也無法貿然動用強硬手段。

一陣充滿緊迫感的沉默之中，只聽得見春雪朝著馬克杯內連連吹氣的聲響。

過了一會兒，千百合放下杯子，一邊用雙手食指揉著太陽穴，一邊掙扎地說：

「呃～～～唔……我還是搞不懂這什麼狀況……應該說還是沒辦法接受…………」

說著，她抬起頭來，正視坐在春雪左邊，也就是自己正面的少女——

「……妳真的就是『Ash Roller』？是那個整天怪笑喊說大爺我Mega Lucky～～還在機車上配備飛彈的Ash兄？」

這形容未免有點偏頗，但少女——Ash Roller的「本尊」日下部綸，仍點頭回答問題。

現在綸已經解下哥哥以前用的金屬灰色神經連結裝置，換回了自己的粉綠色裝置。如果她說的話可信，那就表示這時她已經想不起先前與春雪對戰時所發生的詳細情形。但即使如此，看樣子她還是清楚認知到自己——或者說哥哥——在加速世界是個什麼樣的超頻連線者，只見她雙眼含淚，小聲道歉：

「…………那個，我在那邊，總是說些失禮的話，非常……抱歉。」

「也、也不用道歉啦……我對戰時說話也很不客氣……」

春雪與拓武不由得連連點頭，千百合立刻以視線光束一掃，嚇得兩名手下不敢動彈，接著才說下去：

「……可是，該怎麼說，只是第一次看到在現實世界（這邊）跟加速世界（那邊）差這麼多的人，才會有點嚇一跳。原來本尊是女生，虛擬角色也有可能塑造成M型啊……」

一聽到這句話，春雪不由自主地跟坐在右側單人沙發椅上的楓子對看了一眼。

他們並未對千百合等人說明綸的特殊情形，所以在場的人當中，只有春雪與綸的「上輩」楓子知道她與她哥哥這兩具神經連結裝置所牽扯出的許多狀況。春雪從楓子眼中看出「以後再找機會說明」的意思，於是立刻插嘴：

「這、這個嘛，超頻連線者足足有一千人以上，偶爾出現一些超出理論的例外也沒什麼稀奇的啊。」

千百合聽了再度投以翻白眼的視線，接著又不高興地別過臉說道：

「是沒錯啦，就像有人在現實世界裡老是這樣畏畏縮縮，到了加速世界卻得意忘形，婁子一個接一個在捅！」

「嗚！」

這出其不意的攻擊讓春雪反射地縮起脖子。他先喝了一口好不容易降到適當溫度的咖啡歐雷來緩一緩，同時在腦內高速思考。既然獨自逃亡並自行了斷的方案已經失敗而被逮了回來，這件事總是不能不提的，至少自己應該主動道歉。既然都要道歉，現在或許正是時候？

春雪將馬克杯放到沙發套組圍住的玻璃桌上，深深吸一口氣，同時挺直腰桿，鄭重地望向這群同軍團的伙伴。他依序望向坐在最左端的黑雪公主、正面的千百合與拓武、右端的楓子，以及因為佔用空間比例的問題而緊鄰春雪坐在他右側的謠，用力低頭說道：

「這個，說到我捅出來的婁子……真的，很對不起……雖然我也沒以為事到如今才道歉可以得到原諒……」

「————春雪，你真的知道我們……不，是我為什麼生氣嗎？」

這個堅毅的聲音，來自之前一直保持沉默的黑雪公主。

這位同時也是他劍之主的軍團長雙手在膝蓋上交握，以她那漆黑的雙眸凝視著春雪，平靜地說道：

「可不是因為你召喚出『災禍之鎧』，解放處於封印狀態的Chrome Disaster。你是為了救你重要的朋友才不得不這麼做，這件事在場的每一個人都懂。可是你……卻不理我們說的話，甩開我們伸出的手，想自己處罰自己。萬一……萬一你的企圖成功，跟鎧甲一起消失在無限制中立空間的盡頭……」

黑雪公主說話的聲音一瞬間微微發顫。春雪也覺得一顆心都揪在一起，下意識地用右手抓住T恤的胸口部分。

黑雪公主緩緩眨了眨眼，接著用反射出更強光芒的雙眼盯著春，小聲對他說：

「…………你真的以為，在你發生這樣的事情之後，我們沒有你也能繼續奮戰下去？當初你沒有放棄遭到Dusk Taker禁錮的千百合，沒有放棄受ISS套件侵蝕的拓武，沒有放棄差點就要放棄飛天夢想的楓子，沒有放棄被封印在朱雀祭壇上的謠……更沒有放棄兩年來一直封閉在校內網路當中的我，你真的以為我們就會放棄你嗎！」

她說話的音量慢慢加大，最後終於化為一把利刃，刺穿了春雪的心臟。但這道傷痕帶來的卻不是冰冷的痛楚，只覺得一股甜蜜、揪心，卻又十分溫暖的疼痛填滿了心胸。

春雪緊咬嘴唇，深深垂下頭。但他還是壓抑住自己，沒把那番溫和斥責當成救生索。

「…………………對不起。」

他以顫抖的嗓音再次道歉，但立刻又說下去：

「…………可是……可是……上一代黑暗星雲的四元素，還有黑雪公主學姊，妳……在兩年半前，不也曾經放棄自己，想保住軍團的團員嗎……？妳不也試著只讓自己在『四神祭壇』陷入無限ＥＫ狀態，讓其他團員可以逃脫……？我……我剛剛就覺得，我也到了該這麼做的時候。因為再這樣下去……整個軍團都會跟我一起變成通緝犯……我覺得，萬萬不能讓這種事情發生。」

「——小春，你在胡說什麼！昨天不就是你跟我說，不要一個人鑽牛角尖，要相信同伴伸出手……」

拓武喊到一半，坐在他身旁的千百合卻以左手輕輕制止。

這位兒時玩伴不再維持先前的超火力光束，改以溫和的目光要他說下去。在她的鼓舞下，春雪拚命動著嘴說：

「抱歉，阿拓……我剛剛跟Ash兄……不對，是跟日下部同學直連對戰的時候，也想起了我跟你說過的這些話……」

說著再度轉頭看著黑雪公主：

「——而且，在對戰的最後，Ash兄對我說了幾句話。他說，如果我要跑到無限制空間的天涯海角讓自己消失，那他也奉陪到底。聽他這麼一說……我這才發現……在加速世界裡，就算有人耗光點數、被強制反安裝，也只有當事人自己對BRAIN BURST相關的記憶會被消除……也就是說，呃…………」

春雪努力想說出自己學到的重大教訓，但這時他的語言處理引擎已經撐不下去，嘴跟右手亂動一通卻說不出話來。

結果右側傳來一個溫和而平靜的說話聲音，幫春雪做了補充。是楓子。

「……也就是說，『超頻連線者的死』並不屬於當事人自己……是吧？因為自己曾經是超頻連線者的事實，以及在加速世界裡認識誰、想過些什麼、朝什麼目標邁進，這些事情當事人自己都會忘記。真正死去的……是留在周遭好友之中的他或她。一個人消失之後，只有伙伴、朋友與情人，會在加速過的無限時間之中，永遠將『死亡』懷抱在心裡……」

「…………是的。」

春雪慢慢而重重地點了點頭，再度靠自己說下去：

「就是這樣。所以……我想到，在加速世界裡，根本不可能『只有自己一個人消失』……

就算我找個地方悄悄讓公敵打光點數而消失……但我的所作所為，其實是在消滅我身邊重要人們心中的我……在大家心中留下傷痕，或者該說在心中開出一個洞………」

黑雪公主仍然以嚴厲的眼神看著他，而春雪當初還以有點看她臉色的視線回視，但後來則正面接下她的視線，毫不保留地吐露出心聲：

「……所以，現在我已經不認為……只要自己消失就能夠在本質上解決這件事……因為，我知道這樣對學姊你們造成的傷害，恐怕就跟變成Disaster然後殘殺你們差不多……可是……話說回來……」

他在膝蓋上握緊了雙拳。

「要在星期日的『七王會議』之前，再次除掉我叫醒的『災禍之鎧』……我想大概，不，應該說九成九是辦不到了。我在無限制中立空間跟牠並肩作戰過，所以我很清楚，鎧甲已經完全跟Silver Crow合而為一了……不，不止這樣。說不定……我的精神現在也正在受鎧甲干涉，因為……我………」

意識到眾人都微微睜大了眼睛的春雪，以沙啞嗓音做出宣告。說出他即將因為斷線而登出前不久，正準備與災禍之鎧——不，應該說與寄生在鎧甲上的「野獸」一起展開無盡的流浪之旅時，自己心中的感覺。

「……我……當時就覺得不想用外力消滅牠。我覺得，如果非這麼做不可……至少也該跟牠一起消失……」

春雪再度完全垂下頭，緊緊咬住嘴唇。

坐在春雪右邊所剩不多的空間，身體跟他貼在一起的四埜宮謠，就以打字的方式溫和地對他問說：

【UI＞有田學長，你所說的「牠」，是指災禍之鎧這個物件？還是另有別人……？】

「……………這…………」

春雪猶豫了一會兒，隨即下定決心說出來。

他說出了寄生在災禍之鎧上的兩個意識體。在鎧甲的原形「The Destiny」當中，有著一名身穿黃橙色裝甲的神祕少女；而創生於一段扭曲命運的強化外裝「The Disaster」之中，則有著凶猛的鬥爭本能──「野獸」存在。

「……那個女生小百也見過，所以我想可以肯定那場夢不是錯覺。」

聽春雪這麼說，坐在對面的千百合就深深點頭：

「嗯……我跟小春還有小拓一起去到的那個世界──『BRAIN BURST中央伺服器』，說不定只是場夢……可是我們在那裡見到的那個女生絕對不是夢，因為她告訴我跟小春好多我們根本不知道的事情。」

「唔……超頻連線者的意識寄生在物件上……或是形成類思考體在運作？考慮到『鎧甲』

的精神干涉力，這也不是沒有可能啊……」

黑雪公主露出思索的表情喃喃說到這裡，以不如先前那麼劍拔弩張的眼神盯著春雪說：

「春雪，你說不想消滅的，是哪一邊？是那個幫助你、引領你的陌生女性型對戰虛擬角色……還是那個驅使你走向戰場的野獸？」

「……………兩邊都……不，說不定……是不想消滅野獸。」

春雪放低視線，喃喃說道：

「那個女生的願望，是讓『鎧甲』完全消失，斷絕已經在加速世界延續長年的災禍循環。所以，我想就算到時候她得跟鎧甲一起消失，她也不會傷心。然後……野獸的願望是消滅除了自己以外的所有超頻連線者。當然我也覺得這太過分，可是……如果把剛剛所說『超頻連線者的死』是怎麼回事的那個想法套在牠的願望上……就表示，牠每殺了一個人，讓這人從加速世界退場，就得將這人的『死』堆積在自己的記憶裡。如果牠的願望真的實現，讓牠成了加速世界的唯一一個人……也就表示牠得一個人背負上千個超頻連線者的死亡跟消滅。換句話說……他等於是要讓所有消失的超頻連線者活在自己一個人的記憶裡。這樣一來，牠到底……是為了什麼……」

一滴滴水珠，落在握緊的拳頭上。發現這是從自己雙眼滴下的眼淚，春雪趕忙想用右手去擦臉……

黑雪公主早了兩秒探出上半身，千百合卻更搶先半步遞出面紙盒，謠又比她更早了一瞬間從口袋拿出手帕。然而卻有個人動作比她們三個都更快，那就是一直在春雪左邊啜泣的第七人——日下部綸。這名跟春雪同年的女生，用象牙色的針織夏季制服衣袖，吸去累積在他臉頰上的眼淚，接著小聲說：

「…………一個人……太寂寞了。不管是誰……都不可以，一個人消失。」

「……啊，嗯，這個，呃……」

春雪自然當場當機，但連黑雪公主、千百合與謠等三人，也都各自帶著不同的表情僵在原地，最後還是由楓子平靜的一句話讓場面動了起來。

「綸？」

只是這麼一句話，就讓日下部綸迅速回歸原位，但她似乎還是有所堅持，又像先前那樣抓住春雪T恤的衣角不放。

黑雪公主表情仍然五味雜陳，但她還是坐回了沙發上，清了清嗓子後再說下去：

「……春雪，我實在不覺得你的這種情緒如你自己所說，是受到災禍之鎧的精神干涉才產生的。原因很簡單……我所知道的有田春雪，就是會說出這樣的話來……」

千百合、謠、拓武與楓子不約而同地點了點頭。

「也正因為這樣，所以我不覺得淨化鎧甲的可能性已完全消滅。春雪……只要一次就好，可以請你給我……給我們一次機會嗎？」

——淨化。

這也就意味著，要用「劫火巫女」Ardor Maiden——四埜宮謠所擁有的特殊能力，把那隻「野獸」連著災禍之鎧一起燒得乾乾淨淨。

謠當初就以心念攻擊將地面化成巨大的熔岩池，埋葬禁城正殿的守護騎士，對於她的心念威力有多強大，如今已經不需要多說。憑她的本事，說不定即使鎧甲已經與Silver Crow完全融合，她仍然能只挑鎧甲加以焚燒……不，應該說是淨化。而且，當初之所以要大費周章地從朱雀祭壇救出Ardor Maiden，就是要請她進行淨化。

可是，現在的春雪無法確信這就是唯一正確的解決之道。

儘管他至今仍然想不起細節，但在遙遠的過去——在加速世界的黎明期，確實發生過一件非常可悲又殘酷的事。牽扯到的有那名黃橙色少女、一名與春雪很像的金屬角色，以及自稱加速研究社副社長的積層虛擬角色Black Vise這三人。當時就是因為這個金屬角色陷入太深的絕望，才會讓神器「The Destiny」與長劍「Star Caster」融合，創造出災禍之鎧「The Disaster」。

寄生在鎧甲上的類思考體「野獸」，對這件事的記憶會產生劇烈的反應，甚至曾經對現實世界的春雪造成負面心念的「逆流現象」。這證明了已經多次在加速世界重演的災禍，就源自於這起事件。不去查出……不，應該說不回想過去到底發生了什麼事，就只是把鎧甲跟野獸消滅掉，這樣真的好嗎？

當然，如果試圖得知春雪不知道的過去，也就是去追溯鎧甲本身的記憶，相信一定會受到比現在更劇烈的精神干涉，甚至難保不會超越「融合」的階段而達到「支配」——也就是讓春雪的人格完全消失。光是現在會這樣猶豫，或許就證明了自己的精神已經受到干涉……

春雪低頭咬緊嘴唇，旁邊伸來一隻小手輕輕蓋上他的右手，同時一段只用右手打出來的粉紅色字體顯示在視野當中。

【UI＞有田學長，我真正的「淨化能力」，並非在禁城時那種第四象限的破壞心念。】

「咦……這話是指……？」

對這個以實際聲音問出的問題，四埜宮謠臉上泛起平靜的笑容回答：

【UI＞就是完全沒有物理攻擊力。傷不到對戰虛擬角色、強化外裝、公敵……也破壞不了任何一個地形物件。我的火焰要燒的對象……是所謂的「因緣」，也就是選擇性地針對連結寄生體與宿主的資訊管道加以消除。所以，這種能力就只是單純地把淨化的對象——寄生物件分開。】

「不是消滅……只是分開……」

春雪這麼喃喃複誦，接著又搖了搖頭。

「可是……如果是這樣，即使淨化成功，『災禍之鎧』仍舊會以封印卡的形式留下來……

對吧？就算把卡片交給別人保管……或是賣到商店，甚至乾脆丟到海底……我想牠一定又會再次喚來下一個宿主……學姊，記得卡片物品……」

春雪說著將視線轉過去，黑雪公主就察覺到他想問的問題，點點頭回答：

「對……不能破壞，沒有任何例外。現在已知的銷毀卡片手段當中，最可靠的一種就是丟去給具有撿拾物品屬性的神獸級公敵吃掉……但這也不能保證萬無一失啊……」

一陣沉重的沉默，瀰漫在只有橘色間接照明的客廳當中。

打破這陣沉默的，則是宣告下午八點來臨的小小鬧鐘聲。

離春雪的母親回家還有一段時間，謠這個國小生是不用說，其他團員也差不多該回家了。無論軍團面臨多麼重大的問題，每個人在現實世界終究還是受到各種規則束縛的學生，這個事實是不會改變的。

當然他們也能立刻連往無限制中立空間，在裡頭繼續討論，又或者是讓Ardor Maiden嘗試「淨化」。但這麼做會有一個重大的問題。由於春雪上次是透過「強制斷線保險」——也就是拔掉傳輸線的方式登出超頻連線，一連往無限制空間，他就會單獨出現在離眾人十分遙遠的六本木山莊大樓屋頂。如果能立刻從傳送門正常登出也就罷了，但要是一連進去就受到鎧甲的精神干涉，連春雪自己都不知道接下來會發生什麼事情……

擔任副團長的楓子似乎也推敲到了這點，只見她平靜地說道：

「看樣子……接下來的部分得留待明天再談了。不管要做什麼，都得先把鴉同學的位置資訊重置到安全的地方才行……」

春雪在六本木山莊強制斷線這件事，在他衝出家門前就已經對眾人說明過。其實還有很多資訊他都非得說得更詳細不可，但連春雪自己都還沒整理好所有記憶。他確實需要時間來重新詳細回想他與在六本木山莊大樓遇到的那兩人——綠之王Green Grandee與綠色軍團幹部集團「六層裝甲」第三席的Iron Pound——之間的互動，釐清這整段記憶。

軍團長黑雪公主承接楓子的發言，目光在眾人身上掃過一圈，同時以堅毅的嗓音說道：

「我們黑暗星雲，今天向前邁進了一大步。因為，我們把上代『四大元素』之一的謠——Ardor Maiden，從眾人公認不可能逃脫的四神祭壇救了回來。即使後來發生了一些預料之外的事情……」

她說到這裡，朝還繼續抓著春雪衣角的日下部綸瞥了一眼，清了清嗓子之後繼續說：

「……這次的作戰能夠成功，Silver Crow的努力無疑有著莫大的功勞。所以春雪，這次換我們為你努力了。我能了解你為什麼猶豫跟恐懼……但是算我求你，請你給我們一次機會。」

黑雪公主把先前講過的話又說了一次並投以真摯的視線，這時她身旁有個小小的身影站了出來。這人身穿小小的連身裙式制服，是四埜宮謠。只見她先甩動馬尾低頭致意，接著毅然伸出雙手手指在空中打字：

【ＵＩ＞有田學長，我們需要你。我之所以能回到黑暗星雲，擺脫長達兩年半的無限ＥＫ狀態，全都多虧了你。我現在會站在這裡，就是為了斬斷連結你跟「災禍」之間的因緣。我求求你，請你給我機會，讓我盡到我的責任。】

這隻小手打完字後移到胸前緊緊一握，楓子、千百合與拓武都同時深深點頭。最後由坐在左邊的日下部綸輕輕拉了拉她抓在手上的衣角。

內心一陣短暫但劇烈的糾結，讓春雪微微發抖。

讓Ardor Maiden嘗試「淨化」，也就是要他跟這群心愛的軍團伙伴再度同時前往無限制中立空間。最壞的情形下，甚至有可能立刻受到鎧甲支配，六親不認地攻擊大家。當然，他也覺得即使是Chrome Disaster，要同時對付由黑之王Black Lotus領軍的黑暗星雲五人還是贏不了，但到時候卻會逼得黑雪公主他們必須設法癱瘓春雪……不，甚至必須動用「處決攻擊」來讓他強制反安裝。

這是他萬萬不希望發生的情形。無論如何都不希望。

春雪在內心這麼自言自語，卻又抬起頭，依序看了看謠與黑雪公主，最後輕輕點頭說：

「…………我明白了。我也要請你們幫忙…………憑我實在斷絕不了這災禍的循環，還請四埜宮學妹、學姊……還有大家，合力幫我了結它……」

「小春，你今天晚上自己一個人待在家裡，真的不要緊嗎？來我家或者是小拓家過夜比較好吧？」

這句話千百合至少重複了五次，每次春雪都保證不要緊，這才送大家出了自家大門。

日下部綸被楓子拎著衣領拖走。她依依不捨地放開春雪的T恤，穿好帆船鞋後轉身說：

「那個…………壽司很好吃……」

「啊……要、要道謝的話妳應該跟她說。這位是小百……倉嶋千百合。妳吃的海苔捲就是她媽媽做的。」

聽春雪這麼回答，綸又轉過身去，朝著已經走到公共走廊上的千百合又是一鞠躬：

「謝謝……妳的招待。」

「…………獻醜了……其實這句話由我來說也不太對啦……」

千百合以像點頭又像鞠躬的角度回禮，然而她與身旁的拓武臉上都還留有高純度的疑念。

春雪與綸被眾人從地下停車場拖回有田家之後，綸只做了簡單的自我介紹，根本沒跟他們講過幾句話，所以兩人大概到現在還很難接受「綸＝Ash Roller」的說法。這種心情春雪很能體會。

但綸縮頭縮腦，任由楓子抓住她外套衣領拎著走的樣子，卻又確切醞釀出了一種難以言喻的師徒感。眾人決定等到明天晚上七點再聚集於在有田家展開「災禍之鎧」淨化作戰。屆時綸也將直接來到現場參加，所以相信會有機會聊得更深入。當然，這有個但書——那就是作戰必須順利成功。

楓子與綸這對師徒到了走廊上，謠也跟著出去，換成最後面的黑雪公主慢慢穿上鞋子。她往前走了一步後轉過身來，從正面與春雪目光交會。她的嘴唇欲言又止地顫抖，才剛微微張開，馬上又閉了起來。

隔了一拍之後，春雪所敬愛的劍之主露出淡淡的微笑說：

「每次都拿你家來當軍團的據點真是不好意思，明天也要打擾了。」

「好的……我完全沒關係。反倒是學姊跟師父，妳們要趕回家才辛苦吧……？」

「哈哈，今天我也會請楓子開車送我，不要緊的。果然出門在外就是要靠成年朋友啊。」

楓子在她背後露出尷尬的表情，其他人也笑了笑，接著黑雪公主退了兩步到走廊上。

「那春雪，我們明天見了。」

「好的，明天見。」

無聲無息關上的門板遮住了黑雪公主與其他伙伴的臉，將家裡跟外面隔絕。接著便傳來了自動上鎖的輕微聲響。

春雪等眾人的腳步聲走遠，完全聽不見之後，才踩著沉重的腳步回到客廳。

之前裝著散壽司與海苔卷的大盤子已經由千百合帶走，所以他只把剩下裝咖啡歐蕾的杯子拿去洗乾淨，放回有乾燥功能的餐具櫃。接著將餐桌跟玻璃茶几擦拭乾淨、把椅子擺整齊、再打開AI掃除機的開關。

春雪回到房間，開啟家庭作業程式，專心做著數學與英文的功課。兩項作業都做完後，時間剛過九點。

母親還沒回家。照慣例，如果她這個時間還沒到家，幾乎都會拖到將近午夜才回來。春雪連上家用伺服器，打開給家人用的留言板，想了一會兒後，打上了一段簡短的訊息。

【我去拓武家過夜，一起準備小組上台報告的東西，明天早上會回來。】

這當然是說謊，而且對母親與好友都說了謊，不……甚至可能是背叛整個軍團的謊言。但相信憑拓武跟他的默契，萬一春雪的母親真的去問，拓武應該也會幫他掩飾得不著痕跡。

春雪以僵硬的手指按下投影鍵盤的Enter鍵，接著一口氣掃開虛擬桌面，站了起來。他把居家服換成迷彩綠的吊帶褲與印了圖案的T恤，戴上帽子，在玄關換上運動鞋，打開家門。

只過了短短一小時，晚上九點過後的公共走廊卻似乎比剛剛更暗、更是寂靜。

這是理所當然，但春雪就是會不由自主地想到——這個由LED燈管照亮的空間裡，已經找不著半點才剛經過這裡回家的好伙伴們所留的痕跡。但他仍然深深吸一口氣，想說至少把大家一起呼吸過的空氣蓄積在體內，接著走出了家門。這麼一來，有田家已經空無一人，因此背後同時傳來家門上鎖以及通知提高保全等級的電子聲。

春雪之所以在這種時間獨自出門，理由跟先前不惜把眾人反鎖在家裡也要跑掉的時候不太一樣。當時他打算就近找一家網路咖啡廳，連往無限制中立空間，就這樣去到天涯海角，讓公敵打光自己的點數。

但他卻在地上一樓的購物商場，被楓子的「下輩」日下部綸幾乎用撲的攔了下來，之後更在對戰空間裡跟自稱是她哥哥的Ash Roller對戰，讓春雪改變了想法。即使自己獨自消失，問題還是得不到根本的解決。拓武昨晚處在完全相同的狀況，仍然聽進春雪的話而收手，單單只為了拓武，春雪便不應該這麼做。

——我也應該跟阿拓一樣，相信同伴……相信軍團的情誼。

現在的春雪，已經在內心深處做出了這樣的決定。因此，他之所以在國中生不適合單獨在外遊蕩的時間外出，並不是為了獨自死在無限制中立空間。而且如果真是為了尋死，現在自己家裡沒有別人在，根本不必特地出門，只要在自己房間的床上喊出「無線超頻」指令就行了。

春雪要去的地方不在杉並區，不，應該說不在東京都二十三區之中，他打算到緊鄰在杉並區西邊的武藏野市。當然那裡的公共攝影機網路也很完備，因此仍然屬於加速世界的一部分，不過那兒卻是個幾乎沒有任何超頻連線者存在的無人之地。

至於理由，則是要確定自己連上無限制空間之後是否還能保有自我。

明天的「淨化任務」中，想像得到的最壞情形，就是春雪上線後立刻失控，出手攻擊軍團伙伴。也許黑雪公主他們連這點也已經有了心理準備……或許更認為即使真演變成這種情形，他們也壓得住Chrome Disaster，但春雪並不這麼樂觀。第六代Disaster「能運用歷代Disaster的所有特殊能力」，連他自己都不知道這樣的戰鬥力可以發揮到什麼地步，尤其初代留在鎧甲上的特殊能力「閃身飛逝」更是十分棘手。那種化為粒子進行瞬間移動的能力，可以讓物理拘束手段完全失效。一旦與「野獸」同化的春雪能夠完全駕馭那種招式，沒有黃色系輔助招式可用的黑暗星雲很可能會無從對應……

春雪一邊茫茫然想著這樣的念頭，一邊從二十三樓搭上電梯。

然後在平順下降的電梯包廂中繼續思考。

他不能任由自己在明天的淨化作戰裡化為狂暴的野獸攻擊自己人。要避免這種悲劇發生，唯一的方法就是特意進入無限制空間叫醒「野獸」，跟牠對話或對抗，想辦法贏得一定程度的控制權。

而如果要進行這樣的行動，就不能留在杉並區。因為一旦他失算，精神完全被野獸控制，春雪，不，應該說第六代Disaster，就會從以杉並區為大本營的超頻連線者開始殺起。也因為這個理由，就在東側不遠的練馬、中也、新宿、澀谷這幾區也得盡量避免。但如果是西邊的武藏野市，無論春雪怎麼發狂，也沒有目標可以攻擊。真要獵殺玩家，就得先從傳送門回到現實世界，改以電車等方式移動，而在搭車的時候也許腦袋就會冷靜一點。

基於這些理由，春雪決定單獨行動。

過了晚上九點後，超市以外的攤位大多已開始關門。春雪就穿過這逐漸冷清下來的購物商場，來到鋪著紅地磚的大樓前庭花園。這個空間裡到處都是花圃與長椅，到了晚上幾乎都由情侶佔據。等到十點大樓正門關閉後，就只剩大樓社區的居民可以通行，但仍然可以看到一對對年輕情侶的輪廓在各處長椅上相依相偎，多半是想撐到非走不可才離開。

站在春雪的立場，這樣的情景實在沒什麼好看，所以他平常在較晚的時間要離開大樓時，都是走北側的居民專用出入口。但要去高圓寺車站，則是走南側的正門比較近，因此他壓低帽簷，縮起肩膀，準備快步穿過花園。

就在這時……

「要不要坐坐再走？」

身旁的某張長椅上傳來這麼一句話。

春雪反射性地打了個冷顫，視線固定在前方，全身就這麼定格。

這句話的口氣很男性化，但音色顯然是女性。這個嗓音有如絲絹般柔順，像冰雪融化的水一樣清澈，卻又像細細研磨出來的刀刃一樣銳利，他不可能會認錯。

春雪將頭往右轉了七十度左右，動作生硬得像是用齒輪驅動的人偶。

只見一個小時多以前才跟他道別的「劍之主」，正坐在天然木材製的長椅上，面帶平靜的微笑看著春雪。一對有如宇宙般深邃的眼神彷彿在說：「你想做什麼還瞞得過我嗎？」

7

——真沒想到，我居然會有跟女生一起坐在這長椅上的一天，而且還是在晚上九點以後。當然看在旁人眼裡，終究不會覺得我們是情侶啦……頂多只像是姊弟，說不定還有人覺得是女方打賭輸了被處罰……

春雪正轉著這樣的念頭，旁邊就伸來一隻五指修長的手，緊緊握住他放在膝蓋上的左手，同時傳來一個聲音：

「這樣看起來就不會像姊弟了。要不要徹底些五指相扣？」

這句台詞，彷彿已經用讀心術看穿了他剛剛腦袋裡八成的念頭，讓春雪以破音的聲調做出「不不不不不用了已經很很很很夠了」這種回答。沒有補上那句「別人也可能以為是懲罰」，應該算是他情急之下做出的漂亮判斷。

可怕的是，一旦千百合從屹立於他們頭頂上的大樓B棟二十一樓倉嶋家拿出附夜視功能的望遠鏡往正下方花園一看，就可以清清楚楚看見春雪所處的狀況，不過再怎麼說這也太杞人憂天了。不，可是她那種動物似的直覺實在不能小看啊……而且也不能保證她不會突然想喝只有這個廣場的自動販賣機有在賣的「珍珠豆漿香蕉歐蕾」而跑來買……

「就算被千百合或拓武看到，也沒有什麼見不得人的啊。還是說，他們無預警找你開過夜聚會就行，我卻連跟你坐在同一張長椅上的權利都沒有？」

「不不不不不怎怎怎怎麼會呢？」

腦內資訊再這樣洩漏精光實在會非常不妙，所以春雪停下逃避現實的思考，這才總算將視線轉向身旁的女性——當然就是黑暗星雲軍團長，還身兼春雪「上輩」的黑之王Black Lotus，也就是黑雪公主。他首先戰戰兢兢地問出了最大的疑問：

「……呃……記得學姊請Raker姊開車送妳回家……對吧？為什麼會出現在這裡……？」

「嗯……其實理由很單純。因為楓子的『下輩』……記得她姓日下部？說是她家位在跟我家反方向的中野區江古田那一帶。謠謠家離楓子家很近所以不要緊，可是如果還要載我回家，移動路線就會變得太沒效率，我就說自己在這邊叫計程車就好。順便告訴你，我沒說『幾點叫車』，所以我可沒對楓子她們說謊。」

原、原來如此……等等，咦，學姊家是在哪一帶啊……？」

春雪不經意地這麼一問，黑雪公主忽然眉毛一挑，接著露出了促狹的微笑。

「你喔……你不是看過我的學生手冊了嗎？」

總覺得這句台詞似乎以前就聽過，讓春雪一瞬間發起呆來，接著才趕忙連連搖頭說：

「我、我、我沒有看裡面啦！而且那都什麼時候的事情了啊！」

「呵呵呵……都差不多八個月啦？還真令人懷念啊。」

黑雪公主笑得雙肩顫抖了一會兒，隨即露出了想起什麼似的表情，用力握緊春雪的左手，同時小聲說道：

「倒是春雪，你在這種時間一個人跑出來，是想跑去二十三區外的無人區域連上無限制中立空間……我的猜測有錯嗎？」

這個問題突然切入核心中的核心，讓春雪不由自主地點了點頭。

「啊，可、可是，我不是為了一個人去耗光點數……」

他趕忙這麼補充，但黑雪公主則一副連這點也早已料到的模樣點點頭，又問了一句：

「──也就是說，你已經留好了深夜外出的藉口給家人囉？」

「是、是啊……我說要去阿拓家過夜，弄小組報告的東西……」

春雪一瞬間以為會因為造假而受到責備，卻沒料到黑雪公主又若無其事地點點頭說：

「嗯，很好，那我們走吧。」

說著她也不放開春雪的手就立刻起身。黑雪公主拖著春雪站起後，就這麼英姿煥發地邁出腳步。不是走向住宅大樓的入口，而是朝向位於東南方的社區正門。

「咦，那個，請問……」

這是春雪本來要走的路線，但他實在是摸不清楚黑雪公主的意圖，因此含糊地開口發問。但黑衣的領路人再也不回答，一口氣穿過滿是情侶的前庭花園後更不停步，一腳踏上大樓社區外，也就是通往環狀七號線的人行道。

看樣子她不知何時已經從虛擬桌面叫好了車，一輛ＥＶ以再妙不過的時機出現，打著方向燈停到眼前的車道上。這輛白色計程車的車體上有著藍色線條，車頂上還掛著復古標示燈。黑雪公主不容分說，將春雪往自動打開的後門塞了進去，接著自己也以流暢的動作上了車。她對年約半百的男性司機說聲「麻煩你了」之後，就聽到司機回答「好的」，車子也平穩地起步。

在這個時代，從神經連結裝置向附近行駛的計程車發出乘車要求時，往往就已先填寫了目的地，所以春雪根本不知道車要開往什麼地方。他半發呆半驚慌地看著擋風玻璃前方的光景，看見計程車沿著環狀七號線開始往北行進，沒過多久就往左彎進早稻田大道，一路往西前進。

她是想跟自己一起去武藏野市嗎？這樣不行……春雪才剛想到這裡，車子卻開不到一公里就再度左轉，一路穿過住宅區，鑽過中央線的高架橋繼續南下。幾分鐘後開上青梅大道，這次改往右彎，沒多久又往左轉。

概略說來，就是從春雪住的大樓稍稍往梅鄉國中那一帶接近，然後又愈開愈遠……但還是完全看不出目的地所在。車窗外的光景又換成了住宅區，綠意越來越多——這個念頭才轉了數十秒，計程車就亮起停車警示燈停了下來。

車錢由黑雪公主以神經連結裝置付清，所以春雪看不到金額。司機一聲「謝謝惠顧」後，車門應聲開啟，黑雪公主說聲謝謝就下了車，所以春雪也跟著下去。

順著靜靜開遠的ＥＶ看去，眼前的光景一點都不像在日本，更別說是杉並區的正中央。

這裡到處都是草地與行道樹。一棟棟佔地寬廣又有著時髦白牆的住宅平房，井然有序地維持相等間隔林立，看上去簡直像美國家庭劇的舞台，但住宅的設計都是共通的，而且每一戶都不算大。

「……請、請問，這裡……到底……」

「嗯？對喔，畢竟你才剛升上二年級啊。到了第二學期，社會科的課堂上應該就會提到。這裡叫做『阿佐谷住宅區』，是都市新生機構(URB)中有著近百年歷史的分戶出售型社區。在本世紀初葉時經過都市更新，但只有這一區的景觀幾乎完全保留原樣。」

「是、是喔……」

聽她這麼一說，就覺得在橘色路燈燈光下浮現出來的住宅區光景，強烈表現出了建築家的主張——至少有這麼一種感覺。

「……也就是說，算是有著文化遺產意義的住宅區……是嗎……？」

對於這個含糊的問法，黑雪公主回了句「嗯，也不是不能這麼說」後，又牽起春雪的手，開始走在彎來彎去的路上。

——學姊帶我來看這個地方，一定是想讓我體會某些道理。她想告訴我，某種現在的我最需要……不，應該是某種我非得自己發現不可的重要事物……

春雪一邊在內心咀嚼著這樣的念頭，一邊走在黑雪公主身旁。六月濕潤的空氣在鋼筋水泥的市街固然令人氣悶，但在這裡含有濃厚的植物氣息，反而讓人覺得神清氣爽。或許是不久前才下過小雨，黑色的雙線道還濕濕的。沿著車道走了二十公尺左右，黑雪公主往右一彎，走進了一條小路。

這條人行道奢侈地鋪有天然石材地磚，寬度剛好夠兩個人並肩行走，看起來不像是公用道路，而是附屬於建築物的私有道路，然而黑雪公主的步伐卻毫不猶豫。如果真的入侵私有地，難保居民不會叫來員警。既然黑雪公主不惜冒上這樣的風險也要讓春雪明白，那麼——

春雪的腦袋運轉得幾乎耳朵都要冒出煙來，黑雪公主則在一棟住宅平房前讓他停步，緊接著毫不猶豫地舉起右手，推開了黑色鑄鐵製的門。

「………啥？咦？」

還來不及想「再怎麼說也不該擅自打開別人家的門」時，更大的震驚立刻又來拜訪春雪，讓他當場張大了眼睛跟嘴巴。原來黑雪公主不僅面不改色地走過打開的門，還伸手去拉住宅家門的門把。

「我、我說，學姊！」

春雪還停在門前，發出破嗓的聲音。

「學姊妳在做什麼啊！做、做做做這種事會被罵的！」

「嗯？為什麼？而且會有誰罵我？」

「妳還問我是誰……當然是這個家的人……」

黑雪公主聽了後微微聳肩，說道：

「你這是瞎操心。因為這裡是我家。」

「…………………啥？」

春雪將已經處在全開狀態的嘴巴撬得更開，驚訝得上半身直往後仰，接著又聽到她冷靜地對自己說：

「進來以後記得關門，門會自己上鎖。」

「………………好的。」

除了這麼回答以外，春雪再也無法做出任何其他反應。

附樓中樓的獨棟平房，一房一廳一衛浴格局，含專用庭院。

這就是這位神祕黑衣麗人的住處。

春雪幾乎是在夢遊狀態下脫掉鞋子，踏進家中。黑雪公主領著他，來到了約七坪大的餐廳兼客廳。

「我去換衣服，你隨便坐。」

她只留下這麼一句話，就從西邊牆上的門走了出去。春雪再度搖搖晃晃地移動，儘管思考動輒停擺，但當他在客廳中央停步時，仍然試圖先盡量收集視覺上的資訊。

以獨棟住宅來說這裡的設計算是比較袖珍，但地板與柱子都全面使用天然木材，朝南的窗戶也頗大，很有開放感。比較意外的，就是房間裡的裝潢沒用上多少黑色，壁紙與天花板是淺灰色，踏墊與窗簾則是咖啡色條紋圖案。傢俱相當少，兼作餐廳的客廳裡只有小張的桌子與填充坐墊各一，以及排滿了西邊整面牆上的壁櫥。吧檯後的廚房裡也只看得見小型的冰箱、多功能微波爐，以及一個比較窄的餐具櫃，老實說不像有在下廚。

就在這整體都走極簡風格的裝潢中，最引人矚目的就是設置在東南角落的一個大型水槽。春雪不由自主地被吸引過去，看著有橘色LED燈光照明的水族箱看得出神。

裡頭養著大約二十隻小型熱帶魚。總覺得以這寬度將近一公尺的水槽來說，養的魚似乎少了點。佔領這整個水中世界的不是魚，而是大量的水草。有些像是毛茸茸的地毯，有些則有著橢圓形的葉子隨著水流擺動，也有些種類看起來就像是個小小的叢林，種類五花八門。但其中最醒目的，還是許多根從底沙往上屹立到水面上的細莖。

水槽上方被用來淨化水質與保溫的裝置擋住，所以春雪彎下腰，把自己當成從水中仰望外界的魚來窺視水面，看到順著這十幾根植物的細莖在水面有著頗有特色的圓形葉子，似乎還想繼續把頭探到空氣當中。

春雪覺得這深綠色的葉子形狀很眼熟。他歪著頭想自己明明對水草一點興趣都沒有，為什麼會覺得眼熟，接著才忽然間想到了答案。

這段大約十四年的人生裡，只有這麼一次。當時他花了好幾天在網路上收集資訊，實際去到店面後還煩惱了一小時以上，接著花光存起來的零用錢，買了一種水生植物。這種莖很長，葉子很圓的植物，就是當時春雪最後挑上，請店員綁成花束，帶去一家醫院探病時送的「熱帶睡蓮」。

「……我後來去查，才知道你送我的睡蓮啊，是一種叫做『Lindsey Woods』的品種。」

耳邊突然傳來這樣的輕聲細語，讓春雪以僵硬的身體原地旋轉九十度。

黑雪公主將梅鄉國中的制服換成小件的無袖居家連身裙，半彎著腰看著水槽。這應該是她居家穿的衣服，但由於整件都是黑色，感覺上反倒有點像是宴會穿的禮服。這時春雪才總算讓之前一直惰轉到快要熄火的腦袋恢復八成左右的出力，強迫自己認知現況。

——都快晚上十點了，我居然在這種時間第一次來黑雪公主學姊家叨擾，而且孤男寡女不說，我甚至還在家裡留了訊息說今天不回家，這是怎樣？這到底是什麼情形？

這樣的念頭一瞬間在他腦中閃過，但總覺得再想下去就會危險到了極點，於是春雪撲向眼前的資訊：

「…………這、這樣啊？我我我，當時，只看顏色就挑了……」

春雪恢復原來的姿勢，又開始盯著水槽這麼回答。緊鄰在他右邊的黑雪公主呵呵一笑。

「當時呢，我也從來沒聽過任何一種觀賞用睡蓮的名稱。是你送了那些花以後，我才開始涉獵的。」

沒錯，就在去年秋天，身受重傷的黑雪公主能夠從ＩＣＵ轉往一般病房的那一天，春雪帶了熱帶睡蓮的花束去探病。當然，這個選擇是拿黑雪公主的對戰虛擬角色「黑睡蓮(Black Lotus)」當題材，但店員幫他紮的花束裡，除了睡蓮以外還有四、五片葉子。就是因為記得那種有著細小缺口的圓形，春雪才會不用看到花朵也推測得出眼前水槽中所栽培的就是睡蓮。

「這、這麼說來，這些睡蓮，該不會跟那時候我送的花……是同樣的品種？」

聽到春雪這麼問，黑雪公主露出像是帶著幾分惡作劇意味，卻又像小孩子在炫耀似的天真笑容，搖搖頭說：

「品種的確一樣，然而可不只這麼簡單。這水槽裡栽培的，就是你八個月前送我的花……不對，嚴格說來應該算是它的『下輩』吧。」

「咦……！」

春雪大吃一驚，從近距離直盯著黑雪公主被水槽用燈光照亮的側臉。

「可、可是，當時我買的是只剩花朵的花……就算插進沙子裡，應該也種不活吧……」

「嗯，你說得沒錯。其實我也是查過才知道，原來包括你送我的『Lindsey Woods』在內，部分睡蓮算是『塊莖類』，葉與莖的交界處會長出小塊莖，可以進一步從中長出新芽與根。」

「咦……從葉子長出根莖？」

「沒錯。知道這點後，我仔細看看那束花裡面的五片葉子，發現其中有一片葉子已經長出了小塊莖。我就在盆子裡裝水讓它發芽，出院以後移到這個水槽裡。要在八個月裡就讓它繁殖到這麼多，可不是一件小事啊。不過很遺憾，聽說要讓它開花還得等上一個月左右。」

「…………」

春雪心中除了充滿對植物生命力的驚奇，更對黑雪公主花了這麼多心血設法保住自己買給她的一束花而滿懷感激，於是將視線投向這些在水中搖擺的莖上。一陣充滿神奇寧靜的沉默維持了幾秒鐘……也或許是幾分鐘，黑雪公主隨即站直身體，輕輕碰了碰春雪的背，開口說道：

「等花開了，你可要再來看看──好啦，差不多該坐下了吧。」

鋪在客廳窗邊的踏墊上，擺著一個相當大的填充坐墊。黑雪公主坐上其中一邊，又拉著全身僵硬的春雪，毫不留情地按著他在自己身旁坐下。

細小的填充材質慢慢變形，吸收了春雪的質量。這麼一來，身體必然會往坐墊中央傾斜，坐在右側的黑雪公主也微微滑落。兩人的手碰在一起，讓春雪的意識險些又要飛到平流層外，但黑雪公主則鎮靜地舉起右手，迅速操作虛擬桌面。

她把客廳的照明調到只剛好夠亮，之前拉上的窗簾自動拉開一公尺左右，調光式不透明玻璃提升了透明度。路燈照耀之下，窗外浮現出庭院草地與成排闊葉樹的輪廓，而在遠得多的遠景部分，則可以看到經過再開發的高層住宅燈火通明，彷彿恨不得刺穿夜空。

這樣的光景，讓人覺得自己彷彿身在遙遠的上個世紀，看著二〇四七年現在的首都東京。春雪重新體認到黑雪公主多半……不，肯定是一個人住在這棟蓋在阿佐谷住宅區角落的小型住宅之中，於是下意識地問了出來：

「學姊是……什麼時候開始住在這裡的……？」

這個問題的答案，晚了五秒鐘左右才說出來。

「我離開原本住的家，開始在這裡生活，是快要進梅鄉國中就讀時的事了。若說得再精確一點……是在我親手砍下初代紅之王『Red Rider』的首級半年後。」

「……………………」

春雪倒抽了一口氣，仔細思考這句話的含意。不，不用想也知道，黑雪公主是在告訴春雪她之所以離開老家，並不是因為要上國中之類現實世界的理由，而是因為殺害紅之王這件發生在加速世界當中的事。

但這到底怎麼回事？根據春雪的理解，黑雪公主之所以會藉「9級玩家一戰定生死規則」贏走Red Rider的所有點數，是為了對抗當時「純色七王」之間試圖簽訂互不侵犯條約的情勢。也就是說，這件事的原因與結果都歸結在加速世界之中，為什麼會演變成她非得離家不可的理由？

「…………這件事我以前從來沒告訴過任何人……甚至沒跟楓子跟謠提過……」

黑雪公主忽然把頭靠到春雪右肩上對他耳語。

「我想獵殺的王，不只Red Rider一個。當時我還試圖親手殺了另一個王，而且不是想透過正常的『對戰』，是想在現實世界以物理手段威脅……也就是用現實中的暴力展開攻擊。」

「咦…………」

春雪再度摒住了呼吸。黑雪公主就連團員在考試中動用加速指令都不准，卻試圖進行令人髮指的現實世界攻擊行為，也就是「ＰＫ」，但令春雪震驚的不只是這件事。能夠進行這樣的攻擊，也就表示——

「學、學姊知道這個王的『真實身分』……是嗎…………？」

好一陣子沒有回答。

經過漫長的沉默，黑雪公主短短地說了一句：

「……抱歉。」

接著她的身體往左翻轉。少女不只是頭，整個身體都碰上了春雪的右半身。五感傳來的柔軟觸感與溫暖，讓春雪險些又失去意識，但這次他也勉強撐住了。因為黑雪公主這樣的行為，讓他覺得很像小孩子拚命尋求依靠的模樣。

「總有一天……等我說得出來，我一定會告訴你。」

聽到她以幾乎聽不見的音量這麼說，春雪也微微點了點頭。

「…………好的。」

他只勉強擠得出這句話，但黑雪公主聽了之後便緊緊握住春雪T恤的袖子，輕輕地對他說了聲「謝謝」。

接著，他們就這麼度過了幾分鐘無言卻平靜的時間。由於這個房間牆上沒有時鐘，要知道現在幾點，就只能查看虛擬桌面右下方。但從春雪的角度看去，這以擴增實境方式顯示出來的小小數位數字，卻正好顯示在黑雪公主的胸口。聽說女性這種生物有一種超感應能力，能夠察覺男性下流的視線，春雪過去就常被千百合痛罵說「色雪你在看哪裡啊！」站在春雪的立場，很想抗辯說這不是他意圖進行的眼球運動，而是大腦比較原始的部位無可避免會發出的指令。但有一件事他可以確定，那就是如果現在這個狀況下招來黑雪公主無謂的誤解，就會毀了很重要的事物。因此春雪不得不挑戰把整個虛擬桌面往左挪卻又要往右下看的高難度動作——

「……對了，我還沒有要你說明你做了什麼啊。」

突然聽到這麼一句話讓春雪全身一顫，固定住視線不動。

「哪、哪兒有做什麼，我我我只是想看時間。」

「……想看時間就儘管看呀。我不是說這個……」

黑雪公主抬起頭來，有點鬧彆扭似的噘起嘴唇說下去：

「我是要問你，之前在楓子車上跟那位日下部同學到底在做什麼啦。」

這一擊的角度與威力都出乎春雪意料之外，讓他再度僵在原地。這時他才想起，當時春雪在EV後排座位上跟日下部綸貼在一起直連的場面，全被黑雪公主看得一清二楚。

「呃、呃，那該怎麼說，我只是跟綸……跟日下部同學在對戰空間裡講話，除此之外完全Nothing這個……」

「哼～如果是這樣，我總覺得她的表情未免情緒太豐富了點，真的只有這樣？」

被她橫長深邃的雙眸一凝視，春雪也沒辦法不去回想。事實很難說真的「只有這樣」……而且坦白說，綸根本就光明正大跟他表白了。那麼單純而且強烈的一句「我喜歡你」，實在沒有辦法做別的解釋。

「呃、呃、呃……我、我跟『Ash兄』真的什麼都沒有！雖然我當時想在無限制空間飛奔到天涯海角時，他說要用機車載我去，不過也就只有這樣。」

這是事實。超頻連線者「Ash Roller」與春雪之間，就只存在著勁敵之間惺惺相惜的友情。

因為在加速世界裡，控制那個世紀末機車騎士的不是日下部綸，而是她哥哥日下部輪太本人，或者是他的模擬人格。

春雪這個勉強不算是說謊的說明，讓黑雪公主一臉懷疑地又噘起嘴來。她、千百合、拓武與謠等四個人，都還不知道日下部綸的特殊情形，以為那個永遠淚眼汪汪又怯生生的少女一進了加速世界就會開始扮演那種整天怪笑的角色。然而春雪不能說出實情，因為這件事應該由綸自己說，再不然至少也該由她的「上輩」倉崎楓子說。

所幸黑雪公主在短短幾秒鐘後就放鬆了表情，用指尖捏著春雪圓滾滾的臉頰說：

「……算了，事到如今，就算再多一個戰況也沒多少分別。」

「什……什麼再多一個？」

「你要我跟你解釋這個？」

她說著便捏得更加用力，春雪急忙連連搖頭：

「胡、胡用啦，胡用胡用。」

「…………真拿你沒辦法。」

黑雪公主又露出一道意義深長的笑容，這才放開了手。接著她身體倒在坐墊上，看著天花板說下去：

「話說回來……我還真的嚇了一跳。沒想到成了你第一個對手那名機車騎士，竟然會是學年比我還低的女生……到那一刻為止，我都還深信這人在現實中也是那個樣子。」

「是啊，我也是……」

「——不過呢，跟楓子的接點這部分倒還算合情合理。從你家走到停車場的路上，我有聽說了一些，她們似乎是在常去的醫院認識的。兩人幾乎是第一次見面就有了感覺，就跟我找出你的時候一樣。」

「是、是喔……真不知道是怎麼個感覺啊……」

「嗯……那我就直接引用楓子說的整段台詞吧。『如果說鴉同學觸動我心中某種開關的強度是一百點，謠謠就是兩百，不過綸卻是一千。我第一眼看到她的那一瞬間，就覺得我一定要好好磨練她！』——她是這麼說的。」

「……這樣啊。」

春雪回答的嗓音有些乾澀。如果某種點數是一百點的自己就已經會被她從東京鐵塔遺址的頂端推下來，真不知道這些日子她是怎麼指導一千點的綸，只覺得光想像都令人心驚膽戰。

但接下來黑雪公主卻還苦笑著補上一段不得了的資訊。

「順便告訴你，照楓子的說法，剛跟她認識的我是十萬點。我是不是該高興自己是她的朋友而不是『下輩』？」

「……………這、這樣啊。」

黑雪公主與楓子，的確是從彼此等級還低時就認識的好友，算來兩人剛認識的時候，應該都還是小學三、四年級。從現在黑雪公主的模樣，實在無從想像她當時是個什麼樣的小孩。

「要是我也……我也能更早認識學姊……就可以加入上一代的黑暗星雲，一起挑戰很多很多事情了……」

一聽見春雪無意識地這麼自言自語，春雪公主便昂起頭來，從近距離看著黑雪的眼睛。

「你在胡說什麼？當時的你在現實世界根本不可能和我有接點，所以別說當『上下輩』或加入同一個軍團了，第一次遇到的時候反而比較可能互相為敵啊。」

「啊……對、對喔，說得也是……」

春雪沮喪地就要垂頭喪氣，下巴卻被纖細的手指扶住。

「不過呢，即使真是這樣，我想我也一定會排除萬難把你招募進來。假設當時真的是這樣的情形……也就是說你參加的是其他王的軍團，我卻來挖角你，你會怎麼選擇？」

這個問題像是開玩笑，其中卻又蘊含著某種真心，讓春雪一瞬間吞吞吐吐起來。但他隨即從有點斜的角度回望黑雪公主的眼睛回答：

「我想我也會排除萬難，轉移到黑之王的軍團。這個該怎麼說……這不是在裝模作樣，聽說阿拓……Cyan Pile去年秋天為了從藍色軍團（獅子座流星雨）轉到黑色軍團（黑暗星雲），付出了很慘痛的代價，只是不管我怎麼問，他都不肯告訴我詳情……所以，我想我一定也會這麼做，因為即使不是『上輩』或

自己的軍團長，學姊妳……黑之王Black Lotus，都是我的…………」

春雪拚命編織出言語說到這裡，累積的詞彙終於耗盡。如果是用神經連結裝置所配備的文字編輯器打字，有時預測引擎還會自動提供適切的詞彙列表讓他選擇，但現在他只能靠自己找出自己的話。春雪的嘴又開開闔闔了幾次，總算說出了最後一句話。

「…………是我的，希望。」

這是毫無虛假的真心話，黑雪公主的視線卻若有所思地游移了一會兒，接著才露出半是高興，半是五味雜陳的微笑。

「希望……？你這麼說我很高興，不過這句話應該是我要對你說的。從我們認識的那時候起，我應該就已經對你說過很多次。春雪，你是加速世界最快的超頻連線者，將來有一天你甚至可以超越諸王，達到世界的根源。啊啊……記得我還對你說過另外一句話。」

黑衣佳人說到這裡，雪白的臉龐多了些色彩。她第三次翻身，雙手繞上春雪的脖子，用力擁得彼此的身體緊緊貼住。

冰涼的溫度、甘甜清爽的芳香，以及強韌的彈性，都對春雪的感覺神經灌進過剩的訊號，最後一句話更是致命一擊。

「春雪……我喜歡你。」

一陣強得幾乎讓人以為燒燬了好幾條腦內神經迴路的衝擊，讓春雪真的差點昏了過去。他好不容易才頂住沒讓系統關機，不過黑雪公主又在一陣輕輕的呼氣聲中，將接下來的話灌進春雪右耳。

「無論是加速世界的Silver Crow，還是現實世界的有田春雪，我都一樣喜歡。我就是靠著這份感情當做指引，才能以超頻連線者的立場重新站穩腳步，一路走到今天。這……才是真正的奇蹟，不是什麼心念系統可以相比的。只要是為了你，我會覺得自己什麼都辦得到，只要跟你手牽著手，我就能相信我們哪兒都去得了……」

「…………學、姊。」

春雪好不容易才小聲回出這句話。

直到最近，他才慢慢能夠擺脫認為「我沒有資格讓別人說喜歡我」這種負面到了極點的自我束縛，但他當然也不可能若無其事地面對這樣的表白。

而且仔細想想就會發現——當然處在這種狀況下卻想起其他女生實在是天理不容——但就在今天約兩個半小時前，Ash Roller的本尊日下部綸也在同樣貼得緊緊的狀態下，對他說出最直接的一句「我喜歡你」。一天當中接連受到兩位女性表白，春雪的腦袋不但難以處理，甚至難以認知這樣的事實。

他以快要燒掉的意識，納悶到底是因果律在什麼層級上受到扭曲，才會發生這種事，想著想著卻忽然想通了。

那當然是因為春雪就要消失了。

從同軍團的伙伴面前消失，從戰友們的視野當中消失，從加速世界裡消失。為了伸手留住春雪，跟他打過最多場的好對手日下部綸，以及跟他共度了最多時間的劍之主黑雪公主，才會將寶石般高貴的情感化為言語，說出來給春雪聽……

——我太幸福了。這個世界上，還會有哪個超頻連線者……不，還會有哪個國中生像我這麼幸福？

春雪在內心深處自言自語。這個念頭對春雪來說極具革命性，說是脫胎換骨也不為過。

過去他總是厭惡自己，憎恨自己。黑雪公主、軍團的伙伴們，還有仁子、Pard小姐、以及Ash Roller這些朋友對他表露的心意和笑容，的確都讓人覺得很窩心；但是，他一直覺得非得改變自己的外表與內涵不可，否則就沒有資格去回應這些善意。

然而，現在這一瞬間，春雪第一次覺得也許只要當自己就好。儘管心中的能量還不夠讓他如此斷定，但有一天——總有一天，自己能夠率直地肯定自己……到時候……………

「學姊………我………我也…………」

春雪以沙啞的聲音說到這裡，左手輕輕伸向黑雪公主嬌嫩的右肩。

但他辦不到，而他的嘴也說到這裡就停住了。

因為春雪也許已經等不到這「有一天」了。災禍之鎧已經和Silver Crow，不，是和春雪自己深深融合。如果無法加以淨化，那麼無論是自己跑去天涯海角孤獨地耗光點數，還是被六王派來的追兵打倒，春雪都將不再是超頻連線者。到時候他多半會失去大部分與黑雪公主有關的記憶與情感，就連現在這滿腔不捨心疼的情感也不例外——

——可是，即使記憶被消除，事實也不會消失。學姊對我說過喜歡我，我曾經覺得自己幸福，這些都是事實。即使一切都結束，這些事實一定會繼續鼓勵我、引領我前進，就像一顆顆即使不知道為什麼擁有，卻實實在在握在手中的寶石。

一想到這裡，兩滴拚命忍到現在的眼淚就從春雪的雙眼流了下來。淚水迅速從眼角滴落，落在把頭靠在他胸口的黑雪公主臉頰上。

繞在春雪脖子上的苗條手臂立刻加了一倍的力道，同時以小得幾乎聽不見的聲音說：

「春雪，你是我的。我不會放棄，我不容許自己失去你，絕不容許。」

將一句一句話語深深刻在彼此心中後，黑雪公主慢慢抬起頭來。

那雪白的臉頰上，除了春雪滴下的眼淚之外，更有一道從自身妙目流出來的軌跡閃出銀色光芒。嬌豔的嘴唇在幾乎碰在一起的距離顫動，繼續往下說：

「……即使有謠這種加速世界最高階的淨化能力者，要分開跟你融合的『鎧甲』，仍然是個很大的賭注。我跟那個狂戰士交手過不止一次，卻仍然覺得鎧甲內的黑暗深不見底……」

春雪摒住氣息仔細傾聽，黑雪公主看著他的眼睛，以找回了幾分氣勢的聲音說下去：

「但是，有一種手段，或許可以提高淨化成功率……過去那幾代Disaster在某種狀況下，負面心念幾乎都會衰減，那就是……跟強敵激戰過後。而且不是互相厭惡與憎恨的『廝殺』，而是彼此的招式與精神都在高層次交會的真正『對戰』。你還記得嗎……當我跟你，還有那個紅色小丫頭三個人去對付的第五代Disaster，也是在跟我們打完一場卯足全力的接近戰之後，躲不開Rain接踵而來的主砲攻擊而身受重傷。若是本來的Disaster，即使是那樣的砲擊，相信也是只用鬥氣就可以彈開了……」

聽她這麼一說——確實，第五代Disaster，也就是Cherry Rook在與黑之王Black Lotus展開一場劇烈的交鋒之後，散發出來的氣息就有了改變。要不是有這種理由，那個狂戰士又怎麼會甩不掉當時才剛升上4級，連心念都不知道怎麼用的春雪呢？

——不，不必引用第五代的例子，春雪這個第六代的現況就完全證實了這個推測。春雪急促地吸了一口氣，連點兩三下頭說：

「學姊……我，可以像現在這樣保有正常的自我，說不定就是因為這個理由……」

「喔……？」

「那個，剛剛在我家沒有講得很清楚……當時，我不是說我在無限制中立空間的六本木山莊大樓，跟其他軍團的成員打過嗎？」

他一瞬間閉上嘴，先吞了吞口水才說下去：

「對手是，呃，綠色軍團（長城）的幹部……記得是叫做六層裝甲吧，我就是跟裡面一個叫做『Iron Pound』的7級玩家打……」

「什麼……你、你說長城的『鐵拳』Pound？」

「啊……原、原來學姊知道……？」

他一問，黑雪公主就動了動圈在春雪脖子上的手臂，用雙手用力拉撐春雪的耳朵回答：

「豈止是知道……他可是『鐵腕』Raker的勁敵啊。Pound為了打下飛行中的楓子，打破自己的原則練出遠程攻擊，這已經是加速世界的傳說之一了。」

「啊啊……原來他那招金剛飛拳是這樣來的……」

春雪先恍然大悟地點點頭，接著迅速思考下去。很久以前他就聽說Sky Raker和紅色軍團（日珥）的副團長Blood Leopard之間是種寫作強敵念作朋友的關係，更聽說Raker曾經把青色軍團（獅子座流星雨）的雙副團長搭檔Cobalt Blade與Mangan Blade掛在新宿都廳的頂端。不僅如此，這人跟紫色軍團（極光環帶）的副團長Aster Vain似乎也會動輒相互較勁，她到底是有多少「勁敵」……？

春雪不由得背脊一顫，這才將差點偏掉的思緒拉回正軌。當兩人視線交會，黑雪公主就露出淡淡的苦笑說：

「你這可又對上不得了的傢伙了……原來你跟那個『鐵拳』已經打過啦……」

「啊，呃……這個，其實不止Pound兄……」

「你說什麼？還有其他『六層裝甲』的人在場？該不會排名比『鐵拳』更高？」

「說更高也是更高沒錯……」

春雪兩隻耳朵被她摘著，戰戰兢兢地說出了這個人的名字。

「綠、綠之王……Green Grandee也在場……該怎麼說，順勢就……」

「……………喂，難不成你……」

黑雪公主用力擴張春雪的耳朵，發出有點僵硬的嗓音。

「你……你跟那個大盾男也打了一場？」

「也不能說打了一場……就只是在他盾上砍了一劍…………」

「……………………」

他的劍之主細細呼出一口氣，就像彈橡皮筋似的放開春雪的耳朵。接著再度雙手圈上他的脖子，摸著他後腦杓上的頭髮說：

「……我本來還以為已經不會再被你的胡來給嚇到……你說砍了一劍，這也就表示你挨了『The Stirfe』這面大盾的附加特效？真虧你沒事啊……」

「附、附加特效？那是怎樣的能力？」

「『只要完全擋住攻擊，就可以把威力加倍反射回去』。也就是說，要突破那面盾牌的防禦只有兩種方法，不是用威力超強的一擊硬撼，就是用打不完的連續攻擊迫使他露出破綻，想辦法攻擊虛擬角色本體。只是不管用哪一種方法，我幾乎都沒看見有人成功過。」

「反、反射……也許真的反射了。如果我沒記錯……」

春雪與綠之王劍對盾、心念對心念，使盡全力抗衡的那一瞬間，在記憶裡已經像是遙遠的過去，但他仍然不由得全身發抖。

「……不過，我想那些威力大概全都散到四周的空間去了……所以六本木山莊大樓才會垮了一半……」

「哈哈……難道那場爆炸就是你們造成的？就是我們從禁城南門大橋目擊的爆炸……」

春雪對黑雪公主的問題想了一會兒，搖搖頭說：

「不……我想大概不是。我跟Pound兄還有綠之王連戰過後……又發生了一件大事……可是，這件事我晚點再說，我們還是先回到正題。剛剛學姊說『災禍之鎧』跟強敵激戰後就會暫時疲軟，我覺得我現在就是處在這樣的狀況。寄生在鎧甲上的『野獸』現在會乖乖沉睡……不，應該說會在打盹，就是因為我跟長城那兩個人進行過連最後一滴心念都榨得乾乾淨淨的對戰。所以我才能跟……跟Ash兄正常談話，現在也才能跟學姊在這裡……可是……牠遲早……不，相信到了明天一定會醒來，然後驅使我尋求戰鬥。老實說……我沒有把握……能夠抵抗，維持自我…………」

對春雪來說，要說出這麼長一段話，而且還處在跟自己最敬愛的人相擁的狀況下，要平平順順說完，理應是相當高難度的挑戰。但他並未意識到這點，全部說完之後，一直靜靜傾聽的黑雪公主卻露出淡淡的微笑。

「……唔，你的分析非常有邏輯，我也認為這應該就是事實。既然如此……那要讓明天的『淨化』成功，我們接下來該嘗試的行為就只有一種。」

「咦……行、行行行行行為……是是是什麼行為啊？」

枉費春雪剛才講了那麼長一段話，現在卻突然連連口吃。黑雪公主朝這樣的他再度微微一笑，迅速操作虛擬桌面。

接著，身旁先前毫無異狀的天然木材地板就在嗡嗡聲中隆起。這個直徑約十五公分，高約五十公分的圓筒狀機器，多半就是連到這戶住家家用伺服器的總終端機。本來這裝置的用途，是在於讓居民不必佩帶神經連結裝置，也可以控制各種家電，但看樣子黑雪公主是用在別的方面上了。只見她從這座小塔的中間高度處，拉出以線捲收納的ＸＳＢ傳輸線，插到自己的神經連結裝置上。

「春雪，你強制斷線的時候，是待在六本木山莊大樓的屋頂沒錯吧？」

這個突如其來的問題大出春雪意料之外，讓他只能連連點頭。

「嗯，那麼五秒……不，三秒就夠了。等我加速三秒後，就麻煩你拔掉這條傳輸線。」

「咦……那個，學姊妳到底……」

「晚點我再跟你說明。記住，就拜託你囉。『無限超頻』。」

黑雪公主若無其事地唸完指令後，身體立刻癱軟下來。春雪雖然完全搞不清楚狀況，也只能先照辦再說。當視野右下方的數位時間數字多了三秒的那一瞬間，他就從鋼琴黑的神經連結裝置用力拔下接頭。

黑雪公主在春雪面前睜大雙眼，以認真的表情說：

「我回來了，春雪。」

「……那個，學姊，我完全搞不清楚現在是什麼情形……」

「還能有什麼情形？就是在無限制中立空間裡，從杉並區移動到六本木山莊啊。」

「……………什、什麼！」

春雪不由得發出狀況外的喊聲。他先前聽到黑雪公主喊出的指令，的確是用來連往無限制中立空間，但即使是加速一千倍的世界，現實時間的三秒到了那邊也只有短短五十分鐘。在不可能會有計程車之類交通工具存在的世界裡，若要從阿佐谷徒步移動到六本木，可得拚死拚活地跑……

——不對。現在該想的不是這個，是黑雪公主為什麼要做這種事。

而這個問題的答案明明再清楚不過，是為了在那個世界跟春雪會合。

「不……不行啦，學姊！我一旦進了無限制中立空間，『野獸』隨時都可能醒來……」

「所以我才要去啊。」

黑雪公主認真地一口斷定，從總終端機拿出第二條傳輸線，把接頭拿到春雪脖子附近，同時也讓彼此的臉愈靠愈近。等近到她甜美的氣息都碰得到臉上時，一段比思考發聲更加清晰的聲音傳來。

「春雪，我跟你不但是『上下輩』，同時也是『師徒』，那麼『時候』總有一天會到，現在就是這個時候。不用害怕會有什麼樣的演變與結果，你只要拿出原原本本的自己站在我面前就可以了。」

「學姊…………」

春雪以不成聲的聲音這麼呼喊，同時拚命想左右轉動僵硬的頸子。

黑雪公主要說的話已經再明白不過。

意思就是——要跟他戰鬥。既然寄生在災禍之鎧上的「野獸」會因激戰而耗盡某種能量，那麼黑之王就親自當他的對手，好在明天晚上的淨化作戰開始之前，能夠確保野獸進入夢鄉。

可是……可是……

「我……從剛當上超頻連線者那時就決定了，決定無論發生什麼事，都絕對不跟學姊打。

與其要弄成這樣，還不如自己主動移除BRAIN BURST。」

春雪的聲音就像個快哭出來的小孩，黑雪公主不由得露出溫柔的苦笑，輕輕拍著他的頭開導他說：

「雖然說是戰鬥，但這不是因為憎恨而進行的鬥爭，而是『對戰』，是BRAIN BURST唯一也最重要的存在理由。還是說……」

說著微微鼓起臉頰。

「你可以跟Ash Roller……不，可以跟日下部打，卻不能跟我打？」

「哪、哪兒的話，我不是這個意思……」

「你要知道，加速世界裡確實存在著一些只用言語說不通，得用拳頭、刀劍或槍彈交戰才能傳達給對方知道的事情……而且現在回想起來，當初在『赫密斯之索縱貫賽』的前一晚，你不就自己來找我對戰過？當時你就不是用言語，而是用你的雙拳告訴了我好多好多事情。這次換我站在你『上輩』的立場，來告訴你一些事情了。」

「…………學姊…………」

春雪百感交集，只能喘息著說出這個詞。黑雪公主溫和地微微一笑，朝他點了點頭，就把從總終端機拉出的另一條ＸＳＢ傳輸線接頭，輕輕插在春雪的神經連結裝置上。

「來，幫我也插好。」

她這麼一催，春雪才發現自己手上還握著第一條XSB傳輸線。心情明明還完全處在混亂之中，手指卻幾乎自動有了動作，生硬地拿著接頭湊到黑雪公主的神經連結裝置上。

黑雪公主閉上眼等著接受連線。有線式連線警告標語一消失，她就面帶微笑低聲說：

「我倒數五秒。如果我們都能平安回來……」

她的嘴唇繼續動了動，但春雪聽不見她說什麼。

隔了一拍之後，她以加強音量的聲音，清楚地讀出時間。

「那我開始倒數了。五、四、三、二、一。」

一旦跟著喊出這個指令，也許就再也回不到現在的自己。春雪做好了心理準備，懷抱著互斥的決心與迷惘，與黑雪公主齊聲喊出了這個指令。

「「無限超頻。」」

8

六本木山莊大樓完工後已經過了四十五年的歲月，但這棟巨大建築物在赤坂一帶仍是鶴立雞群。屋頂的面積約達六千平方公尺，比梅鄉國中的運動場還大得多。建築物高兩百三十八公尺，比起聳立在東北方的東京中城大樓固然輸了一截，樓層面積卻是其一點五倍。

因此，當春雪一睜開眼睛，可稱之為「空中庭園」的遼闊美景立刻映入眼簾，讓他看得如癡如醉。

狀似希臘遺跡的牆壁與圓柱，全是以陶瓷般的白色石灰岩砌成。這些牆壁與柱子到處看得見龜裂與崩塌的痕跡，底部還有不知名的小小花草搖曳。天上有著映出火紅光芒的雲朵流動，遙遠的西方地平線上，則有個像是巨大金幣的太陽。

這是分類在自然系．地屬性的「黃昏」場地。特徵是地形物件容易毀壞、看起來都是石材但多半可燃，以及障礙物後方意外的昏暗；除此之外，沒有什麼太搶眼的特性。

但這裡對於春雪來說，是個有著重要意義的地方。

那個想忘也忘不了的去年秋天，突然有一隻黑色鳳尾蝶降臨在自己眼前，給了他通往另一個世界的鑰匙，接著兩人一起來到的地方，就是這永恆的黃昏國度。對方在那裡，向硬是垂著頭的春雪伸出手說：「這虛擬世界裡的區區兩公尺，對你來說就真的這麼遙不可及？」

過了八個月的時光，到昨天在梅鄉國中保健室直連對戰之際，黑雪公主給春雪看了一個很小但卻實實在在的奇蹟。她透過心念系統——也就是覆寫（Over Write）現象的能力，改寫對戰虛擬角色的屬性，將右手劍化為五根纖細的手指。儘管這新生的「手」只維持短短十七秒就碎裂，但那種心念無疑就是黑雪公主的宣言，宣告她也要主動縮短往日那兩公尺的距離。

春雪腦海中飄著這樣的念頭，水平轉動視線，想找到黑雪公主的身影。

他正要這麼做時，才發現自己完全忘了留意一開始就該檢查的事項，於是趕緊舉起雙手，張開手掌仔細打量。Silver Crow那本來一點都不像格鬥型角色的纖細手指，有了厚度倍增的裝甲，前端還變成尖銳鉤爪狀——這個狀態，與前不久跟日下部綸直連對戰時幾乎沒有兩樣。

他接著檢查全身的形態跟顏色，就跟三小時前一樣差不多是「八成Crow兩成Disaster」。最後春雪閉上雙眼，將意識集中在自己體內深處的脊髓中心，但理應待在那兒的「野獸」似乎還處在淺淺的睡眠當中。既感受不到那穿刺般的痛楚，也聽不見低沉的吼聲。

「……拜託你可要乖乖睡下去啊……」

春雪自言自語完後抬起頭來，視線在四周掃過一圈。

六本木山莊大樓的屋頂雖然寬廣，但受到黃昏屬性的地形效果影響，多了無數圓柱與石牆而形成迷宮，看不見外圍的情形。即使仔細傾聽，也聽不見蕭蕭風聲外的其他聲音……

「…………學姊？」

春雪微微加大音量，呼喊他所等候的人。但視野當中不但看不見黑曜石裝甲，甚至找不到任何一個會動的物件。不過仔細一想，黑雪公主先前只說從杉並區移動到了這棟大樓的屋頂，即使是她，多半也不可能精確掌握住春雪出現的位置。那麼，想必她就跟自己一樣身在這迷宮當中，正設法尋找自己。

想到這裡，春雪開始走在兩側都被白堊石牆圍住的狹窄通道之中。這些牆壁與柱子不同於大樓本體，屬於裝飾性的物件，強度應該很低，所以也可以乾脆看到就拆，但他就是會猶豫。因為這稀有的「黃昏」場地，對春雪來說就是這麼地值得紀念，這麼地神聖。

這條通道很快就碰上了牆壁，並且往左右兩邊分岔。春雪憑著直覺往右彎去，小心不要踩到石子路左右兩邊開出的小小花朵，朝著他認為會通往屋頂正中央的方向前進。接著繼續往右轉了幾次，又往左一彎，穿過一道快要崩塌的拱門後，來到了一個直徑約二十公尺，比四周稍低的廣場。

現實中的六本木山莊大樓屋頂也一樣，正中央是個比周圍木材地板部分低了一階的直升機起降場。那麼，這裡應該就是屋頂正中央的部分了。當然這裡並不存在直升機起降場的Ｈ字形圖案，改成了十幾根環狀排列的柱子，它們正中央則有一根格外粗且高的圓柱，圓柱上方更有水潺潺流下，底下則是淺淺的水池。

春雪看得出神，下到廣場走向中央圓柱，伸手去摸濕潤的石灰岩表面，就在這時……

「……Crow。」

柱子後方傳來低沉而平靜的呼喊聲。

「啊……學、學姊！原來妳在這裡！」

春雪立刻就要繞過柱子，但接下來的聲音卻制止了他。

「慢著，你不要動，聽我說。」

「咦……………好、好的……」

直立在廣場中央的圓柱雖然比較粗，但直徑頂多也只有八十公分左右。Black Lotus不算小型虛擬角色，而且手腳的造型都十分強調劍刃部分，因此要完全躲在柱子後方，應該得大幅度縮起身體。春雪不由得想像起她縮頭縮腦的模樣，停下了腳步。

「Silver Crow，我一直在想，要怎樣才救得了被『災禍之鎧』寄生的你。」

黑雪公主從石柱後傳來的聲音似乎刻意壓抑了起伏，聽起來有些平板。春雪倒吸一口氣，等她說下去。

「我研究過幾個構想，但看來還是這個方法最好。Crow……很遺憾，你已經成了太巨大的危險因素。無論對軍團、對整個加速世界，還是對我來說，都不例外。」

「……學、學……姊？」

春雪感受到一股難以言喻的困惑。她說的確實沒錯，但口氣卻顯得有點公事公辦……不，甚至有點冷漠……

「因此──這就是我的決定。請你……從這個世界上消失。」

聽不出任何情緒的聲音，隔著柱子撼動春雪的耳朵。

幾乎就在同時，有個物體貫穿了眼前厚重的石灰岩，筆直朝他伸了過來。是一把又黑又銳利的……劍。不，是黑之王Black Lotus的手。

春雪茫然看著這柄漆黑的劍。劍尖精確對準了自己胸口正中央，也就是對戰虛擬角色最致命的要害所在。他的思考當場停止，四肢也失去感覺，但身體似乎擅自有了反應，讓上半身往左偏開了五公分左右。

嗤的一聲輕響，一陣極其微小的衝擊過去，黑色的劍刃深深刺穿Silver Crow的右胸，從背後穿了出去。

一瞬間的冰冷過後，就是灼熱的劇痛。

「唔……啊……！」

春雪不由得發出沙啞的慘叫，將所有意志力灌注在雙腳，往正後方一跳。劍刃再次帶來疼痛，從胸口拔了出去，火紅的損傷特效光在空中拖出軌跡，彷彿鮮血似的閃著光芒。春雪沐浴在這些光芒之中，一個腳步不穩，左膝跪地。

儘管沒讓這一劍正中心臟，但軀幹被深深地刺穿，依然讓他的體力計量表一口氣減少了兩成以上。必殺技計量表當然也累積了與損傷成正比的量，但除此之外還有另一個明顯的變化，正要從春雪體內發生。

…………咕嚕、嚕。

低沉的吼聲。一股怒氣彷彿熔化的鐵般火紅，眼看便要落下第一滴。「野獸」正要覺醒。哪怕只動了幾公分，但幾秒鐘前春雪之所以能夠避開黑劍的突襲並非湊巧，也不是靠他自己的反射神經，而是野獸在控制這個虛擬角色動作。

「學……姊，為什麼…………！」

春雪右手按住胸前的傷口——又或者是想壓下從傷口往外衝的野獸怒氣，擠出聲音問：

「為什麼……這是為什麼……！」

春雪與黑雪公主的確是為了對戰才來到這無限制中立空間，但用這種——用這種不現身就突襲的手法，只會刺激野獸的憤怒，讓牠完全覺醒而已。

不……還是說，黑雪公主一開始就不打算「對戰」？從一開始，她就只是想把春雪帶到加速世界痛宰，最後再用「處決攻擊」一口氣解決這個問題……？

——咕嚕嚕……敵人……不管是誰……是敵人……就該殺……

——即使是……你的「上輩」也不例外……

這個嘶吼般的聲音在精神最深處陰森地迴盪，已無法阻止野獸覺醒。

但春雪仍然維持單膝跪地，縮起身體的姿勢，拚命對寄生在自己身上的類思念體訴說。

——慢著！「野獸」，有問題……絕對有問題！

沒錯。

有問題。無論是從柱後對他說話的聲音，還是刺穿他胸口的劍刃，的確怎麼聽、怎麼看，都只覺得是來自黑之王Black Lotus……但就是有蹊蹺。她不會說這種話，不會做這種事，那麼一定是有人冒用黑之王的聲音與招式。這就是唯一的結論，不，是事實。

春雪慢慢起身，先朝自己那隨著野獸覺醒而導致裝甲慢慢變黑的身體瞥了一眼，接著毅然呼喊：

「到底是誰！請……不，給我從這柱子後面站出來！」

一瞬間，風彷彿有所畏懼似的停了，連腳下的花草都低下頭去。

過了一會兒，聽到了絲絹般柔順的嗓音。

「…………我太傷心了，Crow。真沒想到，你親耳聽到我的聲音……親身挨了我的招式，卻還說出這種話。」

這根白堊圓柱直立在「黃昏」屬性下的六本木山莊大樓屋頂正中央，右側在落日照耀下發出金色的光芒，左側則落入陰影之中，形成鮮明的對比。

就在左側的影子裡，一個輪廓無聲無息地站了出來。

V字形面罩的兩側有著尖銳突起，苗條到極限的腰身上有著仿睡蓮花瓣的裝甲護裙，雙手雙腳則是長而大的刀劍，全身裝甲是比陰影更濃厚的純黑色。

「…………怎麼…………會……」

春雪感受到一滴純黑的絕望滴落心中。就像一滴高濃度的墨水滴在一整杯水裡般，將虛擬角色由內而外染成黑暗。

野獸吼聲的音量也成正比增加，雙手雙腳的鉤爪發出金屬摩擦似的聲響開始巨大化，留在額頭左右的突起也增加了體積，開始轉變成那像是野獸下顎的護目鏡。

但春雪連正在自己身上逐漸發生的改變都意識不到，只能一直看著圓柱後這名漆黑的對戰虛擬角色。

有著這種形體、這種顏色的虛擬角色，除了黑之王以外不做第二人想。那麼先前那番話，就是Black Lotus……也就是黑雪公主的真心話了？宣告要將Silver Crow，不，是要將有田春雪視為危險因素，把他從加速世界排除。這段冷酷的話語是出自她的真心…………？

春雪身上發出「鏘！」一聲冰冷的聲響，四肢裝甲應聲變形，化為有著銳利邊緣的黑銀色重裝甲。從上下兩方蓋住原本圓形頭盔的護目鏡也已經生成完畢，只差尚未將牙狀結構咬合在一起。

——她是敵人。是我們的敵人。叫出劍來，燃燒你的怒火！

「野獸」以更加清晰的聲音命令春雪。

即使如此——春雪仍在護目鏡下咬緊牙關，搖搖頭說：

「不要……我不承認。我不相信。那不是學姊。」

春雪掙扎出的這句話，有一半是說給自己聽的。哪怕嗓音、外形與顏色都實實在在就是黑之王，但他的直覺、他的靈魂都在吶喊，喊說那不是Black Lotus……不是黑雪公主。

碩大的圓柱，拖出一道黃昏場地特有的濃厚陰影。這種吞沒、塗黑所有細節的陰影，妨礙了他的視覺……不，是妨礙了他的所有感覺。這個看上去就是黑之王的虛擬角色彷彿在避開陽光，全身落在暗處不動，顯得有些刻意。

有沒有辦法驅開這些陰影呢？打壞柱子……不行。現在一旦進行物理攻擊，就會一口氣完全變成Disaster。不該用破壞，而是要照亮黑暗，用一道新而強烈的光。

……野獸，只要一次就好，讓我弄個清楚，不要妨礙我發動心念。

他對野獸這麼輕聲訴說，隨即聽到類思念體發出不滿的吼聲。

……咕嚕嚕……如果這能讓你認清敵人，就隨你高興。

……好……我會認清敵人，認清這到底是「什麼東西」。

春雪喃喃自語之餘，將化為凶惡鉤爪的右手五指慢慢朝向暗處的「黑之王」。他的動作彷彿在承受強烈的破壞衝動，內心卻正好相反，達到心如止水的境界。機會多半只有一次，而且只有一瞬間，他必須在前所未有的短時間內完成想像的集中、啟動與解放。

光。光速的想像。春雪將過去施展過多次的心念攻擊「雷射劍」的根源心象從全身匯集起來，在右手掌心濃縮成極高的密度。接著再將這凝聚得極為銳利而細小，小得甚至發不出過剩光的想像，一口氣全部解放出去！

「光啊！」

他無意識地喊出這麼一句話，同時已經有一半以上化為Disaster的Silver Crow右手迸出一道純粹的光芒，照亮了世界。

接著春雪看見了。

這人全身的形體的確與黑之王沒有分毫差異，但只有從特定方向看去才是這樣的形狀。也就是說——這個形體沒有厚度。無論是刀劍狀的四肢、仿花瓣的裝甲，都只是用比紙張更薄的板子所排列出來的剪影。這個虛擬角色身在暗處時看起來的確像是Black Lotus，但在這閃光燈似的瞬間強光照耀下，卻暴露出了真正的模樣。

「你這傢伙……到底是誰！」

春雪以仍然舉在空中的手朝這人一指，大聲喝問。

剪影似的虛擬角色再度落入圓柱陰影中，彷彿被閃光燈定在原地似的動也不動。當這人身在暗處時，的確極為酷似Black Lotus，但既然已經知道不是，也就看得出有唯一一個地方跟真正的黑之王不一樣。本來，黑之王隨時都以氣墊方式移動，腳尖始終與地面隔了一兩公分的距離，但這剪影虛擬角色的雙腳前端反而微微陷入地面。這個差異雖小，卻極具決定性。

儘管暴露在春雪的目光之下，這個冒用黑之王名義的人仍然維持了好幾秒的沉默，但他似乎也判斷出不可能再騙下去，於是將雙手劍——應該說是呈刀劍狀的薄板往左右攤開，同時發聲說話：

「這我可低估你了。受『鎧甲』侵蝕這麼深，卻還能駕馭第一象限的心念，你真的長進了很多。」

這人說話的聲音，也同樣幾乎完全重現出黑雪公主的嗓音，但說話口氣與腔調都讓春雪覺得記憶受到不舒服的擾動。記得以前自己的確遇見過這樣講話的人，那是在……沒錯，一樣是在無限制中立空間……同樣是在有著濃厚陰影的場地……

「你……你是……」

就在春雪低聲說出這句話的同時，腦海中的「野獸」也同樣響起緊繃的思緒。

——你，你是……是那個時候的……

儘管受到蘊含兩人份敵意的目光注視，剪影虛擬角色仍然若無其事地站在，不，應該說貼在空間中。這人以機械人般的動作放下攤開的雙手，又開始一段獨白：

「雖然在這裡遇到黑色軍團的各位並不在我的計畫之中，但這樣的機會應該也相當難得。哎呀，當初想說中城大樓的『梅丹佐』都三天沒動靜了卻突然發威，為防萬一我才特別跑來等等看，結果卻碰上意想不到的客人，這可真的讓我嚇了一跳呢。」

這人滿不在乎卻又像老師在講課似的口氣，不斷地擾動春雪的記憶，但一股不對勁的感覺卻壓了過去，讓春雪脫口而出問道：

「你說你一直……在這裡等？」

所謂「梅丹佐」，應該就是指鎮守東北方五百公尺處東京中城大樓的神獸級公敵「大天使梅丹佐」。春雪確實看過那可怕的隱形怪物對Iron Pound發出的金剛飛拳做出反應，進行超巨砲級的雷射攻擊，在六本木街道上打出一個巨大的窪地。相信眼前的這個剪影虛擬角色，就是為了查出誰引起這樣的現象，才會潛伏在這可作為絕佳監視地點的六本木山莊大樓屋頂。

然而——事實上，這種行動是不可能辦到的。

春雪看到梅丹佐攻擊，是在現實世界的三小時前，也就是說，在這無限制中立空間已經過了三千小時……多達一百二十五天。要不眠不休地等上這麼漫長的一段時間，只為了等待根本還不清楚是什麼東西的目標，應該沒有人等得下去……

就在思考運轉到這裡的那一瞬間。

春雪這時才想起以前自己也受過同樣的震撼。

那是在……同樣是在無限制中立空間，是他跟奪走Silver Crow銀翼的強敵——「掠奪者」Dusk Taker進行最後決鬥時。為了防範對方不遵守約定而設下埋伏，春雪與拓武明明已經使盡了一切手段，卻仍然有人事先潛伏在他們選為決鬥地點的梅鄉國中運動場上。

當時Dusk Taker就十分得意地對震驚得說不出話來的春雪他們說，整個加速世界裡，就只有「他」能夠進行這種超長時間的等待。因為他是唯一一個「減速能力者」，即使處在超頻連線狀態下，也能透過ＢＩＣ（腦內植入式晶片）來讓思考停止加速——

「你…………你是…………！」

春雪朝著這薄得像黑色剪影的二次元虛擬角色發出沙啞的叫聲：

「加速研究社副社長……『Black Vise』！」

一聽到這個名字，剪影虛擬角色右手隨即舉到胸前，殷勤地彎腰行禮。

緊接著，對方就以淺淺埋入地面的右腳腳尖為軸心，全身轉動九十度。由於他全身都以薄到極點的板子構成，一轉成這個角度，看在春雪眼裡就幾乎只剩一條線。然而春雪還未凝神細看，這薄板竟又往左右重新分割成十片以上，維持幾公分的間隔排列得整整齊齊。最後排列出來的，就是一個彷彿由細小散熱片切成人形似的「積層虛擬角色」。這個模樣，正是先前曾以特異能力讓春雪等人陷入苦戰的Black Vise真正姿態。

Vise仍然維持右手舉在胸前的行禮姿勢，但他與先前扮作Black Lotus不同，左手從肩膀以下都不見了。然而這傢伙應該不是受到損傷，因為這個奇妙的虛擬角色可以自由分離構成自己身體的薄板並加以遙控。如果他現在仍在發動這種能力，目的多半就是……

「你……對學姊，對黑之王，做了什麼……」

既然理應跟自己一起出現在這大樓屋頂的真正黑雪公主至今仍未現身，一定是Black Vise設下了什麼機關。春雪瞬間推測到這裡，正要踏上一步喝問Vise，但就在這時——

脊髓中央忽然竄起一陣深紅的劇痛。

「咕嚕啊啊啊啊啊：」

春雪不明白這劇烈的憤怒咆哮究竟是只迴盪在自己的意識之中，還是已經實際喊了出來。

接著，他的腦海深處確切聽見了「野獸」發狂似的怒吼聲。

——你這傢伙……我要殺了你！殺了你！殺了你殺了你殺了你！

一陣莫大的負面思念爆發，讓春雪彷彿實際受到物理衝擊似般腳步踉蹌起來。

同時整個視野斷斷續續閃現出好幾幅光景。

地面打出了一個碗狀的大洞，底部立著一個漆黑的十字架，上面綁著一名有著黃橙色裝甲的F型虛擬角色。

十字架旁有個很深的垂直洞穴，從中爬出一條奇特的長條蟲。牠以排滿無數利牙的嘴含住少女，發出劇烈的咀嚼聲咬碎裝甲。

多達數十名超頻連線者並列在碗狀大洞的外圍，默默看著這段慘劇。人群的角落有著三個影子，與眾人保持一段距離。一個是四隻眼睛發出詭異光芒的小個子虛擬角色、一個是全身籠罩在白光之中而看不見實體的虛擬角色。最後一個──則是彷彿由多片薄板排列成人形的消光黑積層虛擬角色……

留在「野獸」記憶中的身影，與眼前的Black Vise分毫不差地重合在一起。這一瞬間……春雪感覺到大量資訊就像燒得火紅而熔化的金屬，灌進自己的意識之中。不，或許這些資訊原本就存在於春雪體內。兩天前他與四埜宮謠一起闖進禁城之後，曾有過一段短暫的休息，當時他作了個「夢」……一場他先前一直忘在記憶深處，顯得漫長而悲傷的夢──也有可能是初代Disaster「Chrome Falcon」的所有記憶終於甦醒。

──就是他。

──黃橙色少女「Saffron Blossom」懷抱讓耗光點數者降到零的理想，這傢伙卻設下圈套陷害她，讓地獄長蟲耶夢加得一次又一次殘殺她。這造成六號星神器「The Destiny」與高階外裝

「Star Caster」扭曲成災禍之鎧「The Disaster」的事件，就是眼前的Black Vise所引起的。

「你……就是你……」

如今，野獸的憤怒就是春雪的憤怒。他任由壓倒性的殺意與破壞衝動的驅使，將全身的輕裝甲一口氣轉化為黑銀色的重鎧，背上更伸出一條長而粗的尾巴。

「就是你……殺了芙蘭……！」

就在喊出這句話的同時，額頭上的護目鏡發出銳利的金屬聲響而放下，視野蓋上一層淡淡的灰色，只剩敵人的身影強調得格外清晰。

即使看到Silver Crow完全變身成了Chrome Disaster，積層虛擬角色仍然滿不在乎地站著。他那只由薄板排成的頭部微微一歪，小聲地自言自語：

「唔，這可耐人尋味了……他認識，不，是記得過去的我？」

他說話的聲音，已經不再像先前那樣模仿黑雪公主，換回了低沉而冷靜的男子嗓音。儘管音量極低，但春雪經過強化的聽覺仍然清晰地聽見了這幾句話的內容。

「我怎麼……可能，忘記……我，多年來，一直，留在這個世界，就是為了，殺你……」

斷斷續續的台詞才剛從口中吐出，就化為赤紅的火焰燒灼著空氣。

災禍之鎧Chrome Disaster存在的終極目標，就是「殺死所有超頻連線者」。之所以會有這麼悲愴的衝動，起源當然就是Saffron Blossom的死。Blossom懷抱著遠大的理想，打算建立相互填補超頻點數的制度，把所有加速世界的居民從掉光點數的恐懼中解放出來……卻有多達三十名超頻連線者背叛了她，對她設下圈套。既然如此，那就如他們所願，賜給他們失去所有點數的徹底消滅吧——「初代」Chrome Falcon的這份決心留在強化外裝上，驅使每一個在他之後穿上鎧甲的人走向無盡的殺戮。

但這巨大衝動的核心，仍然來自一股憎恨，一股對籌畫Blossom悲劇「那三個人」所懷抱的憎恨。從那件事以後，他們三人已經從台面上消失，時間長達現實世界中的七年以上，而其中之一——「拘束者」Black Vise，現在終於碰上了處在覺醒狀態的Chrome Disaster。

壓縮到極限的復仇心就此點燃，讓殺意產生劇烈的爆發，輕而易舉地就將春雪的理性控制拋到九霄雲外。春雪，不，應該說是第六代Disaster讓染成黑銀色的全身裝甲冒出更加濃厚的黑暗鬥氣，踏出重重的一步。

「看我把你千刀萬剮……把你碎屍萬段……」

春雪在灼熱的氣息中低聲送出這句話，高高舉起右手。

「黃昏」空間那火紅的美麗天空多了一陣亂雲。突然冒出的黑壓壓積雨雲，灑著青白色的雷電呈漩渦狀匯集過來。漩渦正中央發出一道格外劇烈的雷電，過去名叫「Star Caster」的大劍眼看就要被呼喚到春雪舉起的手掌。

先前始終維持靜觀的Black Vise這時卻有了動作。

構成右手的幾片薄板從外側開始迅速滑動，沉入腳下的陰影。緊接著兩片薄板就從春雪自己的影子冒了出來，試圖從左右夾住虛擬角色。這是春雪以前中過的拘束招式「靜止重壓（Static Pressure）」。

春雪暫停召喚大劍，迅速喊道：

「閃身飛逝！」

兩個月前被這薄板夾住時，春雪最後損失了上半身所有裝甲才勉強爬出來，然而現在春雪經有了可以無傷逃脫的手段，那就是初代Disaster——Chrome Falcon留在鎧甲上的類瞬間移動能力。很久很久以前，Falcon自己也曾靠著這招逃出薄板的超壓力拘束。

春雪的身體化為無數微小的粒子，正要往前方進行超高速移動——就在這一瞬間。

Black Vise彷彿早已料到他會有這樣的反應，低聲說道：

「『六面壓縮（Hexahedral Compression）』。」

春雪的視野被封鎖在黑暗之中。不，他並不是失去了視力，而是前方又出現了新的薄板擋住去路。

虛擬角色化為粒子之後正要往前衝刺，卻猛然撞在牆上而重新實體化，整個人彈了回來。春雪腳步踉蹌地後退，背部又撞上後方也出現的薄板。「閃身飛逝」在近距離移動類的特殊能力當中幾乎可說是萬能，但並非真正的瞬間移動，如果沒有半點縫隙能讓粒子化的身體通過，終究穿不過去。

「咕嚕……！」

春雪發出憤怒的低吼。前後左右都完全被沒有光澤的黑色牆壁圍得無路可逃。春雪瞬間做出改往上方的判斷，正要縱身一跳，但他的行動似乎又被料到，隨即又有黑色薄板發出鏘的一聲巨響，堵住了正上方與正下方的空隙。

所有的光都消失後，春雪發現自己已經完全被封閉在這個立方體內部。不，還不止這樣。六個方向的薄板更緩慢卻沉重地壓迫過來。頭部、雙肩、胸口、背上與腳底，都傳來了可怕的壓力，擠得他全身裝甲散出火花，咿呀作響。

「咕……嚕喔喔喔…………！」

春雪大吼一聲，使盡了全身的力氣想要把薄板給推回去。Chrome Disaster與完全速度型的Silver Crow不同，是兼具速度與力量的萬能型，力氣遠非變身前所能相比。然而六片薄板卻彷彿成了世界的境界面，連彎都不彎一下。

就在這時，他聽到了那個有點像是年輕教師的說話聲：

「Crow同學……不，是Disaster同學。你看過我的招式，同樣地，我也是第二次看到你的招式了。上次被你三兩下就擺脫，所以我也想辦法做了些改良。」

聲音彷彿是從上下左右每一個方向傳來。不，事實應該就是如此，就是圍住春雪的這六片薄板在說話。

「嚕嚕……咕，喔喔…………！」

聽Vise這幾句台詞說得老神在在，讓春雪──或者應該說是讓精神與春雪融合的「野獸」再度發出咆哮。他雙手鉤爪抓上漆黑的牆面想用力撕開，但這過去撕碎過無數對戰虛擬角色裝甲的爪子，現在也只是平白抓出火花。如果大劍在手，也許還刺得穿牆壁，但這閉鎖空間似乎連召喚強化外裝的動作都能妨礙，無論他怎麼呼叫就是沒有反應。

春雪發出野獸似的怒吼，雙手在牆上亂搥，伸腳猛踢。接著對方彷彿在憐憫這個失去控制的瘋狂破壞者，再度出聲說道：

「──雖然比當初的計畫早了點，不過這件鎧甲我要先收回去分析了。很遺憾得讓Crow同學從加速世界退出，不過這沒什麼，相信你也不想繼續這樣子在無限制空間徘徊吧？當然，如果社長另有打算，或許還會有別的路可以走就是了……」

噗滋一聲響起，圍住春雪的立方體往正下方一沉，讓他的雙腳籠罩在極為不舒服的感覺之中，彷彿踩進了滑膩的黏液一般。這是──「影子」。Black Vise想把春雪連著困住他的立方體一起沉進影子裡帶走。

一陣令人麻木的寒氣，從泡在影子裡的雙腳傳開，讓身體使不上力。與野獸融合的春雪還想掙扎，四肢卻漸漸失去勁道。影子的水位迅速上升，從大腿一路往上淹到腰部、腹部……

就在這一瞬間。

一道純紅的線條從春雪視野正前方從左到右劃過。

極細的光線順勢繞往右側，在身後又繼續九十度轉向，再次彎過來與一開始的線會合。當圍繞四方的紅光消失後，縫隙間微微透出外界的光景——

緊接著，忽然聽到一種砸碎厚重玻璃似的衝擊聲，困住春雪的漆黑六面體應聲崩解。

春雪從已經淹到胸口的影子裡一口氣彈了出來，發出沉重聲響滾倒在「黄昏」場地的白色石板地上。

他瞪大雙眼捕捉到的，就是繼左手之後連右手也不見的「拘束者」Black Vise，以及……在離他約有十公尺遠的圓形廣場西側入口附近，站著另一名黑色的對戰虛擬角色。

造型流暢的四把劍，仿睡蓮花瓣的腰鎧，狀似猛禽即將展翅飛起模樣的面罩。

這些輪廓全都酷似先前Black Vise創造出來的剪影，但這個金色夕陽照耀下的身影，卻有著多項無法完全捏造的特徵。

首先，是那將夕陽殘照的橘色光輝留在內部而發出美麗光澤，有如黑水晶似的半透明裝甲材質。接著，則是散發出強烈意志，閃著藍紫色光芒的一對鏡頭眼——

儘管比春雪上線時間晚了十幾分鐘，但正牌的黑之王，黑暗星雲首領「叛徒」Black Lotus終於現身了。她以緩慢的氣墊式移動前進了三公尺左右，仔細一看，還能看到她右手劍上仍然籠罩著淡紅色鬥氣的餘光，看來無疑是她以這把劍施展遠距離攻擊切斷Vise的「六面壓縮」，放出了春雪。

但黑之王停止前進後，卻對倒地的春雪看也不看一眼，而是以凌厲的目光正視黑色積層虛擬角色。換作是初學者，光是被這道視線一瞪，就可能觸發「零化」現象，但Black Vise卻若無其事，還靈活地聳了聳失去雙手的肩膀回答：

「……黑之王，妳每次出現都讓我嚇一跳啊。」

他說話的聲音顯得滿不在乎，聽不出半點緊張的情緒。

「之前被妳輕而易舉地破解，所以這次我完全拘束、癱瘓妳雙手雙腳的劍……妳到底是怎麼脫身的？不過也還好，看樣子妳也不是沒付出代價。」

他說得不錯，Black Lotus左手劍從劍尖往下算起的二十公分左右都已經粉碎斷裂，但留下的劍身其實還很夠。如果她先前被Vise的束縛裝置完全固定住四肢的刀劍，那她多半就是先想辦法破壞自己的左手，再用重獲自由的這隻手斬斷右手與雙腳上的束縛了？

對Vise這個問題，黑之王回答得十分冷漠。

「我可沒道理要告訴你這戲法怎麼變的。而且上次我們碰面的時候，你明明還在大談舌燦蓮花的壞處。」

她冰冷的唇槍舌劍，讓積層虛擬角色輕輕發出苦笑：

「哈哈，這可被妳將了一軍。也許我今天的確太多嘴了，不過我可是做好白跑一趟的心理準備枯等了兩個小時，結果卻有美妙的禮物從天而降，會有點太興奮也是人之常情啊。」

「哼——我倒覺得一拆禮物卻發現是炸彈的情形還挺常見的。看樣子你所受的缺損比我方還嚴重，而且雖然你對我的搭檔玩了很多小花樣，不過狀況可依然是二對一啊。」

——沒錯。

就連聽著黑雪公主與Black Vise展開你來我往的唇槍舌劍時，與「野獸」融合的春雪大部分思考迴路也都在計算著——該如何完全毀滅這個可恨的積層虛擬角色。

Black Vise能施展大規模的拘束攻擊，同時困住Black Lotus與Chrome Disaster。這份能耐確實可怕，但結果卻是兩邊的拘束都遭到破解，讓他失去了雙手。也就是說，他應該已經無法再施展包括先前那招「六面壓縮」在內的大招。

但他曾經說過，他最拿手的就是逃跑。

Vise說得沒錯，他能夠將自己的身體疊成一片薄板，沉入場地上隨處可見的影子來移動，可說是最極致的逃脫能力。「黃昏」屬性的六本木山莊大樓屋頂，有無數的牆壁與柱子林立，要沿著一道道影子移動到屋頂最邊緣實在是輕而易舉。而且，一旦讓他跑到巨大大樓牆面擋出的影子裡，接下來要往哪兒跑都行。高達兩百三十八公尺的六本木山莊大樓，在夕陽照耀下足足拖出了一公里以上的影子，掩蓋住了六本木的市街。

因此，要確實解決這個仇家、一片一片剝下薄板來凌遲他，就不能只是胡砍一氣，得先除去他的逃脫手段才行。

「咕嚕…………」

春雪發出低吼，慢慢撐起身體，維持低姿勢伏在地上。他朝各式計量表瞥了一眼，進行確認。由於剛開始遇上突襲導致胸口中了一劍，加上在立方體內部受到壓迫損傷，體力計量表減少了三成有餘；然而由於「閃身飛逝」是在發動後被破，必殺技計量表幾乎完全不剩，暫時無法動用飛行之類的各種特殊能力。既然如此，首先該對付的就不是Vise本體，而是直立在廣場正中央的大圓柱。只要先破壞這根柱子，就可以先除去Vise始終以自身觸及的影子……

春雪自己並未意識到這一點，但與「野獸」完全融合後卻還能做出這樣的計算，乃是歷代Chrome Disaster都沒有的能力。他們一穿上「災禍之鎧」，就只能任由鬥爭本能驅使而發狂，結果就是精神力慢慢磨耗殆盡，最後像落入圈套的大型猛獸一樣遭到獵殺。

但春雪這個第六代不一樣。他即使受到對殺死Saffron Blossom的仇敵Black Vise所懷抱的無盡憤怒驅使，仍然保有Silver Crow最重要的分析與判斷能力。這是因為他變成Disaster還沒有多久——還是因為他與鎧甲的精神同調比誰都深？

這個答案來得遠比他想像中更快——只在短短數十秒之後。

令他意想不到的是，最先有動作的人竟然是Black Vise。他以緩慢的動作，從之前絕不離開的廣場中央圓柱影子下站了出來，暴露在陽光下。

儘管同樣冠上「Black」字樣，但在火紅的殘照下，他的裝甲質感與黑之王有明顯的差異。Lotus的半透明裝甲有著黑水晶般的光澤，而構成Vise虛擬身體的薄板則是幾乎完全不反光的消光黑。

Vise將他那甚至像是只用黑紙排成的右腳腳尖朝向伏在地上的春雪，若無其事地說道：

「二對一？原來妳對這個小伙子有這麼深的信賴……哪怕他已經淪為『災禍』也不例外。這就是『上下輩』的情誼嗎……？我真的好羨慕，因為我從一開始就和這種關係無緣啊。」

忽然間——構成Vise右腳的薄板中最外層那一片輕飄飄地分離出來，在空中變成正方形。緊接著它開始高速旋轉，變得像是一片轉出灰色殘影的極薄圓盤。

「這實在太令我羨慕了……至少讓我帶走你們的情誼吧。」

就在他說出這句話的同時，圓盤發出了血紅的光芒。是「過剩光」。春雪立刻準備因應遠距心念攻擊，但看到緊接著顯示在視野當中的資訊列，卻不由得有些疑惑，因為上面寫著：

「攻擊預測／心念攻擊　強化射程／切斷類　威脅度／5」。就只有這麼一行字，以紅線顯示的預測軌道也是單純的直線。如果相信鎧甲的分析能力，只要挪動一步，或是用手臂的裝甲擋開，就足以應付這一招。

但這次的攻擊並沒有實際進行。

「你作夢！」

因為黑之王發出銳利的喊聲，猛然朝著Black Vise衝去。她的右手劍籠罩在鮮明藍色過剩光之中，經過心念加強威力的必殺技，就在一道熾烈的招式名稱喊聲中發動。

「『死亡穿刺（Death By Piercing）』！」

劍尖上蘊含的威力，足以讓整棟巨大的六本木山莊大樓都劇烈振動——但黑色的積層虛擬角色卻不閃不格。

他在必殺技即將命中之際，再度改變身體的形狀。

包括正在高速旋轉的那一片在內，Black Vise全身的零件瞬間疊成一片薄板。化為一條極細線條的身體旋轉數十次，再度形成人形。

接著又有一個沒有厚度的平板剪影映入春雪眼簾，但形狀卻不是剛剛那種試圖欺騙春雪而變成的Black Lotus仿冒品。

一頭外側翻起的短髮、狀似花瓣的肩膀與腰部裝甲、苗條的手腳，以及左手上一柄形狀可愛的魔棒……

本應只有黑色的剪影，只有這一瞬間反射出「黃昏」空間永遠的殘照，發出耀眼的黃橙色光芒，同時春雪聽見一個名字從自己嘴裡脫口而出：

「……………芙蘭。」

這發抖的嗓音——與一聲堅硬的衝擊聲響重合。

那是黑之王施展的突刺攻擊，深深貫穿黃橙色少女型虛擬角色胸口的聲響。

少女慢慢往後倒，朝春雪伸出右手。同時春雪更覺得耳中極深極深的地方，迴響起一個微風般細小的喊聲。

……………法爾………

春雪腦海中央炸出「啪！」一聲劇烈火花，視野當場染成一片火紅，無論天空、地面還是任何地形物件都當場消失，只剩兩個交纏在一起的輪廓清晰地浮現在血紅背景中。

少女被銳利的劍刺穿胸口，膝蓋無力地一彎，朝右往地面一倒，就這麼消失無蹤。剩下的另一人僵在出完招的姿勢一會兒，隨即猛然抬頭朝春雪看了過來，然而春雪已經無法認知到這個人是誰。

規模比先前大了一倍的火花，再度將意識燒成一片空白。

這一瞬間，春雪——Silver Crow原本還以「判斷力」形式留存下來的最後一絲理智完全消失，只剩下一隻追求復仇與殺戮的野獸。

「咕……嚕喔喔喔啊啊啊啊啊——！」

一陣撼動天地的咆哮響起，上空再度開始出現漩渦狀的烏雲。漩渦狀的烏雲正中央落下一道漆黑的閃電，打在他高高舉起的右手。電光瞬間化為實體，變成一把形狀凶惡的大劍。

「嚕啊啊啊啊！」

野獸又大吼一聲，一口氣踹向地面，朝著幾公尺外僵住不動的純黑虛擬角色——也就是殺了自己心愛少女的「攻擊者」，朝著這個「敵人」衝去。

野獸在猛然衝刺的同時，高高舉起握在右手的劍。這一劍拖著黑色火花的軌跡斬去，蘊含的威力固然強大得無以復加，但只要看得準時機，相信有一定功力的高手應該能夠輕易避開。

但這個「敵人」卻沒閃躲，而是將刀劍狀的雙手——儘管左手前端嚴重碎裂——交叉，發出鮮豔的綠色光芒。

籠罩著黑暗雷電的大劍與架成綠色十字的雙劍相互碰撞，莫大能量壓縮在極小的一個點，發出新星誕生般的純白光芒。

緊接著在一陣高亢的共鳴聲中，威力呈同心圓狀朝著四周的空間解放出來。林立在大樓屋頂上的無數石灰岩物件，在遭到這股能量洪流吞沒的瞬間立刻無聲無息地崩毀、消失。儘管不像先前對綠之王使出同種攻擊時那樣讓大樓解體，但這次互擊的威力仍然十分驚人，足以將整個屋頂夷為平地。

衝擊波散去之後，雙方仍然維持刀劍互擊的姿勢。交擊點頻頻發出擠壓的聲響，每次都散出耀眼的火花照亮雙方的臉孔。

「敵人」黑色的鏡面護目鏡下，一對藍紫色眼睛難受地瞇了起來。她以雙劍架住了野獸的大劍攻擊，口中拚命地呼喊。可是，如今野獸已經成了沒有理智的鬥爭本能化身，根本聽不進她喊出來的話語。

「咕嚕啊！」

野獸短短吼了一聲，將握緊的左拳朝「敵人」嬌小的身體打去。對方以高超的反應試圖朝右側繞開，但野獸振動背上伸展出來的左邊翅膀，讓身體驟然旋轉而改變這一拳的軌道。這招應用了受野獸附身的超頻連線者拚命修練才練出來的「空中連續攻擊」技術，但野獸腦海中已經連這段記憶都不存在。

籠罩著黑暗鬥氣的一拳捕捉到了「敵人」身體右側，毫不容情地擊碎裝甲穿了過去。

「敵人」彷彿被巨大的鎚子水平擊中，當場往邊旁飛出十公尺以上，並在被夷為平地的屋頂彈跳了幾下之後倒地。野獸不等對方起身，便用翅膀猛然撲了過去，騎在對方平躺的身上再次大吼：

「咕……喔啊啊啊啊啊——！」

他將右手上的劍與「敵人」未受損傷的右手劍交叉著往地上一插，卡住對方的右手。接著他握緊放開劍柄的手高高舉起，用力朝「敵人」的面罩打去。

他一拳就在黑色的鏡面護目鏡上打出蜘蛛網狀的裂痕。跟著左手也握緊拳頭，打向胸部的裝甲。微小的碎片四散，在夕陽照耀下發光耀眼的紅色光芒。

右、左、右。野獸不停地嘶吼，雙拳交互打在「敵人」身上。

這已經稱不上對戰，甚至不能叫做戰鬥。只是一股在漫長歲月中累積下來的恨意，以極其醜陋的方式爆發。

野獸左右雙拳胡亂打在對手身上，腦海中卻聽見一個微弱卻又溫和的說話聲。

——這樣……就行了。

——折磨你的一切，都由，我來，承受。

——因為，我是你的「上輩」、你的「師父」，你的「學姊」…………

——而且，我比任何人，更愛你。

美麗的黑水晶裝甲碎裂得不成原形，化為無數的碎片飛舞在空中。

這些碎片之間，還有好幾道色澤各不相同的銀光垂直滴落。

這些光點，來自覆蓋在野獸臉上的凶惡護目鏡。有如肉食猛獸大顎般上下咬合的兩個零件縫隙間，接連灑出銀色的水珠，無聲無息地灑落在被破壞得體無完膚的黑色裝甲上。看上去，簡直就像是雨水。

就像是眼淚。

9

春雪待在一個任何光線都照不到的深邃洞穴底部，抱著膝蓋縮起身體。

沉重的衝擊悶響，週期性地從頭上很高很高的地方傳來。春雪不明白這是什麼聲響，但仍然隱約感覺得到。

這個洞穴——或說牢獄——外面，正在發生某種不應該發生的事情。

而等到這個聲響停歇，一切就會再也無法挽回。

他曾經試著從牆壁爬上去幾次，但黑色的垂直壁面上別說是梯子了，連半點可以抓的地方都找不到。而且牆壁就像鐵一樣堅硬，抓也抓不出半點傷痕，要飛出去當然也絕對不可能。

因為春雪現在不是對戰虛擬角色「Silver Crow」，而是胖嘟嘟的血肉之軀。制服口袋裡什麼工具也沒有，單槓只拉得起兩下的身體更不可能爬得上垂直的牆壁。

所以，春雪只是以無力的雙手抱住膝蓋並把臉埋了下去，聽著在為一切終結倒數計時的重低音，任由緊閉的雙眼不斷流出大顆淚珠。

……我，從以前，就一直這樣。

……在國小三年級第二學期，第一次外出鞋被人藏起來的時候；升上五年級，在教室裡被迫學豬叫的時候；上了國中也是一樣，每次被人搶走原本就不多的零用錢、每次沒有理由地挨打，都會躲進只有自己知道的藏身處，抱著膝蓋哭泣。

……所以，即使一切都結束，也只會回到那個時候而已。只是從開心的美夢中醒來，回到現實之中。

春雪在內心深處這樣自言自語，終於變得連上方傳來的聲響都想逃避。

但那雙為了摀住耳朵而舉起的手，卻莫名地舉到一半就停了下來。他微微抬起頭、略略睜開眼睛，看著自己舉到身前的雙手。

手指又短又圓。手掌一直藏在口袋裡，有種不健康的白。這是一雙一直拒絕朝別人伸出，也拒絕為了抗戰而握緊的手——

——這虛擬世界裡的區區兩公尺，對你來說就真的這麼遙不可及？

忽然間，他覺得遠方傳來了一個很小很小的說話聲。接著，更聽見自己回答的聲音。

……就是這麼遙不可及。

「可是……」

聽到這段從遙遠的記憶彼岸傳來的問答，春雪儘管還縮在昏暗的洞穴底部，卻發出了聲音說下去：

「只要往前伸手，就能把距離拉近一些；只要踏出一步，就可以拉近更多。這……是一個很重要的人教我的。」

他雙手放到膝蓋上，搖搖晃晃地站起。抬頭往上一望，看不見洞穴的出口。垂直的牆壁往上延伸，沒有盡頭。

春雪用手背擦掉兩眼的淚水，回過頭去，面對聳立在眼前的黑色牆壁。這道牆壁他已經試著爬了不知道多少次，最後還是只能死心。

他忽然想了起來。儘管記憶十分模糊，但總覺得以前也遇過這種事。自己曾經被推進絕望深淵，但仍然從底下爬著高聳的牆壁上去，找出了新的道路。

春雪下意識地握緊右手。他看看發出冰冷光芒的黑色牆壁，又看看自己血肉之軀的拳頭，最後咬緊牙關，下定決心一拳打去。

這一拳揮得既難看，更沒有速度或力道，但當拳頭打上牆壁的那一瞬間，一陣滾燙的痛楚仍然從右手直灌到腦海中，讓春雪發出慘叫。

「嗚啊……！」

他好不容易才撐著沒倒在地上，將還隱隱作痛的右手抱在胸前。仔細一看，骨頭突出的部分都磨得破皮而滲出血來。當然，牆壁上別說裂痕了，甚至沒有半點凹陷。

春雪振奮自己那快要萎縮的決心，改握住左拳。

「……嗚嗚！」

拳頭在一道沒出息的喊聲中擊出。「格！」的一聲悶響，接著又是一陣劇痛，好不容易快要收住的眼淚立刻奪眶而出。春雪將同樣滲出血的左拳按在嘴邊，拚命忍著不發出哭聲。

他只想癱坐下來。滿心只想背向牆壁，抱住膝蓋，摀住眼睛與耳朵，等到一切結束。

但春雪的腦子裡其實很清楚。一旦讓事情演變到這個地步，失去歸屬的不會只有自己一個人。無論是許多在新世界裡認識的朋友，還是打從以前就一直在春雪身邊支持他的兒時玩伴，都會十分傷心——更有甚者，他還會深深傷害最重要的「她」，就此永遠封住這條本來應該要走的路。

「唔……啊啊啊！」

他大喊一聲，提起受傷的右拳朝著牆上又是一拳。少許鮮血濺在黑色的牆上，一陣幾乎令他頭昏眼花的劇痛貫穿腦髓。

「啊啊……啊啊啊啊……！」

這次換用左拳。打得皮開肉綻，骨頭幾乎碎裂，眼淚夾雜著鼻涕順著臉頰流過，一滴滴落在胸口。

無論怎麼想，春雪都不覺得血肉之軀的拳頭能奈何這不知是石頭是鋼鐵的堅硬牆壁。但他仍然發出半慘叫半嘶吼的叫聲，一張臉哭得皺巴巴的，右、左、右，一拳又一拳往牆上打去。為毀滅倒數的鐘聲持續從遙遠的上方傳來，春雪就隨著這個節奏擊打牆壁，一打再打。

雙手很快地染滿鮮血，腫得皮開肉綻。疼痛已經超出會讓人覺得痛的階段，轉化成一股像是直接被火燒到般難耐的灼熱竄過神經。只要稍有鬆懈，多半就會就此倒地不起。所以春雪恨不得咬碎牙齒似的用力咬緊牙關，從牙縫間灑出尖銳的嘶吼，一拳又一拳地打著牆壁。

一拳又一拳。右、左、右、左，又是一記右拳——

「沒用的啦。」

忽然間，背後傳來小小的說話聲。

春雪暫時放下傷得不成原形的雙拳，轉頭朝後望去。

一名年紀比自己小很多的少年就站在洞穴底部，是個生面孔。他穿著T恤與及膝牛仔褲，稍長的頭髮垂在額頭上。從那遠比春雪矮的身高與稚氣的臉孔來判斷，多半還在就讀國小二、三年級。

少年以帶著幾分憐憫的空虛視線望向春雪，又說了一次。

「沒用的啦，這牆壁打不壞的。」

春雪在粗重的呼吸下，以細小的聲音反駁：

「這種，事情……不試試看，怎麼知道？」

他的雙手的確都快要碎裂，但至少還能動、還握得住。就算拳頭不能用了，也還有雙腳，還有肩膀，還有頭錘。在整個身體都完全毀壞，站都站不起來之前，他都不打算停手。

春雪在滲淚的雙眼之中灌注這樣的意志望向少年，接著又要轉向牆壁。但就在他正要繼續揮拳之際，少年微微搖頭說道：

「你辦不到的。因為這『絕望』……不是你的，是我的。這裡是我的『心靈空洞』。」

「咦……………」

「你還是第一個進來這麼深的人。可是，就算只下到遠比這裡要淺的地方，也從來沒有人出去過。不管是你的上一個、上上一個，還是上上上一個……全都出不去。只有整個加速世界消失時，這個洞穴才會消失。除非那群背叛芙蘭、折磨芙蘭的人死得一個都不剩，否則我的絕望不會結束……」

聽到這句話的瞬間，春雪恍然大悟。

站在眼前的幼小少年，便是那「第一個人」。就是在加速世界的黎明期，因為產生了一股太過龐大的怒氣與絕望心念，而將神器「The Destiny」與大劍「Star Caster」扭曲成了災禍之鎧「The Disaster」的超頻連線者。

「Chrome Falcon」。

「你……一直，待在，這裡？」

春雪以沙啞的嗓音問。不，他當然待在這裡了。因為寄生在鎧甲上的類思念體「野獸」，就是他創造出來的。Falcon的思念會藏在野獸最深層、最核心的部分，也沒什麼稀奇的。

但如果真是這樣，又是多麼諷刺？因為構成災禍之鎧的資料當中，也包含了Falcon所愛的「Saffron Blossom」所留思念。然而Blossom——那名黃橙色少女，在這套強化外裝以Disaster型態啟動時卻無法出現。同樣地，Falcon則是在宿主召喚Destiny時無法出現。兩個相思相愛的人近得不能再近，卻永遠無法相見——

…………不對。

不對，不是這樣。無論以哪一種形態召喚出來，Destiny與Disaster都是同一個物件。春雪在「BRAIN BURST中央伺服器」就看得清清楚楚。若說在那震盪的銀河正中央發出耀眼光芒的北斗七星六號星之中，還留著他們兩人的思念，相信他們早就已經見到面了。

春雪瞬間忘了雙手的疼痛，拚命思索。

思索災禍之鎧「The Disaster」與七神器「The Destiny」之間最根本的差異。

差別在於——鎧甲處在Disaster狀態時，會吸收大劍Star Caster，而處在Destiny狀態時，兩者卻是分離的。只有劍與鎧甲分離，也就是系統對這兩者分開運算的時候，Saffron Blossom才能夠出現。

Blossom的思念不是留在鎧甲上。

是留在劍上。六號星「開陽」的旁邊，有個發出淡淡光芒的小小伴星。說不定連她自己都沒注意到，但Blossom的思念就是留在這顆伴星之中。

隨著春雪與野獸的完全融合，他想起了一段漫長而悲傷的夢中記憶。在那場悲劇的尾聲，Saffron Blossom一次又一次地被地獄長蟲耶夢加得咬死，最後Star Caster就在耶夢加得倒下時掉了出來。這把劍，簡直就像是她的遺物。

「原來……是這麼回事。」

春雪發出了不成聲的自言自語。

如果這個推測正確，或許就有那唯一一個方法，可以解開這名為災禍的詛咒，斬斷在加速世界連綿不絕的悲劇循環。然而要嘗試這個方法，無論如何都得先從這黑暗深淵脫困，得在一切都結束之前離開。

春雪看著這名低頭站著不動的少年——Chrome Falcon說道：

「我……不會死心。因為，我還，存在於此。」

他轉過身去，舉起血肉模糊的右手。每根手指都已經不怎麼聽使喚，但他依然忍著劇痛，從小指開始依序彎起，握成拳頭的形狀。

「嗚……啊啊啊…………」

他大喊一聲，高高舉起拳頭——

「啊啊啊啊啊啊！」

在嘶吼聲中朝著牆壁筆直打去。「啪！」的硬質聲響過去，火紅光芒從腦髓直竄而過。

「唔喔喔……喔喔啊啊啊啊——！」

接著是左拳。加上了全身扭轉力道與體重的直拳重重一擊，鮮血濺在牆上。

「沒用的啦…………」

背後傳來小聲的低語。

「誰也沒辦法從這絕望當中脫身，誰也斷絕不了災禍的循環。直到世界末日來臨，只剩一個人的那時候為止。」

「…………你……真的……想要這樣？」

春雪舉起右拳，同時這麼問道：

「變成這世上的最後一人……也就表示，你得一個人背起這一切的悲傷。也就表示，只剩你一個人懷抱所有其他超頻連線者留下的記憶。你真的……想要這種孤獨嗎！」

春雪憑著一股蠻勁，「鏘！」一聲將拳頭打在牆上。收回的拳頭上，不停地滴著血。

「我想要？這你就錯了。」

少年回答的聲音很冷靜，卻帶著點落寞。

「想在鬥爭中消滅的人，是他們。是那些背叛芙蘭，殺了她的人。至於我，只不過是實現他們的願望而已。」

「那……那我問你！」

春雪左拳打在牆上，任由濺出的鮮血灑上自己的臉，大聲喊道：

「那Saffron Blossom的願望怎麼辦！她那期盼再也不用有人從加速世界消失的心願要怎麼辦！現在的你，難道不是辜負了Blossom的希望嗎？」

少年沉默了好一陣子沒有回答。過了一會兒，一個更加微小的聲音撼動了濃密的黑暗。

「……芙蘭她，已經不在了。」

接著，他又說：

「芙蘭已經消失了。沒有芙蘭的世界裡，不需要什麼鬼希望。殺了芙蘭的那些傢伙，沒有資格尋求希望。」

「不對……不對，不對！」

春雪交互揮動血肉模糊的拳頭嘶吼。

「儘管Blossom消失，她的希望仍然留了下來！就留在你身邊啊！」

「……你騙人。」

「我沒有騙你！只要你伸出手……只要你肯伸手，伸向這牆壁後面，就可以……」

「你騙人！」

這時Chrome Falcon殘留思念所形成的少年粗聲吼叫：

「這個世界只有絕望！誰也沒辦法從這絕望深淵逃出去！不只是你……連我也一樣！」

「你以為……只有你……只有你知道絕望是什麼滋味嗎！」

春雪灑出血與淚大吼：

「如果這面牆壁是你的絕望……那就看我砸爛它！看我『有田豬雪』、『吐雪』、『披薩胖』、『小豬』有田春雪……」

儘管確信下一擊就會讓拳頭完全碎裂，春雪仍然用力將右手往後一收，甚至還加上往前衝刺的力道，以整個身體都要撲上去似的勢頭——

「————把它砸個稀爛！」

鏘————！

一陣彷彿Silver Crow裝甲猛力撞擊時的衝擊聲響，迴盪在黑暗深淵當中。

一瞬間的寂靜過後——

傳出「霹」一聲，極小極小但確實存在的聲響。

接著春雪看見了。許多細微的白色線條，從牆壁與右拳的接點逐漸往外擴散。

整個世界都在震動。裂痕延伸的速度慢慢增加，從彎曲的牆壁一路蔓延到地上。

「……………你……………」

背後傳來這句低語。

春雪慢慢轉過身去，朝呆呆站在原地的少年看了一眼。話語無意識地從已經不知道咬了多少次而滲出鮮血的嘴唇流出：

「我，跟你，都一樣……待在這個世界裡的每個人，內心最根本的地方一定都一樣……」

聽到這句話，少年——Chrome Falcon微微抬起他一直低垂的頭。春雪看不見他的表情，但當那對清澈的眸子捕捉到春雪雙眼那一瞬間……

一片漆黑的世界，化為無數閃閃發光的玻璃碎片，一口氣碎裂四散。

「咕……嚕嗚嗚喔啊啊啊啊啊！」

一陣凶暴的吼聲中，覆蓋著黑色金屬裝甲的右拳眼看就要擊下。

春雪反射性地做出控制，將這一拳的軌道往右偏。「黃昏」場地的石灰岩板在拳頭下方迸出放射狀的裂痕，擴散的衝擊波讓整棟六本木山莊大樓都微微一震。

就在他伸直的手臂左邊——

有著黑之王那被破壞得無以復加的面罩。

V字形的兩根側邊都已從中折斷，原本有著美麗光澤的鏡面護目鏡也裂得滿目瘡痍。傷害遍及整個上半身，想找出裝甲沒有受損的部分反而比較困難。

這些破壞顯然出自化為Disaster的Silver Crow——也就是春雪自己的雙手。在春雪驚愕地瞪大雙眼時，虛擬角色的左手仍舊繼續發抖，擅自舉高準備發出下一拳。

春雪也不改騎在黑之王身上的姿勢，卯足意志力停下了左手的動作。緊接著「野獸」充滿憤怒的吼聲強烈迴盪在腦海深處。

——為什麼要抗拒我！

——這是「敵人」！是應該要消滅的敵人！

整個身體再度緊繃得發抖，但並沒有做出進一步的動作。至少現在這個對戰虛擬角色的操作權，是掌握在春雪手上。

春雪左拳仍然高高舉在空中，在腦海中拚命喊回去。

——不對！

——她不是「敵人」！她是我……比誰都重要的…………！

但喊到一半，春雪卻強行截斷思念，因為他完全不知道自己對控制虛擬角色的優先權可以維持到什麼時候。有件事他非得趁尚未再度陷入狂暴狀態之前做好不可。

形狀充滿煞氣的大劍，與幾乎失去意識的黑雪公主右手交叉著插在地上，但這把劍並非一開始就是這種模樣。在遙遠的過去，當少女Saffron Blossom遭地獄長蟲耶夢加得殘殺至死時，這把白銀長劍Star Caster彷彿要傳達她的遺志般從公敵體內出現。但它遭到了Chrome Falcon的怒氣與悲嘆扭曲，才會被吸收成「災禍」的一部分。

如果春雪的推測沒有錯，Blossom的靈魂還留在這把劍之中；至於「災禍」，則是起源於她與Falcon久遠的別離。既然如此，就得讓兩人再見一面才行。而要達到這個目的該做些什麼？春雪只想得到一個答案。

但眼前還有一個巨大的障礙。

「野獸」為什麼會發狂到完全失控而出手攻擊Black Lotus，箇中理由其實非常明顯。因為Black Vise在即將挨到黑之王的攻擊時，將自己的外形轉變為Saffron Blossom的剪影，撬開了「野獸」最根本也最大的傷口。

根據春雪意識被擠到黑暗深淵之前所留下的記憶，當時假Blossom被黑之王的必殺技刺穿胸口之後，就假裝無力地軟倒，沉入兩人腳邊的影子裡。

這個場面過後，大樓屋頂的柱子牆壁等所有地形物件，都被Black Lotus與Chrome Disaster全力互拚的餘波給剷平了。這表示物件擋出來的影子也都跟著消失了，因此他已經不能再使用「於影子之間移動」的能力。

換言之——Black Vise還躲在眼前地面上那漆黑的影子當中。

此刻，相信他尚未發現春雪已經脫離失控狀態。然而一旦他覺得有任何地方不對勁，肯定會再使出惡魔般的計策。若要搶先賞他一記反擊，接下來的行動就不容有任何一次失誤。

設下慘忍圈套陷害Saffron Blossom與Chrome Falcon，營造「災禍之鎧」創生契機的人，就是Black Vise與「加速研究社」。之後悲劇重演了長達現實世界七年的時間，春雪能斬斷這悲劇的循環嗎？還是將淪為這些人的棋子呢？

分水嶺就在此。

決勝的關鍵時刻到了。

「咕嚕啊啊啊！」

春雪刻意讓凶暴的咆哮脫口而出，以高舉的左手拔出了插在近處地面上的黑銀大劍。

接著他迅速伸出右手，一把抓住倒在地面不動的Black Lotus那苗條的頸子。

——學姊，對不起！晚點我會全心全意跟妳道歉……！

春雪左手握劍，右手抓住黑之王，整個身體往後弓起，再度大吼：

「嚕嗚……喔喔啊啊啊啊！」

長長的尾巴一甩，背上的金屬翼片完全張開，雙腳用力踹向石板離地。接著，他以螺旋狀的軌道朝著掛在西邊天空中的黃金色太陽前進。距離與角度是關鍵。春雪將六本木山莊大樓屋頂留在視野邊緣，飛了三十公尺左右後懸停。

或許是劇烈的重力改變喚醒了她的意識，只見Black Lotus一對藍紫色的鏡頭眼，在嚴重龜裂的鏡面護目鏡下微微閃動。

春雪從仿肉食獸血盆大口的護目鏡下，以拚命灌注情緒的眼神注視黑之王的雙眸，接著一陣音量小得幾乎聽不見的聲音觸動了他的聽覺。

……春雪…………？

──學姊，黑雪公主學姊！

春雪拚命與試圖搶回虛擬角色操作權的野獸拔河，同時全力回以思念。

──我傷妳這麼深，說的話妳多半沒辦法相信……可是，只要現在，這一瞬間就好！請妳，相信我！

接著──黑之王露出淡淡的微笑。至少他這麼覺得。

……你這是什麼話？

……我啊，不管什麼時候都相信你喔。不管是以前，還是以後……永遠都相信你……

這句話就像色彩繽紛的寶石般灑落在春雪意識之中，閃閃發光。這一瞬間，他只覺得滿腔都是一股幾乎令他瘋狂的熱情。

他只想丟下左手中的劍，用雙手擁抱黑雪公主，但這得等到一切都結束之後，現在還有義務等著他去完成。要解開鎧甲的詛咒，終結悲傷的連鎖反應，就得讓「他們兩人」再見一面。

「咕嚕喔喔……………啊啊啊啊啊——」

春雪讓一陣格外凶猛的吼聲迴盪在永恆黃昏之中，隨即將左手的大劍轉為反手握持，高高舉起。

相信從下往上看，只會覺得他是想用左手劍刺穿右手抓住的虛擬角色。更何況，他完全背向六本木山莊大樓，所以劍尖會被個子高大的虛擬角色與他張開的翅膀遮住。

春雪摒住呼吸、將所有的意志力——一股又稱為祈禱或願望的「正向心念」凝聚在左手，舉劍往下一刺。

銳利的劍尖只擦過黑之王的身體，淺淺刺在災禍之鎧的正中央——也就是春雪自己的心臟之上。

——你要背叛我？連你都要背叛我，消滅我？

春雪腦海中迴盪著「野獸」憤怒至極的嘶吼，但他卻覺得吼聲摻雜著些許悲傷的回音。

——不對！我不會消滅你！這把劍不會傷害你！

春雪卯足所有思念朝「野獸」吶喊，但他的聲音眼看就要被壓倒性的憎恨洪流吞沒。

——你騙人！所有人都會說謊，欺騙，背叛！我誰都不相信！

這有點像是哭喊的吼聲剛響起，就有多道漆黑的鬥氣從胸部裝甲上穿出的傷口溢出。這些鬥氣纏上大劍的刀身，想將劍刃從胸口彈出。春雪拚命抗拒這股反彈力，跟著大喊：

——我不會要你相信我！可是……在這個世界上，就只有那麼一個人，愛著你，關心你！請你……相信她！

春雪握住大劍的左手，迸出一道純粹的白光。

這有著清澈光輝的鬥氣從劍柄延伸向劍尖，逐漸籠罩住這外形凶煞的大劍。凡是白光觸及的部分全都應聲蒸發並換上不同形狀，從中現出一把全新的劍。這是一把半透明劍身中封著好幾顆星星，造型流麗的白銀長劍。強化外裝「Star Caster」。

「唔喔……啊啊啊啊啊————！」

春雪用自己的嗓音發出吼聲，同時以恢復本來面貌的長劍深深刺穿自己的胸口。

這一劍並未發生數值上的損傷，甚至沒有痛楚或衝擊，但五感卻接收到了一種意象。

一層厚重而且極其堅硬的殼中，充滿了無限的黑暗。

遮住整個世界的金屬殼上迸出小小的裂痕，一道春日暖陽般清澈的白光從裂縫射了進來。裂痕迅速擴大，光也變得越來越強。接著有個人伸出雙手，從強得令人無法直視的光明中跳進了黑暗世界。

她全身有著花瓣狀的黃橙色裝甲，一頭短髮下有著灑出閃亮光珠的的天藍色鏡頭眼。正是寄宿在長劍Star Caster上，於漫長歲月中不停祈禱的少女——「Saffron Blossom」。

Blossom輕飄飄落到地上，以堅毅姿態面對黑暗世界的中心。

那兒有個巨大的物體。全身籠罩在漆黑火焰之中，有著血紅色雙眼與長牙的「野獸」。

黃橙色的少女毫不畏懼，筆直走向野獸，朝牠伸出右手。

「對不起喔，放你一個人孤伶伶的這麼久。你一定很寂寞……很痛苦吧。」

野獸巨大的嘴發出低沉的吼聲，頻頻搖頭，垂下尾巴想退開，彷彿無法相信眼前這名少女的存在。

但Blossom以堅毅的步調一路走到野獸身前，毫不猶豫地伸出雙手抱住牠巨大的頸子，輕輕摸著牠那劫火似的毛皮，輕聲細語地說：

「以後，我們就可以一直在一起了。一直、一直在一起……」

緊接著……

籠罩在野獸身上的黑色火焰「啪」一聲散開，巨大的能量波動由殼內擴散開來。等到這陣波動收斂後，留在原地的——

不是對戰虛擬角色，而是一名年幼少女的血肉之軀。

她留著一頭中性的短髮，穿著褲裙與尺寸稍大的連帽外套，雙手抱著一隻小小的黑貓。

少女微微一笑，抱著這隻小貓走上了幾步。而在她的前方稍遠之處，就站著那名少年——Chrome Falcon。

少年嘴唇發顫，戰戰兢兢舉起右手。

少女踩出輕快的腳步聲，朝他飛奔過去。兩人迅速接近，相互伸出的手指互觸，交纏，緊緊握在一起——

——法爾！

——芙蘭！

兩人相互呼喊的聲音化為一股柔和波動，傳遍金屬殼內部。

瞬間，封住這股黑暗的厚重外殼化為無數花瓣，應聲解體。

彷彿充斥在鎧甲內部的所有痛苦、憎恨與悲傷，都消融在這道純白光芒當中，逐漸昇華。

一切都乘著一陣閃亮而夢幻的鈴聲，慢慢地越流越遠……

即將從心象世界回到晚霞色空間之際，春雪覺得自己聽見了那個聲音。

——別了，最後一個與我並肩作戰的人。

——你……很強，比我強。比所有被我消滅，或是把我消滅的人都強。

——但願……你的光明，能斷斷留在這世界當中的最後一個禍根………

聲音消失的同時，春雪再度回到了加速世界——回歸到「黃昏」空間的天空。

他右手抱著Black Lotus傷痕累累的身體，左手什麼都沒拿。

而他全身的金屬裝甲，已經散發出返照晚霞色彩的純銀鏡面光輝。

10

「……學姊。」

春雪感慨萬千，只喚了這麼一聲。

自己三兩下就陷入了可怕的失控狀態，把誓死保護的劍之主Black Lotus——傷得這麼深，讓他極為自責，恨不得把自己碎屍萬段。

不過，黑雪公主想必是故意去承受失去自我的春雪揮拳打擊。只要她動用那曾對超級公敵「四神朱雀」造成莫大損傷的王級實力，即使對上狂暴的Chrome Disaster，相信至少也能拚個同歸於盡。但她沒有這麼做，而是選擇承受無數毫不留情的擊打，因為她相信春雪最終仍會找回自我——

黑雪公主處在空中懸停的Silver Crow懷裡，聽到他以顫抖的嗓音叫了自己一聲，一對藍紫色的鏡頭眼在殘破不堪的鏡面護目鏡下不規則地眨了幾下。她回話的聲音始終溫和又平靜，隨著空中的微風送了出來。

「……歡迎回來，Silver Crow。辛苦你了…………」

折損了半截的左手劍，在他圓形的頭盔側面輕輕撫過。

「學……姊……」

春雪又擠出一聲斷斷續續的嗓音，拚命按捺一股直往上衝的嗚咽。

他好想把頭埋進黑雪公主懷裡，像個小孩子似的放聲大哭。不過，現在時候未到，他還有一件事非做不可。類思考體「野獸」確實曾是春雪的搭檔，他必須實現跟牠之間的約定。要達成「斬斷世界的禍根」這個誓言，多半還得花上很長一段時間——但春雪要在這個戰場發出轉守為攻的第一擊。這是了展現黑色軍團的矜持，以及他身為超頻連線者的矜持。

藉由兩人碰在一起的裝甲，黑雪公主似乎也感受到了春雪的意志，她以極小的動作點頭，輕聲說道：

「——機會只有一次，只有一瞬間。我們兩個都是近戰型，所以只能靠遠距心念來攻擊。但現在沒有時間慢慢凝聚想像了……你專心瞄準就好，威力由我來提供。」

黑雪公主滿身瘡痍，怎麼看都不覺得還能再打，但她的話中卻充滿了堅定的鬥志。春雪也微微點頭回應，摒除雜念。

「倒數三秒就動手……二、一、零！」

春雪配合這有如心電感應般傳達無誤的指示，一口氣在空中轉身。

視野中央稍微偏下的地方，有著一座聳立在夕陽下的白堊巨塔——六本木山莊大樓。屋頂上的所有物件都被先前Black Lotus與Chrome Disaster全力互擊的餘波一掃而空，成了一片純白的平面。

正中央有個模糊的小小黑點，是背向太陽飄在空中的春雪與黑雪公主擋出來的影子。然而只有現在這一瞬間，這個影子不只是虛擬世界的光影效果，而是可恨至極的仇敵藏身之處。

沒錯，現在這一瞬間，自稱加速研究社副社長的積層虛擬角色——「拘束者」Black Vise，就躲在那小小的影子當中。他是「野獸」託付春雪斬斷的「世界的禍根」之一。

「Crow，手給我！」

黑雪公主銳利地呼喝一聲，高舉還完好的右手劍。劍尖發出淡淡的金黃色過剩光，在一聲輕響中分岔開來，化為五根纖細的手指。春雪本能地伸出左手，讓自己的手指與黑雪公主的手指牢牢交握。

兩人交握在一起的手上，迸出耀眼的火紅與白銀鬥氣。

或許是對手終於察覺狀況有異，一片黑色薄板從位於三十公尺下方屋頂的模糊影子中跑了出來。是Black Vise。薄板以貼在地面滑行般的動作開始移動，移往屋頂遠側的邊緣——說得精確一點，是朝落在大樓東側牆上的大片影子前進。

如果屋頂還維持著有柱子與牆壁林立的狀態，這個能夠在影子間移動的積層虛擬角色應該不用現身，就能好整以暇地離開戰場。

但是，如今所有能提供影子的物件都已經遭到破壞，而六本木山莊大樓又是這一帶最高的建築物。整個屋頂上唯一的影子，就是背對太陽的春雪兩人。這不是偶然，當初春雪就是先對角度與距離做了精密的計算，才飛到這個座標。

這些理由讓Black Vise無法再重施故技，躲在影子裡逃脫——無法發揮他自稱最拿手的逃跑能力。

只有一瞬間、只有一次的機會就是現在。

春雪竭盡現在的自己所能，將光的意象集中在左手。黑雪公主右手所發出的火紅過剩光，與他的銀色過剩光呈螺旋狀融合在一起。

「——『雷射長槍（Laser Lance）』！」

「——『奪命擊（Vorpal Strike）』！」

兩種不同招式名的喊聲，有如齊唱似的完美重合。

雙色鬥氣劃出ＤＮＡ雙股螺旋似的軌道，從交握的兩手不斷伸長，形成一把巨大長槍。

兩人以完美同步的動作，將長槍擲向眼底的巨塔。銀紅雙色的長槍在虛擬的空氣中激出無數道漣漪，轉眼間就追上了急速滑行的黑色薄板，兩個平行的槍尖碰到薄板中心……

接著春雪看見了。

漆黑的薄板散成無數的碎片，呈放射狀解體。

長槍並未就此停住，而是在碰到白色屋頂後像擠開水面般輕易穿了進去。

它就這麼消失在高二百三十八公尺的巨大大樓內部，只留下尖銳的共鳴聲。

幾秒鐘後，一陣地鳴似的震波從大樓地下極深處竄上。大樓外牆上那些狀似古希臘神殿的圓柱與加上了浮雕裝飾的窗戶跟著劇烈震動，造成部分建材脫落。破壞的現象尚未結束，接著整棟大樓的外牆都接連出現極深裂痕，讓火焰般的能量洪流從中迸出——

下一瞬間，無疑是全加速世界最大建築物之一的一大地標——六本木山莊大樓那巨大的身軀，化為不計其數的瓦礫物件，開始往正下方崩塌。

這引發的現象固然壯觀到了極點，但對春雪來說，完全破壞巨大大樓也不過代表著必殺技計量表集滿罷了。視野左方跑出的一行小字還重要得多，那是顯示超頻點數增加的系統訊息。也就是說，剛才那一招心念攻擊，已經將仇敵Black Vise的體力計量表打到零——等於宣告他已經死了。

當然，在加速世界的死亡，對大多超頻連線者來說不過是家常便飯，只會減少一些點數。如果是在正規對戰場地，下次對戰時就能完全恢復；就算是在無限制空間裡，也只要等個一小時就沒事了。然而這個規則有「例外」存在。

「——學姊！」

春雪也不放開交握的手，轉過來面對黑雪公主大喊：

「怎麼樣？」

聽到這個省略了主詞的問題，黑之王微微搖頭。

「不行，從加算的點數來看，他應該是8級……」

「…………這樣啊…………」

春雪呼出憋在胸口的一口氣，喃喃自語。

如果「拘束者」Black Vise跟黑雪公主一樣已經達到9級，剛剛死亡時就會適用「9級玩家一戰定生死規則」，一次就耗光所有點數而永遠離開加速世界。春雪認為，考慮到Vise的資歷已經堪稱最老一輩的玩家，加上他那深不可測的實力，這樣的可能性並不低——但很遺憾，這個謀士似乎停留在8級。

既然如此，這個積層虛擬角色被心念長槍刺穿而一擊斃命之後，應該變成了小小的「死亡標記」留在場上，一個小時後就會復活。理論上只要別讓他跑掉，繼續反覆打倒他，遲早可以逼得他耗光點數，只是……

「要從這一大堆斷垣殘壁裡找出標記實在有困難啊……」

聽黑雪公主這麼說，春雪朝著原本是六本木山莊大樓的巨大殘骸堆看了一眼。堆成金字塔狀的殘骸物件多到連到底有幾萬個還是幾十萬個都估不出來，要翻遍這些土石找出死亡標記，的確是有困難。

「……而且，地上還到處都是影子啊。他多半一復活就會開溜，根本沒搞頭。」

「嗯，你說得沒錯……不過我們能打倒那麼會跑的傢伙一次，已經夠當作反攻宣言了。」

黑雪公主這麼回答後，輕輕放開一直牽著春雪左手的右手。纖細的五根手指發出「喀啷」幾聲輕響而碎裂。

「啊……」

見春雪小聲驚呼，黑之王朝他露出溫和的微笑說：

「兩分鐘多一點。是個遙遙領先的新紀錄。」

「……學姊……」

春雪重新伸出右手，捧住從中折斷的漆黑劍刃。

他想說的話、非說不可的話實在太多，卻又滿腔情緒翻騰不已，讓他說不出話來。

這一切……尚未結束。儘管解開了創造災禍之鎧「The Disaster」的詛咒，讓鎧甲表面上消失，但系統上應該仍然以某種形式留在構成Silver Crow的資料當中。得透過「淨化」來將鎧甲分離成物品，這次的任務才算大功告成；而推測應是「ＩＳＳ套件」來源的加速研究社到底有什麼圖謀，他們也還掌握不到全貌。

左手扶著的黑雪公主滿身瘡痍，讓春雪又有一股衝動想用力抱住懷中佳人。好不容易按捺住這股衝動後，他將懸停在空中的身體微微朝東北方偏過去。

他以目光鎖定聳立在約五百公尺外，規模比六本木山莊大樓更加壯觀的東京中城大樓。

「學姊，妳看得見嗎？中城大樓的頂端躲著一隻透明公敵……」

「…………看得見。」

幾秒鐘後，黑雪公主低聲回答。

橘色夕陽照耀下的巨塔頂端，乍看之下空無一物，但只要仔細觀看，就會發現有某種巨大的物體存在，讓太陽光線微微偏折。

「綠色軍團（長城）的Iron Pound說，那是神獸級公敵『大天使梅丹佐』。似乎是有人馴服了這個公敵，將牠從迷宮深處轉移到這裡來。」

「……原來梅丹佐離開大聖堂啦。這也就是說……除非空間屬性換成出現機率極低的『地獄』，否則最好別靠近那座高塔啊……」

「就是這樣。我們上次連線進來時，學姊你們往南看到的大爆炸，就是這梅丹佐對Pound兄的金剛飛拳有了反應，發射威力超強的雷射所造成的。」

「原來如此啊……難怪會有那樣的規模。也就是說，這中城大樓就是……」

春雪接過了黑雪公主的話頭。

「是，那裡就是ＩＳＳ套件的本體所在地……也就是加速研究社的大本營。」

「……………………」

黑雪公主以銳利的目光望向遠方巨塔，沉默了一會兒。幾秒後，微微放鬆的她低聲說：

「我是很想就這麼殺進去……但要是我們偷跑，楓子他們一定會生氣，攻城的樂趣就留待後日吧。」

聽到這剽悍至極的台詞，春雪不由得在頭盔面罩下嘴角一鬆。黑雪公主似乎也感覺到了他在笑，跟著微微一笑，換了個語氣說：

「好了，差不多該回去了。最近的傳送門是……」

「啊…………糟、糟糕，本來該在六本木山莊大樓裡……該不會連大樓一起砸了……」

見春雪慌了手腳，黑雪公主再度發出笑聲：

「哈哈哈，不用擔心。不管是任何攻擊，都無法破壞登出用的傳送門。而且傳送門的座標也是完全固定的，就算大樓崩塌，應該也會飄浮在本來應該在的位置。」

聽她這麼說，春雪便四處張望，接著就看到的確有個藍色橢圓形飄浮在斜下方離了幾十公尺的空間中。這種像是水面搖動的光芒，無疑就是通往現實世界的單行道。

春雪輕輕用雙手重新抱好黑雪公主受傷的身體，張開背上那恢復了原有光輝的銀翼，開始慢慢滑翔。停留在虛空中的傳送門愈來愈大，更以溫和脈動的光芒迎接他們兩人。

正要進入藍色水面之際，春雪轉過身來，將「黃昏」空間一望無際的永恆夕陽盡收眼底。

從六本木一路延伸到白金、品川的市街地再過去，就可以看到東京灣反射出橘色的斜陽而閃閃發光。不知道為什麼，這幅光景在春雪心中喚起了一股幾乎令他想哭的懷念感。

兩人從無限制中立空間鑽過藍色的光環，回到現實世界。

緊接著，就是一陣有著柔軟彈性的物體用力壓迫春雪的臉，完全封鎖了他的視覺。春雪一時想不起自己先前是從哪裡，在什麼樣的狀態下連線，雙手亂揮一通。

接著手指上傳來一種有如絲絹般——當然他根本沒碰過真正的天然蠶絲——極其柔順的觸感，讓他不由得上下摸了摸。記得這柔順的觸感就在最近……沒錯，就在前不久，當時春雪打籃球比賽打到昏倒，被扛到梅鄉國中保健室內躺著，黑雪公主大膽地騎到他身上跟他進行有線直連，當時那一頭長髮摸起來跟現在的感覺很像……不，根本就一模一樣……

「…………春雪，你真的好努力。」

少年的左耳邊，忽然傳出輕聲細語的這麼一句話。

這一瞬間，春雪總算想起了身在何處。

這裡是杉並區南部「URB阿佐谷住宅」角落一棟漂亮建築的客廳，而他就待在窗邊的一個大型填充坐墊上。此刻用力抱緊春雪頭部的人，正是這個家的主人、春雪的「上輩」、軍團「黑暗星雲」的首領、梅鄉國中學生會副會長，更是黑之王Black Lotus，也就是黑雪公主。

……我第一次受邀來到學姊家……跟她一起坐在超大的坐墊上直連，用無限超頻指令一起進到無限制空間……然後…………

當春雪的認知總算跟上現實的瞬間，全身立刻劇烈顫抖，嘴唇接連吐出無意識的話語：

「學、學、姊。我…………我把學姊…………傷得好深、好重……」

「不准再說了！」

但黑雪公主以尖銳的聲音打斷了春雪的自責。少女輕輕放開懷裡的春雪，從近距離跟他對看，並且放緩聲調說：

「沒有什麼好道歉的。無論打鬥還是其他該做的事，你都做得很漂亮，就只是這樣而已。要怪，也應該是怪我沒考慮到埋伏的可能性……」

「這……這是什麼話……我才……應該要提防。因為，我知道連上線以後的出現地點，離『他們』的大本營非常近……」

「無論怎麼小心提防，老實說也未必就能防範那個可恨的薄板虛擬角色施加突襲。從這個觀點來看……我想我們兩個都可以說表現得很好了。畢竟……我跟你都能夠像連線前那樣在這裡說話………」

黑雪公主無盡柔順的嗓音，溫柔地撫慰了春雪麻痺的五感。才剛陶醉在輕輕摸著頭那隻手所帶來的觸感，就讓他覺得意識差點輕飄飄地飛走。但春雪總算在最後關頭想起一件事，再次睜開眼睛。

「啊……對了，我記得……學姊在連線前好像說了一句話對吧？」

「嗯？有嗎？」

「呃……記得是說等我們兩個都平安回來……之類的……」

他睜大眼睛望去，看到的卻是……

黑雪公主那瓷器般潔白的皮膚，莫名地染成大片粉紅色。她上半身忽然彈起，但或許是動作太倉促，整個人在填充坐墊上失去平衡。

春雪伸出手卻是白搭，只聽得「咚！」一聲，身穿連身洋裝的她一屁股摔在木頭地板上。

兩秒鐘後，這位黑衣佳人一副若無其事的模樣站起身，很刻意地清了清嗓子。

「咳……我、我大概是這麼說的吧。呃也就是說，等我們兩個都平安回來，就請你吃我親手做的極品料理來慶祝。」

儘管覺得她的表情跟口氣似乎都有著那麼點生硬，但春雪的大部分思考力都被「親手做的料理」這句話給奪去。畢竟自從六點半左右，全軍團六個人——不，加上日下部綸之後就是七個人——一起吃了大盤散壽司與海苔卷之後，直到現在他都沒吃過別的東西。儘管身體沒做什麼運動，卻發生了許多會對精神造成巨大負荷的事情。光是簡單列舉一下就有——

二〇四七年六月二十日下午七點，與四埜宮謠／Ardor Maiden一起進入無限制中立空間。獲得神祕武士型虛擬角色Trilead Tetraoxide協助，打倒鎮守的公敵後離開禁城。

同日同時，緊接著在禁城南門大橋上，與超級公敵「四神朱雀」接觸。春雪先讓Maiden逃脫，再回頭拯救當誘餌引誘朱雀的黑雪公主與楓子，使出心念飛行能力「光速翼」垂直上升到大氣層外。最後由黑雪公主以特大號心念攻擊「星光洪流擊」擊破失去火焰保護的朱雀。

同日同時，眾人從南門大橋成功退到中立區。完成「Ardor Maiden救出任務」，但為了找出本來應該已經會合的Ash Roller，春雪獨自再度出擊。

同日同時，在澀谷區的明治大道上，發現遭六名ＩＳＳ裝備者一面倒攻擊的Ash Roller。春雪失去冷靜，召喚處於種子狀態的「災禍之鎧」。以第六代Chrome Disaster的力量瞬殺這群套件召喚者後離開。

同日同時，在六本木區的六本木山莊大樓遇見綠之王Green Grandee及其護衛Iron Pound。歷經一場激鬥後擊破Pound，與綠之王劍盾交擊一回後，因現實世界發動的「緊急斷線」而登出超頻連線。

下午七點二十分，將軍團團員反鎖在自家之後逃走，但在購物商場一樓被楓子的「下輩」Ash Roller／日下部綸逮住。兩人移動到地下停車場的車上談話，之後進行直連對戰。

下午七點四十分，被楓子、千百合與黑雪公主重新逮住。承諾不尋短，在下午八點解散。之後乖乖在自己房間寫作業。

晚上九點，對母親留言表示要在外面過夜後再度出門。但這次又在大樓前庭被黑雪公主逮到，就這麼被帶上計程車，移動到黑雪公主位於南阿佐谷的家。經過一番長談，兩人再度進入無限制中立空間。

晚上十點十五分，在六本木山莊大樓頂的展望平台，與「加速研究社」副社長Black Vise交戰。儘管中了對方的奸計而陷入前所未有的嚴重失控狀態，但在想像迴路的最深處邂逅第一代Disaster——Chrome Falcon，因而發現構成「災禍之鎧」那兩件強化外裝裡所隱含的祕密，終於成功解開詛咒。

短短三個多小時裡，發生了這麼多事。根據春雪自行估計，消耗的精神熱量高達兩千五百大卡，因此思緒被「黑雪公主親手做的料理」這個太過迷人的單字牽著走，也是無可奈何。

春雪自己也下了填充坐墊，跟著黑色連身洋裝的背影走向廚房。

以單人居住用的住宅而言，這個與客廳相連的廚房區面積相當大，但流理台與電磁爐都亮晶晶的，這種沒什麼在用的感覺跟有田家也沒多少差別。附帶一提，廚房裡也幾乎看不見任何鍋碗瓢盆。但春雪解釋成一定是因為對方家事技能很高，收拾得很乾淨。於是他對走向冰箱的黑雪公主問說：

「學、學姊，我也來幫忙。雖然下廚我不太行……但至少可以幫忙削個馬鈴薯皮……」

「喔？這可了不起，下次教我。每次只要我一削，那玩意的質量硬是會減少很多。」

「好、好的，我隨時都可以，等等……咦？」

聽到這句不太像頂尖大廚會說出來的話，春雪不由得連連眨眼，緊接著相當大型的冰箱猛然打開，裡面裝的不是五花八門的蔬菜、肉類、魚類與水果，而是整整齊齊地堆著無數白色的方形包裝。

「春雪，日西中義西德法，你想吃哪一種？」

聽她一臉正經地這麼問，春雪一瞬間陷入思索。日西中三大分類先不管，後面四個字大概分別是義大利、西班牙、德國、法國……吧？如果是這樣，自然會跑出一個疑問。

「請、請問……『西』跟『義西德法』哪裡不一樣？」

「嗯？那還用說，『西』就是西餐。我話先說在前面，所謂的西餐可是屬於日本的傳統料理。裡頭我最喜歡的應該是燉牛肉跟焗烤通心粉。」

「原、原來如此……那，那就麻煩學姊弄『西餐』的燉牛肉…………」

「了解，那我就挑焗烤吧。」

黑雪公主以熟練的動作，從這用無數白盒堆得密不透風的高塔裡抽出其中兩盒，放進旁邊的高出力微波爐並按下某個按鈕。

「五分鐘就會弄好，你去餐桌那邊等吧。」

……實在很難說這到底算不算親手做的料理，不過至少黑雪公主是親手按下加熱鈕。春雪這麼說服自己，快步回到客廳。

燉牛肉從包裝盒倒進陶盤，冒出熱騰騰的水汽，姑且不論是怎麼來，至少吃起來的確非常美味。調味比起大量生產的冷凍食品淡得多，鮮甜度卻十分夠，其中還放了大量的各種根莖類蔬菜。考慮到包裝本身也格外樸素，想來多半是知名餐廳的自有品牌產品；此外還有附沙拉，看來在營養均衡上也完全沒有問題。但春雪拚命動著湯匙之餘，卻還是不由得會從中找出唯一一個與自己常吃的冷凍披薩之間的共通點，那就是……

「春雪，我們來交易吧。來，張開嘴。」

一根叉子突然隨著這句話遞到自己嘴邊，讓春雪反射性張大了嘴。明明是冷凍食品，但這沾滿了順口白醬的大塊通心粉，卻有著理想的義式彈牙口感，讓他不由得嚼得渾然忘我。黑雪公主以溫和的笑容看著春雪，視線落到餐桌上接著說：

「那我要換的球員是，這邊的大塊胡蘿蔔……」

「啊，好的……」

「……旁邊的超大塊牛肉。」

「啊，好的……等等，咦咦，哪有這樣的！我好不容易才把這孩子養這麼大……」

「要怪就怪你自己不問條件就答應。好了，我張嘴了。」

看她說完後就閉上眼睛張大嘴，春雪也只能含淚奉上他本來要留到最後吃的小肉肉。當他傷心之餘卻又有些心動地將湯匙遞到餐桌另一頭時，黑雪公主就毫不留情地完成從閉口、咀嚼到吞嚥的一連串處理，睜開眼睛笑得十分開心。

「果然，飯還是要有人一起吃才好吃。」

——這句話精準地說中了剛剛才在春雪腦海中閃過的念頭。

沒錯，無論餐點多麼高級，但黑雪公主每天晚上想必都是獨自坐在這張餐桌前。一個人吃飯總是寂寞。在好不好吃、營不營養等問題之前，就是會先覺得寂寞。這點春雪非常清楚。

「學姊，我說啊…………」

春雪連大塊牛肉遭到掠奪的悲傷都拋諸腦後，任憑滿腔情緒驅使開了口。

「嗯？現在才要我還也已經太晚囉？」

「不、不是，我不是要說肉的事情……這個，呃……」

春雪把右手的湯匙當作護身符般用力握緊，拚命看著八十公分外的一對漆黑眼睛說道：

「呃，我知道這不可能馬上實現，不過……我是想說，希望，將來，有一天……我們可以每天一起吃飯…………」

方法應該是有的。儘管說每天也許有點語病，但應該還是有方法可以減少黑雪公主單獨吃晚餐的次數，例如請她放學後先來春雪家一趟，或是想辦法幫春雪迴避強制離校時刻的限制，讓他可以留在學生會辦公室等等。

春雪說這句話，本來是出自這樣的意圖。

但黑雪公主的反應卻有點出他意料之外。她右手叉子掉到焗烤盤上，伸手要去撿，手指頭卻碰到滾燙的醬汁，不由得驚呼一聲「好燙！」後趕緊伸手去摸裝著冰水的杯子，這回卻連水杯也碰倒了。

所幸水杯幾乎已經空了，於是春雪趕緊接住滾下來的杯子重新放好，同時睜大眼睛望向餐桌對面。

黑雪公主就這麼僵在那兒，左手還放在胸前保持著抓握右手的姿勢不動。臉上紅色的成分格外強烈，但表情實在看不太出來怎麼回事。看起來既像震驚，又像受到另一種完全不同的情緒支配——

「…………又來啦？你又來啦？」

「咦？又、又來……什麼又來了？我以前也講過吃飯的事嗎？」

「不……這手法你是第一次用……不過你已經是第二次試圖讓我的循環系統故障了。」

在這段相當令人莫名其妙的話之後，她嘆了一口氣，接著正面迎向春雪啞口無言的視線，露出某種以前春雪似乎看過的溫柔至極微笑，這麼說道：

「…………好啦，不管幾次我都答應你。」

說完，少女起身繞過餐桌，一路走到春雪身旁，筆直伸出右手。接著她輕輕握住了拳頭，只伸出小指。

「來，我們打勾勾。」

春雪乖乖聽話，戰戰兢兢舉起手，用自己圓滾滾的小指纏了上去。黑雪公主慢慢上下搖動兩人的手，再次露出微笑，輕聲細語地說：

「我答應你。將來我們每天一起吃晚餐。」

11

隔天，六月二十一日星期五，下午七點。

與昨天一樣，黑暗星雲現有的六名團員都已聚集在有田家的客廳。只是也不知道該不該說遺憾，看不到Ash Roller——日下部綸的身影。據說是因為昨天超過了晚上八點的門禁時間，讓她父親下達本日禁止逗留的最優先命令。

「難怪，我就一直覺得以她的形象來說，晚上未免太少出來對戰……」

千百合恍然大悟地這麼一說，綸的「上輩」楓子就呵呵一笑：

「她這孩子對所有交通工具的操縱都不拿手，別說電動速克達機車了，連沒有動力的腳踏車都不太行。加速世界裡『完全一致』的對戰虛擬角色固然稀少，但『完全不一致（Perfect Missmatch）』的大概就只有綸一個了。」

「啊哈哈，的確！不過如果要比不一致的程度，小春也不差就是了！」

突然聽到矛頭指向自己，春雪嚇了一跳，筷子上的麵線都滑了下去。

由於實在不好意思連日請千百合媽媽弄那麼多菜，因此今天就由眾人自備餐點。說是自備餐點，其實也只是兩個男生煮麵，女生則準備沾醬與幾種香菜。然而儘管實際只用了二十分鐘準備，在六月下旬悶熱的天氣裡，冰得透心涼的麵線吃起來還是格外有滋味，更何況還是和一群知心好友一起吃。

春雪從大得突兀的玻璃碗裡重新撈起麵線，配著切絲的茗荷大聲吸進口中，同時抗辯說：

「我、我跟Silver Crow也有共通點啊。呃……像是不耐打，燃料耗得很凶，還有很討厭被靜電電到之類的……」

【UI＞這些都是弱點。】

四埜宮謠很有禮貌地先將筷子好好放到筷架上才打出的這段字，逗得眾人哈哈大笑。十五分鐘後，眾人吃完飯收拾好碗筷，一起移往沙發套組。此時大家的臉上多少還是有著幾分緊張。

黑雪公主坐在上座，視線先在眾人身上掃過一圈，以冷靜的嗓音說：

「——就如我事前所說，由於昨晚春雪的努力，已經解放了『災禍之鎧』存在所需的負面殘留心念。現在，那件鎧甲已經變回沒有意志存在的普通強化外裝……應該是這樣。」

看見黑雪公主的視線瞥向自己，春雪用力點頭回應。

昨天眾人解散之後發生的事情，他已經在今天的午休時間拚命寫作文，發了一篇純文字郵件告知拓武他們四個人——話雖如此，受邀到黑雪公主家這件事依然不得不除外。

「但是，鎧甲在系統上仍然以寄生屬性物件的型態，留在春雪的虛擬角色體內深處。如果不靠謠的『淨化能力』完全分離，死腦筋的六王多半不會承認災禍之鎧已經消滅——謠？」

當目光朝向自己，在場最年輕的少女以堅毅的表情敲著投影鍵盤回應：

【UI＞包在我身上。我正是為了這件事，才會待在這裡……只不過，既然淨化的對象是「七神器」級的超高等級外裝，估計應該要花上相當長的時間。我想，最少也要一個小時。】

「嗯。也就是說，除了春雪與謠以外的四個人，就要負責在這段時間裡保護他們免於受到公敵或其他超頻連線者的攻擊，只是後者的可能性應該不高。當然，我們會挑遠離大型公敵繞行路線的地點，不過大家也知道，牠們會被『心念的味道』吸引過來……」

黑雪公主閉上嘴，這次換拓武露出令人放心的微笑說道：

「如果真的碰上，那就正好可以賺回我們進無限制中立空間的點數了，軍團長。」

「呵呵，就是這樣。萬一有危險，只要一路把公敵拖到新宿去，塞給藍色軍團還是哪個軍團的獵公敵團隊就沒事了。」

聽「其實很可怕的Raker老師」笑嘻嘻地說出這句話，讓眾人只能擠出有點僵硬的笑容。於是會議就這麼結束，接著就照昨天的方法，所有人以有線方式串連，經由有田家的家用伺服器來當安全裝置。

這一週之內，春雪已經是第四次前往無限制中立空間。但與眾人齊聲喊出「無線超頻」指今時，他的心中卻已經沒有不安或恐懼，只溫暖地充滿了一股相信同伴的心意。

第一代黑暗星雲「四大元素」之一的「淨化巫女」Ardor Maiden——四埜宮謠所擁有的力量究竟有多強烈，春雪自認已經有了十二成的認知。她先是毫髮無傷地打倒裝備ＩＳＳ套件的Olive Glove，接著又將Bush Utan連著整個場地一起燒得乾乾淨淨，後來連鎮守「禁城」正殿的巨大騎士公敵，都被她用熔岩池困住而融得不留痕跡，讓春雪確信即使放眼整個加速世界，她的火焰也肯定有著最大規模的攻擊力。

但謠的力量本質並不是「破壞」，這點春雪即將親身體驗。

眾人所選的淨化舞台是高圓寺——不是地名，而是一間成了地名由來，離春雪住的公寓大樓很近的大廟——境內。眾人認為Ardor Maiden是巫女，所以選神社應該比較搭，但她本人說在寺廟也完全無妨，而這附近也沒有神社存在，所以無可奈何。

話又說回來，在「月光」空間那凜冽的月光灑落之下，整間寺廟散發出一股無比神聖的氣息，根本不存在任何會排斥白衣紅褲巫女的成分。謠讓春雪站在寬廣空間的正中央之後，拉開三公尺的距離正對著他，右手倏地往前一伸。

小巧指尖燃起小小的火焰，隨即又化為純白的扇子。巫女「啪」一聲俐落地張開紙扇，由左到右慢慢揮動。

緊接著春雪右前方、左前方、左後方、右後方，依序噴起赤紅的火柱。遠處的黑雪公主、楓子、千百合與拓武都屏氣凝神地觀看，謠將扇子拉回正面，以足袋狀的腳尖往地面踏步。

「『惜櫻花……惜櫻花，怨花落……』」

嘹亮的「歌」聲撼動無限制空間內冰冷的空氣，圍繞在春雪周圍的四個火堆內部立刻轟然升起熊熊烈火。整個視野染成一片火紅，一股物理推力跟著將Silver Crow的身體往空中推起了一公尺以上。

但春雪絲毫不覺得害怕，只是委身於這股力量之中。他完全不覺得燙或痛，而且視野左上的體力計量表也維持在全滿狀態文風不動，卻又能強烈感覺到這壓倒性的火力確實在燃燒——不，是在「淨化」——某種東西。套黑雪公主的說法，火焰是燒系統上的「物件寄生狀態」，但春雪在任由烈火洗淨五體的同時，腦子裡卻浮現出「因緣」與「執著」這樣的字眼。

沒錯——剛開始的確是鎧甲寄生在Silver Crow的背上。之後鎧甲上的類思考體「野獸」多次對春雪說話，加深融合程度，最後終於讓他完全覺醒為第六代Chrome Disaster。然而在過程中，要說春雪心中對這股力量——對鎧甲帶來的壓倒性破壞力——從未產生「執著」，那就是在騙人了。換個角度來看，如果沒有這樣的執著心，應該也就不會與鎧甲融合得那麼深了。

春雪感覺得出自己心中的些許執念，都在四埜宮謠心念所創造出來那團剛強又沁涼的火焰中慢慢燃燒殆盡。他閉上眼睛，緩緩攤開四肢，同時在內心深處對一時曾與自己並肩作戰的存在輕聲說話。

——喂，「野獸」。

——我其實不討厭你。跟你聯手……還挺開心的。

——將來……如果能用不同的方式再見，到時候我們可要好好打一場「對戰」。不管是一對一，還是搭檔戰都好……來一場真正的「對戰」。

春雪沒有得到回答，但他卻覺得，籠罩在黑暗火焰當中那頭猙獰又美麗的「野獸」，似乎在非常非常遙遠的地方朝著月亮長嘯。

Ardor Maiden華麗地舞動了整整一小時又三十分鐘之久。

他們本來擔心會受到公敵或超頻連線者妨礙，但這樣的情形並未發生。巫女的動作慢慢減速，到最後完全靜止時，火柱也跟著化為無數的火星，消融在夜風中。

春雪雙腳下到地面，注意到自己手中出現了兩個小小的物件。是在月光照耀下發出通透銀色光芒的方形卡片。

其中一張卡片的表面上刻著一串文字——【STAR CASTER】；至於另一張的表面，則可以看見【THE DESTINY】的名稱閃閃發光。劍與鎧甲。這正是兩顆出現在加速世界黎明期，改變了許多超頻連線者命運的「雙星」最初之姿。既然這兩者都已恢復為封印卡的形態，也就表示災禍之鎧【THE DISASTER】已經不存在於這個世界之中——

春雪牢牢握住兩張卡片，往前走上幾步，朝精疲力盡的四埜宮謠深深一鞠躬。

「……謝謝妳，小梅。結束了……一切都結束了……」

「這不是我一個人辦到的，多虧了鴉鴉你有先跟『鎧甲』好好道別。」

說著，她伸出小小的手，輕輕摸了摸春雪的頭盔。春雪抬起頭來，看見黑雪公主、楓子、千百合與拓武，也都在謠身後露出同樣的微笑。

Sky Raker扶住退開幾步的Ardor Maiden，改由Black Lotus以無聲的氣墊移動上前，用力點點頭說：

「Crow，你做得很好。這樣一來，星期日的『七王會議』上便沒有人可以責怪你。相信在會議上，主要的議題應該會是討論因應ＩＳＳ套件與加速研究社的方針，到時候你大可光明正大地發言。另外，這兩件強化外裝要怎麼處理，我想全權交給你負責。就麻煩你仔細考慮再做決定。」

聽到軍團長這番話充滿了對自己無條件的信賴，春雪高興之餘，卻又微微搖了搖頭說：

「不，這個……其實我已經決定好了。」

「哦？」

春雪從歪著頭的黑雪公主身上移開目光，視線在每個人臉上掃過一圈，繼續說道：

「大家都累了，尤其小梅更累，要說這種話實在很過意不去……不過，可以請大家再幫我一下嗎？」

春雪先觸控自己的體力計量表，叫出「功能選單」，將兩張卡片暫時收進幾乎空無一物的物品欄。

接著他在寺外隨便找了些地形物件來破壞，集滿必殺技計量表。然後右手抱謠，左手抱千百合，微微飄上空中後，再讓拓武抓住自己的雙腳。黑雪公主則請楓子裝備上推進器型強化外裝「疾風推進器」載她。

六人就以這樣的方式沿著環狀七號線直線南下。他們穿過了世田谷區，沿著目黑大道往東轉向，繞過東京都心部分。而一行人所要去的地方，就是面臨東京灣的「芝浦埠頭」。

春雪在往北可以看到首都高速公路台場線芝浦停車場的地點降落，利用等楓子與黑雪公主靠推進器以長距離跳躍跟上的空檔，拚命拿四周地形與模糊的記憶比對。

埠頭的倉庫群在「月光」屬性下，化為壯麗的神殿風建築。而貫穿這些建築的卡車車道與一條東西向道路交會的路口——

「…………就是這裡。」

春雪自言自語完，再朝搞不清楚狀況的其餘五人說：

「那個，有一個物品，應該就掉在這個路口附近。」

「物品……？不是卡片，是物件？」

他點頭回答拓武的提問。

「可是啊，記得在無限制空間裡，掉在地上的東西不是每次『變遷』都會清掉嗎？」

這次換千百合這麼問，春雪先點點頭，接著又搖搖頭。

「對，一般來說是這樣……可是我好像聽說過，有些非常重要的東西，不管是發生變遷，還是等上多少天……甚至多少年都不會消失。對吧，學姊？」

他將目光轉往黑雪公主身上，這位多半是在場資歷最深的超頻連線者微微點頭：

「嗯，的確是這樣……只是耐久力無限的物品可是相當有限。像是『軍團長任務』的達成證明……四大迷宮的通行證……」

「還有住家的鑰匙也是。」

聽楓子不經意地說出這句話，春雪用力點點頭喊道：

「就是這個！我要請大家找的就是『鑰匙』。」

在「月光」屬性下，地面鋪著一層乾爽的超微細白沙，實在不太適合在這種時候找東西，但比起到處都變成毒沼澤的「腐蝕林」或有許多討厭蟲子爬來爬去的「煉獄」，已經算是不錯了。春雪腦中轉著這樣的念頭，同時拚命在寬廣的路口用雙手撥開白沙。

其實，他無法保證「鑰匙」就埋在這裡。然而，他又有一種確信，認為有某種意志，或說有人引導他來到這裡。如果在禁城中那個極為漫長的夢——那段悲傷的故事最後一章是史實，一定就能在這裡找到鑰匙。他很小很小的時候，曾經與雙親一起去奧多摩爬山，在山上撿到一個小小的黑曜石箭頭。相信這把鑰匙就跟那件石器一樣，一直在這裡靜靜等待有人找到自己。

當右手撥開沙子撥到已經不知道是第幾百次時，他忽然碰到了一個堅硬的物體。

春雪立刻停下動作，接著慢慢摸索沙子底下並撿起某個物體。那是一把歷經悠久歲月——估計將近七千年——上頭銀色光芒卻絲毫不顯黯淡的小小鑰匙。

「……有了……」

春雪喃喃說完，站了起來。其他同伴也發現他的動作，停下手聚集過來。春雪舉高這個月光照耀下閃閃發光的小型物件，讓眾人看清楚，接著又說了一次：

「找到了。這就是我要找的東西。」

「Crow……這是哪裡的鑰匙？」

聽千百合這麼問，春雪點點頭回答：

「我現在就帶大家過去。這當然不是我家的鑰匙，不過……我想它的主人一定會同意。」

春雪珍而重之地將找出來的小小鑰匙收進物品欄，朝著下一個目的地前進。只是這次並不需要進行長距離飛行，他們從芝浦埠頭過了彩虹大橋，於進入台場後南下，在現實世界中叫做「曉埠頭公園」的地點北邊不遠處降落。

狹窄的道路旁，有一棟色彩與其他地形物件不太一樣的小小住家。如果不是春雪拿著剛剛撿到的鑰匙，說不定連找都找不到這棟住宅。因為，只有在散佈於無限制中立空間的「商店」中花了天文數字級金額買下鑰匙的超頻連線者，才有權進入這種所謂的「玩家住宅」。

這棟住宅純白的石砌牆沐浴在淡淡月光下，與昨晚造訪的黑雪公主家有幾分相似。春雪踏進面積不大的前院幾步，轉身告訴伙伴們說：

「這裡就是『Chrome Falcon』跟『Saffron Blossom』的家。」

聽到他這麼說，五人不約而同地睜大了眼睛。對這些和「災禍之鎧」有關的故事，他只對眾人做了概略的說明，但他們似乎都立刻意會過來，猜到春雪為什麼要辛辛苦苦地找出鑰匙、來到這個地方。

「……那麼，剛剛的芝浦埠頭路口就是……」

聽謠輕聲這麼問起，春雪就點點頭承認：

「對，就是Blossom小姐她耗光點數，從這世界消失的地方……而且，也是後來成了初代Chrome Disaster的Falcon兄最後遭到討伐的地方。我就是在想，不管鑰匙歸他們哪一位所有，都一定會留在那個地方。」

「原來如此啊……的確，再也沒有哪個地方比這裡更適合讓這兩件強化外裝沉眠了……」

黑雪公主喃喃說到這裡，從正面看了春雪一眼，朝他深深點頭，像是在說這樣很好。

春雪點頭回應，打開物品欄，依序點選三件物品化為實體物件。他左手拿著兩張物品卡，右手拿著小小的鑰匙，慢慢走向住宅。

春雪尚未把鑰匙插進門鎖，只是走到門前，可愛的門就無聲無息地打開。

「……打擾了。」

說著，他走進屋內。

房子裡用各種家具與用品點綴得十分用心，即使在蒼白的月光照耀下，仍然讓人覺得待起來應該會很自在。然而這長年靜止的房間，仍舊讓人覺得散發出一股濃濃的寂寞。這也難怪，畢竟以前在這棟房子裡生活的兩個人，都已經不存在於這個世界之中了。

春雪回頭一瞥，看到黑雪公主等人似乎決定在玄關外頭等待，默默看著春雪。既然如此，就不能讓他們等太久。更何況，他已經讓因為進行長時間「淨化」而十分疲勞的謠，又陪自己耗了將近兩小時之久。

春雪再次面向屋內，輕聲說道：

「……Blossom小姐，多虧妳來幫我，我才有辦法再次回到重要的人身邊……Falcon兄，你想要的是什麼、想破壞的又是什麼，我以後仍然會繼續思考…………謝謝你。」

靠他貧乏的口才，頂多只能把滿心無數種情緒化為這幾句話。但春雪相信即使如此，該傳達給他們兩人知道的事情也已經都傳達到了；於是他走上一步，輕輕將兩張物品卡排在過去相愛的兩人一起吃飯、談心、對望的餐桌上，再把銀色的鑰匙也放在旁邊。

「……再見了。」

春雪退開一步，轉過身去，朝有同伴等著他的門走去。

正要踏出房間之際，他忽然覺得有人叫住了自己。

當春雪再次回頭時，他看見的是——

桌旁站著一名有著稍深銀色的裝甲，跟Silver Crow十分相似的瘦小金屬色虛擬角色。至於他的身旁，則有一名黃橙色的少女型虛擬角色坐在白色椅子上。

少女的大腿上有一隻小小的黑貓縮起身體，幸福地閉上眼睛。

三個身影在月光穿透下朦朧閃動，但春雪確信他們不只是幻覺。是這對少年與少女，以及兩人感情所創造出來的小貓，終於回到了該回來的地方。

——再見了。後會，有期。

春雪忍著快要溢出的淚水，在心中又說了一次道別的話。接著他右腳跨出一大步，走向那群等在門外的伙伴。

12

再隔天的六月二十二日星期六，下午兩點三十分。

春雪獨自走在梅鄉國中的後院。

由於今天是星期六，課程當然在上午就上完了。聽說從上個世紀尾聲以來，有好些年幾乎所有中小學都是採行週休二日制度，也就是星期六日都放假，是個十分夢幻的時代；然而到了二〇一〇年代，自行決定重開週六課程的學校急速增加，到了二〇四七年的現在，連教育部也擺出一副彷彿學校從未採用過週休二日制的態度。

只不過對春雪來說，即使星期六不用上課，他也不能一整天都懶洋洋地待在家裡。因為每週六到了傍晚五點，就會舉辦BRAIN BURST的「領土戰爭」。甚至可以說，軍團之所以存在，就是為了參加這種由最少三對三方式進行的團體戰以爭奪戰區支配權的活動。

過去黑色軍團「黑暗星雲」都只靠五個人守住杉並區內的所有戰區，但從今天起就會增加到六人，這當然是因為前「四大元素」之一的Ardor Maiden——四埜宮謠回歸。這麼一來，不但可以把團員分成兩個三人團隊，同時防守兩塊領土，而且「紅色遠攻型」的加入更是盼望已久的好消息。以往來犯的攻方團隊經常排上夠硬的肉盾擔任前衛，再從後方不斷以大砲攻擊，這樣的戰法屢次讓他們陷入苦戰，但從今天起就沒這麼簡單了。而且他也希望編組時一定要跟謠編在同一隊，然後講講看「小梅，我去幹掉後方的砲台，麻煩妳用火力掩護我！」這種帥氣的台詞……

不知不覺間，春雪發現自己已經在後院正中央停步，還笑得臉頰都鬆了，於是趕忙重新舉步前進。他要去的地方，當然就是梅鄉國中校地西北角那間幾乎所有學生都不知道的小木屋。

坦白說，從去年秋天黑暗星雲以區區三人開始進行領土戰以來，星期六下午對春雪而言一直是一段閒得發慌的時間。第四堂的全堂導師時間在十二點五十分結束後，就可以離開教室，但即使之後跑去沒什麼人的學生餐廳吃午餐，頂多也只能耗到一點半，離領土戰爭開始的五點還有很長一段時間。

黑雪公主要忙學生會的工作，拓武與千百合則要參加社團練習，不能請他們陪自己消磨時間。對戰本身是從杉並區的任何一個地方都可以參加，所以乾脆回家也不會有問題，但不能跟從學校上線的黑雪公主他們三人分享勝利的喜悅（或是打敗仗的懊惱）實在太寂寞。因此先前春雪都會到圖書室翻翻紙本書籍，或是在校內網路試著刷新懷念的壁球遊戲記錄——但這種寂寞的生活已經在本週唐突地結束。

因為春雪終於也被賦予了要用掉星期六放學後時間的任務，那就是梅鄉國中飼育委員會的委員長一職。

春雪來到飼育用小木屋前朝鐵絲網內看去，以便朝裡頭打招呼，這已經成了他每天都會做的事。雖然叫做小木屋，但內部相當寬敞，還立起了兩株棲木。就在左側這一株棲木上，可以看見有隻鳥用單腳抓住已經成了牠固定位置的最高一根樹枝，睡眼惺忪地閉著眼睛。這是一隻身體全長約二十公分，白色羽毛上有著灰色花紋，利喙埋在胸口細毛裡的猛禽類——白臉角鴞「小咕」。

由於他們認識到現在才五天，小咕對春雪好像還不怎麼信任；但這隻鳥似乎還是感覺到有人過來，因此睜開了右眼眼瞼，以漂亮的紅金色眼睛看著春雪。

「早啊，小咕，今天有點熱耶。」

春雪一邊對牠說話，一邊操作虛擬桌面，連上裝設在小咕所站棲木當中的體重與體溫偵測器。兩種數值都在正常範圍內，看樣子牠當初剛搬家時有點下降的體重也恢復了不少。

角鴞有點嫌麻煩似的張張翅膀回應春雪，接著又進入打瞌睡模式。春雪苦笑了一下，正準備以無線方式解開門上的電子鎖，以便去拿小木屋內鋪的紙張來洗，就在這時——

背後傳來一陣踩著長苔地面的小小腳步聲。春雪心想可能是小咕原本的飼主——松乃木學園國小部四年級生四埜宮謠已經來了。他轉過身去一看，看到的卻是一個出乎意料之外，應該說根本就不認識的人物。

這人穿著白色的短袖上衣與有點偏綠的裙子，是梅鄉國中的制服。胸前綁的絲帶顏色是藍色，所以是二年級生。微捲長髮、修得很細的眉毛，以及畫成濃度剛好不會被老師罵的眼線，都顯示出這個人在校內屬於與春雪十分無緣的階層。領口露出的神經連結裝置也是在粉紅配色外裝上貼了一大堆水鑽的所謂「水鑽包膜款」。

這個女學生的長相漂亮歸漂亮，卻總讓春雪覺得有點壓迫感。春雪看著她的臉看了零點二秒左右，就將視線往地面撇開，口齒不清地問說：

「呃，這個，請問……妳是掉了東西嗎？是的話，如果我找到，會去校內網路的失物招領板貼文……」

他之所以這麼說，是因為推測除此之外這類學生不可能會來後院，但幾秒鐘後聽到的回答卻更出他意料之外。

「啊～你當委員長的竟然還忘了我。」

「咦……」

春雪反射性地猛然抬頭，這次看著對方的臉看了零點五秒左右，開始覺得似乎曾經見過。當然他們讀同一間學校又同年級，總會在走廊上擦身而過，但看樣子不是這麼回事……不對，等一下，她叫我委員長？是指飼育委員長？

「啊……對、對喔，記得妳，呃……是B班的……井、井崎……」

春雪拚命挖掘記憶的地層才挖出這個姓氏，但說到一半就被她以很凶的語氣訂正。

「是井關！井關玲那。」

這下春雪連看都不敢看她的臉，只能連連點頭。

儘管春雪已經把她的存在忘得一乾二淨，但這位井關同學說穿了就是春雪的同僚，跟他一樣是飼育委員。這週的第一天，校方為了接收姊妹校松乃木學園所飼養的動物（就是小咕），從二年級生裡新選出了三位委員，她就是其中之一。春雪是自告奮勇成了委員長，所以萬萬不該忘記委員的長相跟名字。

春雪陷入輕微恐慌狀態，滿心想著糟糕我這妻子捅大了捅得超大的，所幸井關同學倒也沒繼續指責，而是大步走到小木屋前往鐵絲網內看去，以比較沒那麼凶的聲音說：

「哦哦，好棒，真的有貓頭鷹。哇，牠超毛茸茸的啦。」

姑且不論口氣，至少說話的聲調倒是很坦白地表露出驚訝，而且看到小咕顯然在睡，她還想得到要放低音量。這讓春雪脫離了輕微恐慌狀態，點點頭說：

「嗯、嗯，貓頭鷹……是白臉角鴞。」

春雪戰戰兢兢地加上這句註釋，井關同學就回頭瞥了他一眼，甩動一頭捲髮問：

「貓頭鷹跟角鴞哪裡不一樣？」

「啊，呃……角鴞是貓頭鷹的一種……嚴格說來，白臉角鴞是貓頭鷹科角鴞屬的動物。」

「是喔？牠叫什麼名字？」

「叫小咕。」

「……這名字有夠隨便的說。是誰取的啊？」

「聽、聽說是投票決定的。」

儘管只是勉強答出她問的問題，但好歹算是在對話，井關同學「哼～」的一聲點點頭，又朝小木屋內看去。她手按在嘴上，小聲呼喊牠的名字。

「小咕，小咕。」

春雪心想這位角鴟大老爺那麼不愛理人，大白天的怎麼可能會對第一次見面的人有反應，但小咕一聽見井關同學的聲音就突然睜大眼睛，而且是兩隻眼睛都睜開。牠轉動頭部，似乎在辨識站在鐵絲網前的人是誰，接著驚人的事情發生了，只見牠張開雙翼，從棲木上飛起。

小咕在小木屋內優雅飛行的模樣，看得井關同學發出歡呼：

「哇，好棒，飛了！牠在飛！哇咧超漂亮的啦！」

春雪心下嘀咕，心想我第一次來的時候明明就只睜開一隻眼睛，為什麼對她就這麼優待。但小咕根本不理他的嘀咕，整整飛了五圈才回到棲木上。小咕抬起一隻腳，收起耳朵回到休息模式，井關同學仍然直盯著牠看。春雪看著她的側臉，戰戰兢兢地問說：

「……那，請問，井關同學……妳今天，怎麼突然跑來……？」

緊接著春雪就被她白了一眼，嚇得再度無法動彈。

「我也是飼育委員，沒理由不能來吧？」

「話、話是這麼說沒錯啦……可是，這個，妳第一天，看起來，好像不太高興當上飼育委員……這只是我的感覺啦……」

「是沒錯啦，那時候我真的想到就沒力，而且委員長你都說沒關係，所以我就跑回去了。可是啊！後來看到你每天都在更新活動日誌，我就很後悔跑回家，而且覺得自己竟然讓你一個人打掃小木屋實在太扯了！這樣不行嗎？」

儘管有點搞不清楚她到底是在責怪自己還是對自己道歉，但春雪仍然連連搖頭說道：

「不、不會，當然可以了。」

「所以我本來想早點道歉，可是委員長根本都不分派工作給我們！每天都一個人弄委員會活動，然後放上日誌，所以我只好自己過來啦！不行嗎？」

「不、不會，一點都不會，當然可以了。」

春雪再次連連搖頭，拚命整合錯綜複雜的資訊，最後得出了一個結論。他以揣測的眼神看著井關同學，戰戰兢兢地問說：

「呃……也、也就是說，井關同學，妳是來進行委員會活動……來照顧小咕的……嗎？」

「我一開始不就說了！」

……有嗎？但春雪制止自己歪頭思索，慢慢呼出一口憋在胸口的氣。

如果是這麼回事，即使來者屬於平常跟自己完全沒有交集的族群，而且還是女生，但坦白說他還是非常歡迎。畢竟小木屋很大，打掃起來十分累人，而且若只有自己一個人，連開關門都得小心翼翼。春雪把六月裡帶著綠葉味道的空氣吸進剛清空的肺裡，接著鼓起勇氣說：

「那……呃，小屋前又積了很多落葉，我們就先掃一掃吧。用掃把大概掃成一堆就好。」

「ＯＫ。」

所幸這次井關同學沒說「想到就沒力」或是「麻煩死了」便接下春雪遞上的竹掃把。春雪看著她以生硬手法開始清掃沾濕的落葉，這才鬆了一口氣，自己也開始工作。

小咕也不管在鐵絲網前工作的兩個人，繼續在棲木上打盹。看著這隻鳥搬來新家五天後，已經完全定了下來，春雪邊動著手邊在心中對牠說話。

……小咕，我也得好好向你道謝啊。

……這是我第一次照顧小動物，可是反而覺得你教了我很多。你告訴我活著……還有飛行的意義。雖然我沒辦法好好用言語形容，但我覺得就是因為認識了你，我那個時候才能飛得比四神朱雀更快、更高。

……雖然我不管在現實世界或加速世界，都還是那麼窩囊……可是，我最近開始覺得……自己已經能夠一步一步，慢慢往前進了………

春雪咀嚼著自己的這些念頭，正要實際往前踏出一步——

這一瞬間。

他上衣的背後遭人用力一拉。

「嗚……！」

春雪瞪大眼睛回頭一看，看到的又是一個出他意料之外的人物。這個人穿的是學校制服沒錯，但梅鄉國中的制服並不是象牙色夏季針織衫配格子裙。她有一頭輕柔中帶點捲翹的短髮，戴著亮綠色神經連結裝置，右手手指抓住春雪的上衣，而且不知怎麼回事，雙眼還水汪汪的。

儘管沒料到她會來，但來的並不是陌生人。春雪右臉頰都有點僵硬，以破嗓的聲音問：

「日、日日、日下部同學……妳、妳、妳怎麼會來這裡？」

接著她突然變得淚眼汪汪。

這名少女日下部綸——綠色軍團（長城）旗下5級超頻連線者「Ash Roller」的本尊，對春雪出聲問的問題與沒說出來的問題都聽如不聞，只小小張開嘴問說：

「請問……妳，是哪位？」

當然這不是在質問春雪的身分，綸的視線望向在一段距離外還拿著竹掃把瞪大眼睛的飼育委員井關同學。春雪還搞不清楚狀況，呆呆站在原地，井關同學竟然大步走了過來，發出有點帶刺的聲音說：

「我才想問妳是誰咧。這制服是澀谷那間貴族女校吧？妳一個千金小姐來這裡做什麼……等等，咦？怎樣？是這麼回事喔？」

春雪不知道她說的這麼回事是怎麼回事，但在井關同學交互看著自己與綸的眼神中察覺出事情不妙，趕忙左手亂揮一通，想先保留這狀況。

「井井井井關同學，妳妳妳妳等我一下！」

接著就把還抓著他上衣不放的綸拖到第二校舍的牆邊，小聲而快速地詢問：

「我我我我說日下部同學……」

「我哥也姓日下部，叫我『綸』就好。」

「綸、綸綸綸綸綸同學，呃，這個……妳怎麼會來這裡？今天晚點要打領土戰爭……啊，難難難不成，妳打算從這裡參加？這該不會表示……」

——該不會事情剛結束，今天就跳槽到我們軍團了吧？離開長城加入黑暗星雲？這也就是說，從今天起那個整天大喊大爺我Mega Lucky的世紀末機車騎士就是自己人了……？

春雪雖然這麼猜測，但綸的脖子微微一歪，說道：

「領土戰爭，我會參加。可是……今天，我還是，攻方。因為換軍團這種事……是哥哥，在決定的……」

「啊，是、是這樣啊……」

春雪一邊品嚐這種既像是鬆了口氣，又像是有點遺憾的感覺，一邊點了點頭，隨即又瞪大眼睛：

「……等等，攻攻攻攻方？可可可是，領土戰至少也要有三個人才能參加……另外兩個人在哪兒……？」

「我請他們在澀谷跟杉並的交界等……成員是小猴，還有……」

她說的小猴，應該就是那個講話常常開口閉口都是「的咧」的Bush Utan。看樣子他雖然一度沉迷ISS套件的魔力，但歷經遭到同伴背叛、獵殺的體驗，已經找回了自我。儘管套件還留存在虛擬角色身上，仍舊可以在今天的領土戰結束後請Ardor Maiden幫他淨化。

「……另一個是Iron Pound兄。」

「嗯，這樣啊。就算是敵人，Utan能恢復我也覺得很高興……等等，咦、咦咦咦咦？」

綸提到第三人時說得平淡，但這個名字卻讓春雪不由得大叫。如果不是他聽錯，那就表示綸的攻方團隊中，會有那個長城的「六層裝甲」第三席，外號「鐵拳」的可怕拳擊手虛擬角色參加…………

「喂～委員長！你們要咬耳朵咬到什麼時候？工作根本都還沒做完啊！」

井關同學等得不耐煩而開了口，逼得春雪又得再度保留狀況。他必須先順利結束委員會活動，才能去想領土戰爭的事。雖然不清楚井關同學怎麼解釋綸的存在，但要是放著不說清楚，

恐怕下週左右就會演變成可怕的謠言，傳遍梅鄉國中主校舍二樓。

春雪讓綸繼續抓著自己的上衣，就這麼拖著她回到小屋附近，用更加破嗓的聲音，一口氣說出一大段他勉強湊出來的解釋：

「呃、呃，井關同學，這位是日下部同學，這個，妳知道飼育委員裡面有一位來自松乃木學園的特別成員吧？她是那位特別委員的朋友的朋友，今天是來幫忙的……」

這段話並非全屬謊言。因為所謂特別成員四埜宮謠的「朋友」倉崎楓子，就是日下部綸的「師父」。「來幫忙」固然是春雪杜撰的，但也可以先斬後奏，讓事情真的變成這樣。都已經弄成這樣，他也只能請綸真的下來幫忙打掃了。

「哼～～」

也不知道井關同學是否接受這個說法，她拉長尾音應了一聲之後，把視線從綸移到春雪身上繼續說道：

「……委員長你還挺有辦法的嘛？我該不會礙到你的好事了？」

「我、我、我什麼都沒做啊！而且妳妳妳妳怎麼會礙事呢，有妳在真的幫了我超大的忙，超大的！」

聽春雪說得惶恐，井關同學似乎總算肯給予諒解，甩動一頭捲髮點頭說道：

「那我就繼續掃地啦。落葉我都掃在一起了，接下來要怎麼辦？燒掉嗎？」

「那、那、那樣會有超多台警車跟消防車跑來，超多台！」

「開玩笑的啦。」

這位同僚得意地一笑，朝小木屋走回去，春雪也喘著大氣跟上。他把緊握在右手的竹掃把遞給終於放開他衣服的綸，自己則去小木屋旁的用具箱裡拿畚箕與垃圾袋……

這一剎那，他的眉心閃過一道電光。

——有殺氣……？他正要往後跳開，但宣告新危機來臨的聲音卻搶先迴盪在後院。

「啊啊！小春，你這是什麼狀況！」

春雪嚇得全身一僵，認真考慮該朝聲音傳來的東側過去，還是乾脆往西南方的中庭方向拔腿就跑。如果井關同學不在場，也許他已經選擇了後者，但身為委員長，實在不能丟下還在做正事的委員跑掉。

無可奈何之下，春雪用彷彿齒輪驅動似的生硬動作轉身，結果他看到的是……

千百合穿著田徑隊運動服，右手提著販賣部的袋子，裡面多半裝著點心跟飲料。

少女左邊是四埜宮謠，她背著紅色書包，手上提著整套小咕的飯菜與相關用具。

更後方則是倉崎楓子，她滿臉微笑，卻又散發出一種令人不敢掉以輕心的氣息。

而走在千百合右邊的，則是身穿漆黑訂做制服的梅鄉國中學生會副會長黑雪公主，只見她一張冷豔逼人的臉上流露彷彿出鞘名刀似的表情……

她們四人後方，可以若隱若現地看到拓武同樣穿著運動服的身影，總算是不幸中的大幸，但他臉上卻露出寫著「小春加油」的笑容。春雪連連搖頭，拚命想擠出「阿拓救我」的表情，然而——

「來了超多人的，他們也都是來幫忙的？」

聽到這句話，春雪轉過身去，發現井關同學這次真的露出驚訝又傻眼的表情看著他。

「……委員長，你到底是什麼大人物？」

「我、我才不是什麼大人物呢！」

他小聲這麼回答——

春雪這才總算拋下了對逃走這個選項的眷戀，挺直腰桿正對黑雪公主等人，在心中又重複了一次。

——沒錯，我一個人根本什麼都不是。只是個到處都找得到，沒有半點可取之處，懦弱又怕生還沉迷電玩的國中男生。

——可是，只要跟這群重要的好伙伴在一起，我就可以變成有作為的人。我會能夠比自己一個人的時候更努力一點，站得更直一點，而且也更能相信自己一點。

小木屋裡的小咕似乎感覺到謠來了，用力拍響雙翼。春雪在牠的振翅聲鼓舞下踏上一步，朝著慢慢走近的五個人用力揮了揮右手。

（完）

後記

我是川原礫。非常感謝各位讀者看完這本《加速世界9　七千年的祈禱》。

「災禍之鎧Chrome Disaster」最早是在第二集登場，第六集成了整個故事的主題，到了這第九集才總算能夠做出了結。各位讀者願意耐心承受六、七、八這連續三集都以「待續」做收的攻擊，陪伴本書到這一集的「完」，真的讓我非常感謝。

只是話說回來，留下的謎團與伏筆還堆積如山（而且這一集似乎又追加了一大堆……），所以故事本身應該沒有這麼快結束。春雪最終要追求什麼樣的目標？黑雪公主又有著什麼樣的過去？加速世界為什麼會存在？儘管還不確定這些部分是否都能真的交代清楚，但我希望今後也能繼續一本一本慢慢前進，同時讓自己也越寫越期待。至於眼前的第十集，我希望能寫成一本氣氛明朗又開心，而且一本就完結的故事！

另外有件事我很猶豫該不該提，但還是小提一下……有看我另一個系列作品《刀劍神域》第八集的讀者，在書末的加速世界第九集預告頁（註：此處指日文版）中，有一位張開雙手擋人的新登場女性角色，相信各位一定會想「這誰啊？」這個問題的答案將在本集的第四節揭曉，但我並不打算因為她登場，就宣告○○○○是女生！（姑且還是遮一下，以免洩漏劇情）。

我想今後應該有機會針對她做更詳細的描寫，所以如果能讓各位讀者搞不清楚「啊到底是哪一邊！」我會覺得非常高興……而且會有種得救的感覺（笑）。

剩下的行數也不多了，在這邊打個廣告……我想這第九集的書腰上應該已經寫了，就是這次《加速世界》要推出電視版動畫了，由SUNRISE公司製作。（註：此處第九集指日文版。本書出版時，日本已開始播映）是那個SUNRISE（敬稱省略）啊。我自己就是完完全全的鋼彈世代，而且對戰虛擬角色的造型也受到很多SUNRISE動畫機器人的影響，所以光是能看到會動的Crow或Lotus，就覺得再高興不過了。動畫版的加速世界，也要請各位讀者多多給予支持與愛護！

最後除了要感謝為剛剛說的那位新女性角色造型費盡心力的插畫師HIMA老師，以及對她的場面要求修改的篇幅大到前所未見（笑）的責任編輯三木先生，更要再次感謝陪我們一起走完「鎧甲篇」的各位讀者，真的非常謝謝你們！

二〇一一年八月十一日　川原　礫